Todesrauscher

Uli Aechtner studierte Germanistik, Philosophie und Kunstwissenschaft in Bonn. Als Journalistin arbeitete sie für das Französische Fernsehen TF1, für den Südwestrundfunk und für das ZDF. Seit mehr als zwei Jahrzehnten lebt sie als freie Autorin in der Wetterau.

ULI AECHTNER

Todesrauscher

KRIMINALROMAN

emons:

Bibliografische Information der Deutschen Nationalbibliothek
Die Deutsche Nationalbibliothek verzeichnet diese Publikation in der Deutschen Nationalbibliografie; detaillierte bibliografische Daten sind im Internet über http://dnb.d-nb.de abrufbar.

MIX
Papier aus verantwortungsvollen Quellen
FSC® C083411
FSC
www.fsc.org

Umschlagmotiv: © mauritius images/Alamy
Umschlaggestaltung: Tobias Doetsch
Gestaltung Innenteil: César Satz & Grafik GmbH, Köln
Lektorat: Marit Obsen
Druck und Bindung: CPI – Clausen & Bosse, Leck
Printed in Germany 2016
ISBN 978-3-95451-789-3
Originalausgabe

Wer nix uff's Stöffche hält, der daut aam laad!
Nix so uff dare Welt mecht aam so Fraad.

Friedrich Stoltze (1816–1891),
Gastwirt, Mundartdichter und zeitkritischer Journalist

Prolog

Du bist abgetaucht ins dunkle Nichts, ein kalter Mantel schließt dich ein. Ein Uterus aus Stahl.

Szenen aus einem oft gesehenen Film werden lebendig: »Fluten, verdammt. Fluten!«

Die stählerne Haut beginnt leise zu knattern, ächzt verzweifelt. Nähte bersten, Nieten springen krachend ab. Ein zischendes Geräusch. Feine Tropfen spritzen in dein Gesicht, dann kleine Fontänen.

»Anblasen! Alles, was drin ist! Verdammt, verdammt. Alarm!«

Das Nass ist schneller als du, es trifft dich mit aller Wucht. Drückt dich nieder. Süße Schwere umspült dich, dringt in dich ein und nimmt dir den Atem. Du hustest, spuckst, schnappst nach Leben. Strampelst dich an die Oberfläche. Doch über dir ist kaum noch Raum. Nur ein schmaler Streifen Luft. In Panik rudern deine Arme durch das klebrige Nass, versuchen deine Fäuste, gegen den eisernen Kokon zu hämmern. Vergebens.

Jetzt hörst du Sirenen schrillen, obwohl es ganz still um dich ist. Du willst auf dem Rücken treiben, dich tragen lassen vom fruchtig-schweren Element.

Doch die Panik reißt dich wieder hoch, du stehst senkrecht im Nass, holst Luft, tauchst ab und hältst den Atem an. Viele Male spielst du dieses Spiel, trittst unter dich und schlägst um dich. Wirst müde. Hustest. Verschluckst dich. Du spürst ein Feuer in deiner Brust, als der Saft in deine Lunge eindringt. Ein jaulender Atemzug noch, und dein Durst ist für immer gestillt. Dann sinkt dein Leichnam ins feuchte Element. Dich gibt es nicht mehr. Nur dein beschuhter Fuß treibt noch ab und an gegen die stählerne Haut und meldet klopfend deinen Verbleib.

EINS

Herman Rabe liebte die Tanks. Still und behäbig lagen die Riesen nebeneinander im Keller, wo sie den ganzen Raum ausfüllten. Wie drei helle gestrandete Wale. Elegant und futuristisch sahen sie aus, obwohl sie über ein halbes Jahrhundert alt waren. Es waren U-Boot-Druckkörper aus dem Zweiten Weltkrieg, zweckentfremdet für höchst friedliche Zwecke. Seit vielen Jahren kam der Süße hinein, der frisch gepresste Saft, aus dem später der Apfelwein werden sollte.

Liebevoll tätschelte Rabe das rechte Monstrum, bevor er sein Ohr an die Wandung legte. Arbeiter hatten in den vergangenen Tagen immer wieder Geräusche gemeldet, die aus dem Tank zu kommen schienen. Ein unregelmäßiges Klopfen. Als würde im Inneren jemand gegen den Stahl treten.

»Der Geist des U-Boot-Kapitäns«, hatte Rabe anfangs geunkt. »Er findet selbst im Most keine Ruhe.«

Ein kleiner Scherz, nichts weiter. Die Druckkörper waren nie im Einsatz gewesen, die Firma hatte sie quasi jungfräulich erstanden. Und an Geister glaubte Herman Rabe schon gar nicht. Doch je öfter ihm seine Arbeiter von den seltsamen Morsezeichen berichtet hatten, desto unruhiger war er geworden. Jetzt war er fest entschlossen, der Sache auf den Grund zu gehen. Die Gelegenheit war günstig. Der Saft hatte sich nun in Wein verwandelt, und das meiste war schon abgefüllt. Nur noch hüfthoch stand der Rest in dem riesigen Tank.

Rabe öffnete die seitliche Luke. Dazu musste er ein großes Kreuz aufdrehen und die Tür nach innen schieben. Sofort stieg ihm der fruchtig-säuerliche Geruch des Apfelweins in die Nase, und er atmete instinktiv flacher. Andächtig lauschte er in den dunklen Bauch des Tanks. Ein leises Gluckern war zu hören, letzte feine Bläschen stiegen hier und da knisternd an die Oberfläche. Und dann vernahm auch er es. Ein dumpfes Klopfen, als würde im Inneren des Tanks etwas gegen die Wand treiben.

Rabe reckte seine Lampe in die Luke und sah in den Tankkörper. Ein ovaler See breitete sich vor ihm aus. Still und undurchdringlich lag er da. Nur dort, wo der Lichtschein entlangglitt, leuchtete er wie pures Gold.

Doch halt, was war das?

Sein Herz setzte einen Schlag lang aus, der Atem stockte ihm, und für einen Moment wurde ihm flau. Direkt unter der Luke, ganz dicht vor ihm und zum Greifen nah, waberte ein Gesicht knapp unter der Oberfläche.

»Tu mir das nicht an, Kapitän«, flüsterte Rabe erstickt.

Er klammerte sich an der Luke fest und schloss für einen Moment die Augen, doch es half nichts. Als er sie wieder öffnete, war das Spukgespenst noch immer da. Der Geist des Kapitäns starrte ihn ausdrucklos an, während sein schimmerndes Haar sich im Apfelwein ausbreitete und ihm eine Art Heiligenschein verlieh.

Rabe brauchte einen Moment, um zu begreifen, dass er es nicht mit irgendeinem Ahab, sondern mit seinem Gesellen Clemens Winkler zu tun hatte.

Er war tot, ertrunken im Most.

***

Hauptkommissar Christian Bär fühlte sich wie zerschlagen. Er hatte den gestrigen Abend damit verbracht, auf seine Nichte Amelie aufzupassen, damit seine große Schwester mal ausgehen konnte. Lara war zwei Jahre älter als er und leitete ein Nagelstudio. Ihre Tochter Amelie zog sie allein groß. Amelies Vater war ihre große Liebe gewesen, nur hatte die Geschichte nicht lange gehalten. Bär sah die Ursachen darin, dass Lara ein wenig störrisch war und Amelies Vater bereits anderweitig vergeben. Er war mit einer Xanthippe verehelicht, was wiederum der Grund dafür sein mochte, dass er bei Lara Zuflucht gesucht hatte. Kurzfristig jedenfalls.

Amelie war inzwischen fünf und ein anstrengender kleiner Racker. Stundenlang hatte sie Bär auf Trapp gehalten. Um sie wenigstens ein bisschen auszupowern, hatte er sich eine

Kissenschlacht mit ihr geliefert. Und nachdem es ihm endlich gelungen war, Amelie in ihr Bett zu verfrachten, hatte er wie bewusstlos auf dem Sofa gelegen und in den Flur gehorcht, jeden Moment befürchtend, dass sie wieder aus ihrem Zimmer herauskommen könnte, um ihn erneut zum Spielen und Toben zu animieren.

Als er Laras Schlüssel im Schloss gehört und wenig später ihre vom Teppich gedämpften Schritte vernommen hatte, war eine Welle der Erleichterung durch ihn hindurchgeschwappt. Dankbar hatte er vom Sofa aus zu ihr heraufgeblinzelt, dann war ihm seine Freude jäh vergällt worden. Er hatte kaum fassen können, wen sie da mitgebracht hatte: Katja, seine Verflossene. Die beiden Frauen kannten sich aus Laras Nagelstudio. Giggelnd hatten sie vor dem Sofa gestanden, auf das er sich hingehauen hatte, um ein wenig Ruhe zu finden, seine Lederjacke als zu kurze Decke nutzend. Hatten Witze gerissen und auf ihn herabgelächelt.

Er hatte geglaubt, über Katja hinweg zu sein. Sie hatte ihn heiraten wollen, ein Kind mit ihm haben, eine schicke Wohnung. In dieser Reihenfolge. Das ganze Programm. Ihm war das alles zu plötzlich gekommen. Er war gerade mal dreißig und bei der Kripo. Hatte kein Einkommen, das für große Sprünge reichte, dafür aber regelmäßig Schichtdienst. Eine schicke Wohnung passte genauso wenig zu ihm wie ein Kind.

Er mochte Kinder, so war das nicht. Aber er wusste auch, wie viel Verantwortung es bedeutete, für den Nachwuchs zu sorgen. Nachts aufstehen, um das weinende Baby zu beruhigen. Im Kindergarten für den Elternbeirat kandidieren. Mit den Lehrern herumdiskutieren. Und den ersten Freund ertragen. Aushalten, wie ein fremder junger Mann die eigene Tochter vor der Haustür unter der Laterne abknutscht. Nein, das alles hatte noch Zeit, konnte später kommen. Vorerst reichte es ihm völlig, ab und zu bei seiner Nichte als Babysitter einzuspringen.

Vor einem halben Jahr hatten sie sich dann getrennt. Katjas ewiges Genörgel war ihm auf den Geist gegangen. Glaubte sie etwa tatsächlich, dass er sich ändern würde, nur weil sie ihn einen bindungsscheuen Chauvi schimpfte? Sie hatte einfach nicht verstehen wollen, dass er sein Leben mochte, wie es war. Vorerst.

Aus, Schluss und vorbei. Katja war Schnee von gestern. Aber hatte seine Schwester sie ihm so unbedingt vors Sofa stellen müssen? Seine Eingeweide hatten sich zusammengezogen, als ihm der eine oder andere nette Abend mit Katja wieder eingefallen war. Und wie gut sie ausgesehen hatte. Blond wie Goldtaler und schlank wie ein Reh.

Zu Hause hatte er die Erinnerungen dann mit einer halben Flasche Whisky weggespült. Und bis gegen drei Uhr in der Nacht am PC gedaddelt. GTA 5, nicht gerade politisch korrekt, aber die perfekte Triebabfuhr. Mit seinem virtuellen Schlitten war er durch die virtuellen Straßen gekurvt und hatte ein paar virtuelle Blondinen umgenietet. Einfach so. Eine kranke Phantasie, schon klar. Doch schließlich musste niemand davon erfahren. Immerhin war er danach müde genug gewesen, um in den Schlaf zu fallen.

Nun stand er verkatert in dieser Apfelweinkelterei, und vor ihm auf dem Boden lag ein toter Mann. Die Arbeiter hatten ihn aus einem riesigen Tank gefischt, in dem sich nicht mehr allzu viel Apfelwein befand. Schweigend und verstört umringten sie den Toten, einige waren ein paar Schritte zurückgewichen. Die Leiche verströmte einen schweren, süß-säuerlichen Geruch, Fruchtfliegen umschwirrten sie.

»Kann mir jemand sagen, wer der Tote ist?«, wandte sich Bär an die Umstehenden. Immerhin waren die Gesichtszüge des Ertrunkenen noch ziemlich gut zu erkennen. Während er auf die Antwort wartete, schob er sich einen Streifen Zahnpflege-Kaugummi in den Mund. Das übertönte den Duft der Leiche zwar nicht, verschaffte ihm aber wenigstens einen etwas frischeren Geschmack.

»Sicher, das ist Clemens Winkler«, meldete sich jemand zu Wort. »Vor vierzehn Tagen hat er seinen fünfunddreißigsten Geburtstag gefeiert. Hat allen Kollegen einen ausgegeben. Ein netter Kerl. Ich mochte ihn sehr gern.«

»Aha. Und wer sind Sie?«

»Ich bin Martin Ott. Ich mache hier sauber.«

Bär betrachtete den Mittvierziger mit den Geheimratsecken genauer. Sein Blick glitt über Otts Plastikoverall bis hinunter zu dessen hohen Stiefeln. Offensichtlich stand man hier beim Saubermachen viel im Nassen. »Wie lange, denken Sie, lag er schon im Apfelwein?«

»Befüllt haben wir den Tank vor zehn Tagen.« Der Kellermeister, der ihn an der Tür in Empfang genommen hatte, reichte Bär unaufgefordert seine Visitenkarte. Herman Rabe, las er und versuchte, sich den Namen einzuprägen.

»Das stimmt«, pflichtete Ott seinem Chef bei. Die anderen Arbeiter nickten stumm.

»Wir lagern in diesen Tanks auch schon mal CO_2«, erklärte Rabe nüchtern. »Das gewinnen wir beim Gärprozess selbst und setzen es dem Apfelwein später zu, damit er etwas spritziger wird. Die Tanks eignen sich hervorragend zur Lagerung, weil sie aus kräftigem Stahl bestehen und viel Druck aushalten. Gelegentlich bewahren wir auch Apfelsaftkonzentrat darin auf, das bleibt dann bis zu zwei Jahre in dem Tank liegen. Dass wir ihn diesmal für die Gärung hergenommen haben, kam daher, dass wir dieses Jahr so viele Äpfel von Privatkunden geliefert bekamen. Und nun müssen wir alles wegschütten, nur weil …« Er sprach den Satz nicht zu Ende.

»Privatkunden?« Bär betrachtete nun wieder die Leiche. Fünfunddreißig Jahre passte. Etwa ein Meter achtzig. Gut genährt.

»Uns werden viele Äpfel angeliefert von Leuten, die Plantagen oder Streuobstwiesen besitzen. Die verarbeiten wir dann für die Kunden zu Apfelwein.«

»Was sind das überhaupt für Behälter?« Eine üppige junge Frau mit rotbraunen Haaren drängte sich zwischen den Arbeitern hindurch, sie musste schon eine Weile im Hintergrund gestanden und zugehört haben. Rasch ging sie auf den Tank zu und schlug, ein helles Echo erzeugend, mit der flachen Hand gegen den riesigen Stahlkörper. »Roberta Hennig, freie Journalistin bei der ›Neuen Presse‹«, stellte sie sich vor.

»Wie kommen Sie denn hier herein?« Bär konnte den ärgerlichen Unterton in seiner Stimme kaum unterdrücken. Nervös warf er einen raschen Blick auf seine Uhr. Wo blieb überhaupt der Arzt? Das K11 war unterbesetzt, ein grippaler Infekt hatte die Mannschaft dezimiert, und es kam ihm so vor, als müsste er die Arbeit mit seinem Chef Becker allein erledigen. Aber wenigstens den Erkennungsdienst brauchte er vor Ort, der sollte längst hier sein. Wahrscheinlich steckten die Kollegen noch im Feierabendverkehr fest.

»Frau Hennig begleitet ausländische Gäste durch unser Haus«, erklärte Herman Rabe. Er räusperte sich kurz, bevor er sich freundlich der jungen Frau zuwandte. »Diese Tanks sollten eigentlich einmal U-Boote werden. Genau genommen sind es die Druckkörper für die U-Boote. Unser Senior-Chef hatte sie nach dem Krieg im Frankfurter Westhafen entdeckt und der US Army abgekauft. Natürlich haben wir sie für unsere Zwecke ein wenig umgebaut.«

»Aha. Daher befindet sich kein Einstieg obendrauf, stattdessen ist er hier unten.« Die Füllige ging in die Hocke und versuchte, durch die niedrige kleine Luke in den Tank zu spähen.

»Jeder dieser Tanks ist über zwanzig Meter lang und sechs Meter hoch. Und jeder kann vierhundertachtzehntausend Liter aufnehmen«, gab Rabe höflich weitere Auskünfte. »Hitler hat diese Druckkörper für die Riesen-U-Boote Typ XXI noch kurz vor Kriegsende bauen lassen. Es sollten Vernichtungswaffen werden. Aber wir haben sie für die Apfelweinproduktion hergenommen.«

»Diese Tanks sind bestimmt sehr stabil?«

»Die Wandung besteht aus Krupp-Wehrmachtsstahl, der hält immer noch was aus. Innen ist natürlich alles sauber ausgekleidet.«

»Wie lange hat der Tote Ihrer Meinung nach in dem Tank gelegen?« Nun kaute die Rotbraune an ihrem Bleistift, bereit, die Antwort auf ihren Block zu kritzeln.

»Wie es aussieht, lag er eine ganze Weile darin«, entgegnete Bär knapp. Es ging sie nichts an. Außerdem musste er hier weiterkommen.

»Heute ist der zehnte Tag. Wir haben letzte Woche Montag

Apfelsaft eingefüllt. Innerhalb von acht bis zehn Tagen spaltet die Hefe den Fruchtzucker der Äpfel in Alkohol und Kohlendioxid auf«, erklärte Rabe jedoch geduldig. »In dieser Zeit verwandelt sich der Saft in Apfelwein, und solange bleibt er im Tank. Clemens Winkler muss unmittelbar vor der Befüllung in den Tank …« Er stockte.

»Ja, haben Sie Ihren Mitarbeiter denn nicht vermisst?«, fragte Bär verwundert.

Der Kellermeister schüttelte den Kopf. »In ganz Frankfurt scheint in diesem Herbst eine ekelhafte Grippe zu grassieren, ihn hatte es auch erwischt. Er hatte sich an dem Morgen bei mir abgemeldet, um zum Arzt zu gehen. Ob sein Krankenschein oben im Büro abgegeben wurde, kontrollieren wir hier unten aber nicht.«

Die Reporterin machte sich mit verständigem Nicken Notizen.

Bär sah sich die Frau näher an. Sie war noch keine dreißig, schien sich aber um ihr Äußeres wenig zu scheren. Sie trug kein Make-up, ihre Wangen glühten rosig. Und wenn sie konzentriert etwas aufschrieb, bildete sich eine steile Falte auf ihrer hohen Stirn. Ihr Körper wurde von einer großzügig geschnittenen Tunika verhüllt. Lediglich ihr langes rostbraunes Haar schmeichelte ihr, es schimmerte warm und verlockend und verlieh ihr etwas Weiches.

»Es wird vielleicht eine Pressekonferenz zu den Ermittlungen geben.« Bär trat unwillkürlich einen Schritt auf sie zu. »Wenn Sie mir Ihre Karte geben, lade ich Sie dazu ein. Bis dahin müssen Sie sich leider gedulden.«

Sie schien zu verstehen, dass er sie wegschicken wollte, und zögerte einen Moment, doch dann kramte sie tatsächlich eine Visitenkarte aus ihrer Umhängetasche und reichte sie ihm. »Eigentlich schreibe ich gerade einen Artikel über eine Gruppe australischer Geschäftsleute, die die Firma besichtigen, weil sie Apfelwein importieren wollen.« Sie deutete mit dem Daumen hinter sich, und als Bär in die angezeigte Richtung schaute, sah er dort ein paar Leute unschlüssig im Gang stehen. Ein hoch aufgeschossener Mann, anscheinend ihr örtlicher Fremdenführer, redete beruhigend auf die Gruppe ein. Der Anblick des Toten ließ die Gaffer wohl ebenso erschaudern, wie er sie anzog.

So sind wir Menschen, dachte Bär. Voller Angst und Abscheu und gleichzeitig voller Faszination, wenn es um Todesfälle geht.

Er schüttelte den Gedanken ab.

»Sie exportieren Apfelwein bis nach Australien?«, erkundigte er sich bei Rabe, nur um etwas Neutrales zu sagen.

»Sicher, da tut sich gerade ein neuer Markt auf.« Die Antwort klang sachlich und ernst.

Bär zog ein Paar Handschuhe aus seiner Gesäßtasche und streifte sie über. Er ging neben dem Toten in die Hocke, schloss die Augenlider des Ertrunkenen und tastete nach der Halsschlagader. Der Leichnam war erstaunlich gut erhalten. In dem Tank voller Apfelsaft war er sowohl kühl gehalten worden als auch vom Sauerstoff abgeschlossen gewesen.

Ein Tag in der Erde, eine Woche im Wasser, einen Monat im Grab, rief Bär sich die alte Faustregel für die unterschiedliche Dauer der Verwesung in Erinnerung.

Lediglich die Haut des Toten sah merzerisiert aus, sie war aufgequollen und das Gesicht rötlich angelaufen.

Er erhob sich wieder und suchte Rabes Blick. »Wie lange dauert es, bis so ein Tank voll ist?«

»Etliche Stunden, deswegen fangen wir stets vor der Frühstückspause damit an.« Rabe warf einen langen Blick auf seinen toten Mitarbeiter. »Irgendwann stand ihm der Süße bis zum Hals. Bestimmt hat er versucht, an der Oberfläche zu schwimmen, während der Pegel weiter stieg. Vielleicht in der Rückenlage. ›Toter Mann‹ haben wir früher als Kinder dazu gesagt.«

Bär versuchte, sich das vorzustellen. So nach und nach hatte der ansteigende Saft den Schwimmer unter den Stahl gedrückt, und er musste in Panik geraten sein, hatte vielleicht senkrecht im Saft gestanden und nach unten getreten. Um sich geschlagen, bis ihm der Sauerstoff ausging und er das Bewusstsein langsam verlor. Am Ende hatte er Flüssigkeit eingeatmet.

»Was für eine Qual.« Rabes Seufzer ging in ein Husten über,

und er brauchte einen Moment, um weitersprechen zu können. »Was muss er für eine Angst ausgestanden haben.«

»Der Mann wird doch versucht haben, sich bemerkbar zu machen, ist Ihnen nichts aufgefallen?« Bär wandte sich nun wieder an die Umstehenden. Ein leises Gemurmel ging durch die Gruppe der Arbeiter.

»Während der Produktion ist es hier ziemlich laut«, antwortete Rabe. »Außerdem war Winkler krank und sollte zu Hause im Bett liegen. Auf die Idee, dass er hier im Tank … Wir waren doch auf ein, zwei Wochen Fehlen eingestellt.«

»Aber was machte er dann hier unten am Tank? Wieso ist er überhaupt in den Keller gegangen, wenn er doch zum Arzt und nach Hause wollte?«

»Ich weiß es nicht.« Rabe hob in einer Geste der Ratlosigkeit beide Hände.

»Clemens Winkler war äußerst gewissenhaft«, schaltete sich Martin Ott ein. »Wie ich ihn kenne, hat er noch einmal den Tank kontrolliert, bevor er nach Hause ging. Er wusste ja, dass er befüllt werden sollte.«

»Aber die Abfüllzeiten waren doch sicherlich exakt festgelegt und bekannt?«

»Natürlich. Die werden immer mit allen besprochen.«

Ein Räuspern. »Kann es sein, dass ihm etwas in den Tank gefallen ist? Beim Reinschauen? Und dass er hineingestiegen ist, um es noch schnell rauszuholen?«

Bär drehte sich in die Richtung, aus der die Stimme kam. Die Reporterin hatte sich von ihm nicht abweisen lassen und stand noch immer am Unfallort. Sie wies auf die Latzhose des Toten, unter der man mit etwas Phantasie ein ehemals bunt bedrucktes T-Shirt erahnen konnte. In der Brusttasche wölbte sich ein kleiner Gegenstand. Dankbar, dass er seine Handschuhe noch trug, zog Bär das Teil mit zwei Fingern hervor. Es war ein altmodisches Handy.

»Vielleicht dachte er, er schafft es rechtzeitig wieder hinaus, bevor der Saft einläuft«, meinte die Reporterin.

Bär spürte ein Kribbeln in den Fingern. Diese Zeitungsschreiberin fing an, ihn zu nerven. Sie glaubte wohl, an ihr sei eine Profilerin verloren gegangen. Gaffer waren an jedem Tatort die Pest. Und sie war noch dazu vom Typ, der schlaue Bemerkungen machte. Dass ihr Einfall gar nicht so dumm war, machte es für Bär nicht besser.

»Ein tragischer Unfall? Wäre das möglich?«, fragte er Herman Rabe. »Könnte es passieren, dass jemand die Luke verschließt, ohne zu bemerken, dass ein Mann im Tank ist?«

Der Kellermeister machte ein hilfloses Gesicht. Er wollte antworten, doch sein Mitarbeiter kam ihm zuvor.

»Wenn wir mit den Druckreinigern zugange sind, kann man hier sein eigenes Wort kaum verstehen«, gab Ott zu bedenken. »Und wenn Clemens tief in den Tank hineingelaufen war, um bestimmte Stellen zu kontrollieren …«

»… dann hat er womöglich nicht mitbekommen, dass die Luke zugemacht wurde«, schloss Rabe.

»Wer hat sie denn zugemacht?«, fragte Bär in die Runde.

Die Umstehenden tauschten fragende Blicke.

»Wir machen hier täglich unbewusst so viele Handgriffe, das ist alles Routine«, sagte jemand resigniert. »Wer von uns vor zehn Tagen welche Luke geschlossen hat … Woher sollen wir das jetzt noch wissen?«

Die füllige Reporterin fixierte Bär aus grünen Katzenaugen und schüttelte fast unmerklich den Kopf, bevor sie sich abwandte und zu den Australiern zurückging. Wollte diese Besserwisserin ihn etwa tadeln? Vor Ärger verschluckte er sein Kaugummi. Er konnte hören, wie sie mit den Besuchern diskutierte. Dann entfernte sich die Truppe, und die Stimmen verhallten in den Gängen.

»Jetzt mal im Ernst.« Bär nahm den Kellermeister vertraulich zur Seite. »Es steigt doch normalerweise niemand in diese Tanks, oder?«

»Doch.«

»Aber … was hätte er dort zu tun gehabt?«

»Mit den Jahren leidet die Emaille, mit der der Tank ausgekleidet ist, unter dem CO_2, das bei der Gärung entsteht, und es können sich kleine Stellen ablösen. Das wird regelmäßig kontrolliert und repariert. Dazu kriecht jemand hinein und erledigt das. Außerdem werden die Tanks vor jedem Befüllen mit Druckreinigern gesäubert.« Er nickte bekräftigend. »Kommen Sie mal mit.«

Bär folgte ihm in den nächsten Gang. Hier standen weitere hell lackierte, röhrenförmige Tanks, nur waren sie viel kleiner als die U-Boot-Druckkörper, und ihre schmalen ovalen Luken saßen an der Stirnseite.

»Hier kriechen unsere Arbeiter hinein, um innen alles auszuspritzen. Man muss den Wasserstrahl dabei in Spiralform führen, sonst ist man hinterher klatschnass.«

»Ja, aber …« Bär rang nach Atem bei der Vorstellung, durch diese enge Öffnung in den Tank zu klettern. Drinnen musste es stockfinster sein, und man bekam mit Sicherheit kaum Luft. Mal davon abgesehen, dass diese Luke für ihn selbst viel zu schmal war. Mit seinen breiten Schultern kam er da auf keinen Fall durch.

»Herr Kommissar? Wo sind Sie?« Martin Ott bog um die Ecke und kam auf sie zugelaufen. »Ihre Kollegen sind eingetroffen.«

»Ja, danke, wir sind gleich da«, rief Rabe zurück.

Bär löste seinen Blick von der kleinen Öffnung in dem riesigen Tank. Das Gefühl der Beklommenheit, das ihn ergriffen hatte, wurde er jedoch nicht los.

ZWEI

Roberta war erstaunt, wie weit sich das Innere des Tanks vor ihr ausbreitete. Hörte er überhaupt irgendwo auf? Ihr war, als sei sie in eine unheimliche Welt eingetreten, die sie mit ihren Sinnen nicht ausloten konnte. Der Einstieg durch die enge Luke war beklemmend gewesen, sie hatte sich regelrecht hindurchzwängen müssen und Herzklopfen bekommen, als sie beinahe darin stecken geblieben wäre.

Nun ging sie Schritt für Schritt in das Ungeheuer hinein. Ein säuerlicher Fruchtgeruch schlug ihr entgegen, der Klang ihrer Absätze hallte hell durch den metallenen Körper. Je tiefer sie in den Tank eindrang, desto dunkler wurde es, und bald konnte sie kaum noch die Hand vor Augen sehen. Auch die Atmosphäre veränderte sich mit jedem Schritt, sie musste immer heftiger atmen, um überhaupt noch Luft zu bekommen. In kleinen, kräftigen Zügen hechelte sie nach Sauerstoff. Sie streckte die Hände aus, um nach den gewölbten Wänden zu tasten, aber da war nichts. Die Wände schienen geradezu vor ihr zurückzuweichen.

Dann hatte sie auf einmal die Orientierung verloren, und eine nie gekannte Angst stieg in ihr auf. Vor oder zurück? Wo war die Luke?

Ihr Puls begann zu rasen, und in ihrem Kopf breitete sich ein lähmender Schmerz aus. Fühlte sich eine CO_2-Vergiftung so an? Wie lange war sie schon hier drin? Gab es noch genug Sauerstoff in dem stählernen Gehäuse?

Ich muss … hier raus, dachte sie dumpf. Ich muss …

Sie wollte losrennen, egal, in welche Richtung. Doch ihre Beine versagten ihr den Dienst. Ihre Muskeln verkrampften sich, und ihr Körper wand sich in Zuckungen, ohne dass sie etwas dagegen tun konnte.

Ich muss … raus …

Ein überirdischer Schwindel erfasste sie und zog sie in ein gleißendes Nichts. Der Sog war stärker als ihr Wille, und sie begriff, dass sie nicht dagegen ankämpfen konnte. Eine süße Schwere lähmte und erfüllte sie gleichermaßen.

Was, wenn sie sich dem lockenden Nirwana einfach hingab? Zuließ, dass sie sich auflöste?

Ein zischendes Geräusch peitschte eine Welle Adrenalin durch ihre Adern. Die ersten Tropfen einer klebrigen Flüssigkeit spritzten in ihr Gesicht. Sie schleckte danach und schmeckte Apfelsaft.

Himmel, sie ließen den Tank volllaufen!

Und sie war noch drin.

Ihr Herz raste, der Schweiß brach ihr aus allen Poren. Verzweifelt schlug sie um sich. Sie wollte schreien, brachte aber nur ein Röcheln hervor.

Dann saß sie aufrecht im Bett. Die Digitaluhr auf ihrem Nachttisch zeigte drei Uhr zehn an, und sie war ganz allein in ihrer Dachstube. Nur der Mond schaute durchs Fenster, voll und rund, und schien milde zu lächeln.

Roberta hörte sich selbst schnaufen. Als ihr Atem sich endlich beruhigt hatte, schlug sie die Bettdecke zurück und stand auf. Benommen tappte sie zur Küchenzeile hinüber und goss sich mit zitternden Händen einen Pulverkaffee auf.

Schon die ersten Schlucke des Gebräus taten ihr gut, und mit den langsam erwachenden Lebensgeistern kam auch ihre Tatkraft zurück. Noch im Schlafanzug setzte sie sich an ihren Laptop.

Der Mann, der im Tank ertrunken war, arbeitete seit vielen Jahren bei der Apfelweinfirma, so viel hatte sie von der Pressestelle noch erfahren, nachdem sie die Tour mit den Australiern beendet hatte. Es war unwahrscheinlich, dass er die Gefahren, die in dem U-Boot-Tank lauerten, nicht gekannt hatte. Viel naheliegender war doch, dass jemand die Uhrzeit auf seinem Handy verstellt hatte. Ob die Polizei das überprüft hatte? Möglicherweise war der Mann tatsächlich in den Tank gestiegen, um ihn zu kontrollieren, aber das Zeitfenster, das er dafür gehabt hätte, war manipuliert worden.

Robertas Hände flogen über die Tasten des Laptops. Die Kollegen von der »Neuen Presse« würden sich wundern.

Von wegen australische Kunden. Im Laufe der nächsten zwei Stunden fanden all ihre Verdächtigungen und Mutmaßungen Eingang in einen mörderisch spannenden Artikel: »Tod im Most«.

***

»Was für ein Scheißdreck! Ich weiß wirklich nicht, womit wir das verdient haben.« Verärgert schlug Heinz Becker mit der flachen Hand auf den Schreibtisch. »Sie waren doch vor zwei Tagen am Tatort, Bär. Was schreibt sich diese Journalistin hier eigentlich zusammen?«

Bär stand am Fenster und studierte die Aussicht in den tristen Hof des Präsidiums, die sich ihm von den Büros des K11 aus bot. Beton und Glas, wohin er sah. Alles gradlinig und im rechten Winkel. Und so schön ordentlich, ganz im Gegensatz zu seinen verworrenen Gedanken. Er riss sich von dem grauen Anblick los, wandte sich um und sah gerade noch, wie sein Chef die Freitagsausgabe der »Neuen Presse« in den Papierkorb warf.

»Oder wollten Sie den Mist auch noch lesen?« Becker machte eine schwache Handbewegung zum Papierkorb hin.

»Ich habe den Artikel schon beim Frühstück überflogen«, gestand Bär. »Phantasie und Schneegestöber, kann ich nur sagen.«

»Das meine ich auch.«

»Die Kollegen des Verunglückten habe ich gestern einzeln vernommen. Clemens Winkler ist am 26. Oktober morgens pünktlich zur Arbeit gekommen, das war ein Montag. Wenig später hat er sich krankgemeldet, weil ihm eine Erkältung zu schaffen machte. Er gab an, dass er sich beim Frühstück noch einigermaßen wohl gefühlt hätte, aber als er dann in der Firma war …«

»… ließ das Kortison nach.«

»Wie bitte?«

»Ist doch klar.« Becker wiegte ungeduldig den kahlen Kopf und schürzte abschätzig die Lippen, sein mächtiger grauer Schnurrbart zitterte ein wenig. »Der menschliche Körper schüttet morgens eine Portion Kortison aus, da fühlt sich ein Kranker schon mal fitter, als er tatsächlich ist. Die Wirkung lässt aber im Laufe des Tages nach.«

»Interessant.« Bär schnalzte anerkennend mit der Zunge. Sein Chef war ein wandelndes Lexikon. Ob Becker so etwas auswendig lernte oder ob er sich die Dinge einfach nur gut merken konnte, hatte er bislang noch nicht herausgefunden. Aber er ließ sich immer wieder gern von seiner Weltkenntnis überraschen. »Clemens Winkler meldete sich jedenfalls ordnungsgemäß ab, wollte einen Arzt aufsuchen und sich zu Hause ins Bett legen«, nahm er den Faden wieder auf. »Offenbar ist er vorher aber noch mal in den Tank geklettert. Und wie es aussieht, hat er es nicht mehr aus dem Mordsbehälter herausgeschafft, bevor der Apfelsaft hineinschoss.«

»Wie muss ich mir das genau vorstellen?«

»Nun, der Apfelsaft wird von der Abfüllanlage über einen seitlichen Stutzen eingeleitet, mit gehörigem Druck. Der Stutzen sitzt ziemlich tief, es muss ihm direkt die Füße weggezogen haben. Die Luke muss da bereits zu gewesen sein; er hat sie nicht mehr erreicht, bevor sie geschlossen wurde.«

»Und er hat sich nicht bemerkbar gemacht?«

»Das hat er bestimmt verzweifelt versucht, aber er hatte den Druck der mit Macht einschießenden Flüssigkeit gegen sich. Bis man da eine Wand erreicht, um dagegen zu klopfen …«

»Ist der Tank denn so groß?«

»Ein altes U-Boot, die Ausmaße sind entsprechend. Kann ja auch sein, er hat sich verschluckt. Da fällt einem das Schreien dann nicht mehr so leicht.«

»Manche Menschen können gar nicht mehr schreien, wenn sie in Panik geraten«, wusste Becker. »Denen verschlägt es buchstäblich die Sprache.« Er griff in den Papierkorb, zog die entsorgte Zeitung ein Stück weit heraus und sah sich die Schlagzeile noch einmal an. Dann ließ er sie wieder fallen, als habe er sich daran verbrannt.

»Das mag so sein. Und es stehen ja auch keine Arbeiter mehr neben dem Tank, nachdem sie die Luke verschlossen haben. Die haben ja noch was anderes zu tun.«

»Der arme Kerl«, murmelte Becker mitfühlend.

»Sicherlich hat er noch eine Weile versucht, in dem Saft zu überleben. Zu schwimmen, meine ich. Aber er hatte keine Chance. Der Apfelsaft stieg in dem Tank auf, und der Sauerstoff wurde immer weniger.«

»Furchtbar.« Beckers Adamsapfel tanzte auf und ab, und Bär musste ebenfalls schlucken.

Sie schwiegen eine Weile, während der wohl nicht nur Bär das Drama in Gedanken noch einmal erlebte.

»Die Spusi hat nichts gefunden?«, fragte Becker schließlich.

»Nichts.«

»Und die Obduktion?«

»Keine Fremdeinwirkung. Nur die klassischen Symptome des Ertrinkens. Er hat irgendwann Apfelsaft inhaliert.«

»Ich kann mir etwas Schöneres vorstellen.« Becker schüttelte sich ein wenig. »Dann hat ihn also niemand in den Tank gestoßen?«

»Wenn er gegen seinen Willen hineinbugsiert worden wäre, hätte er sich gewehrt, sein Widersacher hätte Gewalt anwenden müssen. Man hätte am Opfer Abwehrspuren gefunden.«

»Das ist richtig.«

»Der Tank war frisch gereinigt worden«, gab Bär zu bedenken. »Wegen der anstehenden neuen Befüllung. Vermutlich wollte Clemens Winkler das nur rasch überprüfen.«

»Das scheint ein Hundertprozentiger gewesen zu sein.«

»Genau so haben die Arbeitskollegen ihn beschrieben. Immer pünktlich, stets im Einsatz.« Bär konnte ein leises, spöttisches Lachen nicht unterdrücken. »Wie wir alle hier im Präsidium, nicht wahr?«

Becker ließ das unkommentiert. »Diese Journalistin glaubt, jemand habe die Uhrzeit auf Winklers Handy manipuliert. Damit er noch im Tank war, als die Befüllung begann.«

»Das ist doch völliger Blödsinn. Handys holen sich die Uhrzeit automatisch, per Satellit, soweit ich weiß.«

»Na ja.« Becker zog sein Smartphone aus der Jackentasche und betrachtete es voller Besitzerstolz. Alle im Präsidium wussten, dass es brandneu war, weil er jeden mit seinem Faktenwissen über das Modell beglückte. »Ich erinnere mich allerdings, dass man bei den alten Dingern die Zeitverschiebung auf Sommer- oder Winterzeit manuell einstellen musste. Das sind immerhin sechzig Minuten. Die würden vermutlich dicke reichen, um jemanden in Sicherheit zu wiegen und dann ertrinken zu lassen.«

»Was?« Bär wurde nun doch leicht unsicher. »Ich kann mir das Handy des Ertrunkenen ja noch mal anschauen.«

Becker nickte knapp. »Tun Sie das. Es müsste noch bei den Technikern liegen.«

***

Roberta hatte noch nie ein Fernsehinterview gegeben, vor Aufregung hatte sie den Tag über nichts essen können. Kaum dass die Zeitung ausgeliefert worden war, hatte der Programmplaner der regionalen News Show sie angerufen und gefragt, ob sie abends in die Sendung kommen wolle. Eine Einladung, die sich Roberta als aufstrebende freie Journalistin nicht entgehen lassen konnte.

Die Maskenbildnerin hatte sie zu einem Ebenbild der üppigen rothaarigen Schauspielerin aus der TV-Serie »Mad Men« gemacht, nun aber brannten die Studiolampen unbarmherzig auf sie herab, und Roberta fürchtete, all der Zauber könne sich beim nächsten Schweißausbruch verflüchtigen. Ihr blieb nichts anderes übrig, als sich auf die Fakten zu konzentrieren und mit ihrer Recherche zu punkten.

»Roberta Hennig …« Mike Niermann, der Moderator der Sendung, gab gern den Charmeur mit grauen Schläfen und ließ sich ihren Namen hörbar auf der Zunge zergehen. »Wie ist Ihr Kosename, Roberta? Wie sagen Ihre Freunde zu Ihnen? Bertie oder Berta?«

»Robby.« Das war ihr herausgerutscht, bevor sie nachdenken konnte. Dabei hatte sie nur so rasch geantwortet, um die eine wie die andere Namensgebung zu verhindern. Kosename! Dass der Interviewton so intim werden würde, hatte sie nicht erwartet.

»Oh, das ist süß. Darf ich Robby zu Ihnen sagen?«

»Gern.« Roberta zwang sich zu einem Lächeln. Das hatte sie nun davon, dass sie sich auf die Einladung des Senders eingelassen hatte. Jetzt half nur noch, den Stier bei den Hörnern zu packen. Sie musste selbst das Thema aufgreifen und zügig abhandeln, nur so kam sie aus dieser Nummer heil wieder raus. »Ich glaube nicht, dass der Mann im Tank der Frankfurter Apfelweinkelterei zufällig ertrank«, begann sie selbstsicher. »Er war bereits viele Jahre bei der Firma beschäftigt und zu versiert, um diesbezüglich einen Fehler zu machen.«

»Ja, und was …«

»Das war Mord.«

»Dann hat ihn also jemand hineingestoßen? An wen denken Sie da? An einen Arbeitskollegen?«

»Ich könnte mir vorstellen, dass jemand die Uhrzeit auf seinem Handy verstellt hat.« Roberta schaute nun fest in die Kamera. »Clemens Winkler dachte, er hätte bis zur Befüllung des Tanks noch genügend Zeit, also ist er noch einmal in den Stahlkoloss gestiegen.«

»Um dort was zu tun?«

»Das kann ich Ihnen nun wiederum nicht so genau sagen. Da müssen Sie vielleicht mal bei der Firma nachfragen. Aber ich könnte mir denken, dass Clemens Winkler die Sauberkeit des Tanks kontrollieren wollte. Schließlich sollte frischer Apfelsaft eingefüllt werden.«

»Frischer Apfelsaft, der dann in dem Tank gären und zu Apfelwein werden sollte. Aber kann man denn die Uhrzeit eines Handys so einfach verstellen?«

»Das ist gar kein Problem«, erklärte Roberta bestimmt. »Bei älteren Handys lässt sich die Uhrzeit manuell einstellen. Außerdem gibt es noch die radikale Methode.«

»Die radikale Methode?« Mike Niermann beugte sich neugierig zu ihr herüber. »Die müssen Sie uns jetzt aber erklären. Ich bin gespannt.«

»Die radikale Methode funktioniert so: Handy ausschalten, Akku kurz rausnehmen und wieder reinstecken. Wenn man das Handy dann wieder einschaltet, fragen die meisten älteren Geräte nach Datum und Uhrzeit.«

»Und der Ertrunkene hatte so ein altes Gerät? Haben Sie das Handy denn … gesehen?«

»Nur ganz kurz. Aber es wirkte schon ziemlich altmodisch auf mich.«

»Hm.« Mike Niermann legte eine dramaturgische Pause ein und nickte bedächtig. Ganz so, als müsste er das Gesagte erst einmal verdauen, dabei hatte Roberta ihm vor der Sendung die technischen Einzelheiten genau erklärt. »Danke, Robby, das war wirklich sehr aufschlussreich.« Er schenkte ihr noch ein gönnerhaftes Lächeln, dann richteten sich seine Blicke wieder auf den Teleprompter. »Liebe Zuschauer, wir halten Sie über diesen ominösen Todesfall selbstverständlich auf dem Laufenden. Über den Mann, der den Tod im Apfelwein fand. Schalten Sie uns einfach wieder ein.« Er räusperte sich kurz. »Und Sie, Robby, Sie sehen wir hoffentlich auch bald hier wieder. Vielleicht mit anderen interessanten Mordfällen in und um Mainhattan? Ich würde mich freuen.«

***

In seinem kleinen Apartment auf dem ehemaligen Güterbahnhof drückte Hauptkommissar Christian Bär wütend auf die Fernbedienung, um den Fernseher zum Schweigen zu bringen. Am liebsten hätte er im Strahl gekotzt. Verdammte Hacke, was für eine miese Schau lieferte diese Journalistin da eigentlich ab? Benommen starrte er auf den leeren Bildschirm.

Das Handy, über das sie so phantasievoll philosophierte, hatte er sich am Nachmittag in der KTU angesehen. Die Techniker hatten es in seine Einzelteile zerlegt und untersucht. Es funktionierte nicht mehr, nachdem es in den Apfelwein abgetaucht war, und die Daten waren auch nicht mehr zu retten gewesen, dazu hatte die Fruchtsäure das Metall der SIM-Karte zu sehr angegriffen. Mit den Fingerabdrücken sah es besser aus, denn die bestanden aus Hautfetten und hatten das Bad im Apfelsaft überstanden. Sie lieferten keinerlei Anhaltspunkte dafür, dass sich neben Clemens Winkler noch jemand Fremdes an dem Handy zu schaffen gemacht hatte. Was wiederum gar nichts bewies. Denn wer sonst noch an dem Handy gewesen war, konnte Handschuhe getragen haben.

Auf seinem Smartphone klickte er sich durch ein paar URLs, bis er die Nummer des Privatsenders gefunden hatte. Mehrmals wurde er verbunden.

»Bär vom K11 in Frankfurt.« Er hoffte, dass man ihm seinen Ärger nicht schon an der Stimme anhörte. »Kann ich den Moderator Ihrer News Show mal sprechen?«

»Wie bitte? Wen?«

»Den Moderator der Sendung, die Sie gerade ausgestrahlt haben.«

»Tut mir leid, aber Sie sind hier in der Zuschauerredaktion gelandet, und wir stellen grundsätzlich keine Anrufer durch. Ich kann Ihr Anliegen aber gern weiterleiten.«

»Nein, dazu ist es zu wichtig. Ich bin auch kein Zuschauer, ich bin von der Kripo.«

»Kriminalpolizei? Worum geht es denn?«

»Das kann ich Ihnen leider nicht sagen, ich muss den Moderator schon persönlich sprechen.«

Sein Gesprächspartner schien einen Moment nachzudenken. »Das haben Sie jetzt nicht von mir«, begann er, »aber der Moderator ist schon nicht mehr im Haus. Er ist mit seinem Studiogast essen gegangen.«

»Mit seinem Studiogast? Sie meinen, mit dieser Reporterin?«

»Ja, Mike Niermann lädt aufregende Interviewpartnerinnen gern ins Restaurant ein. Ich habe zufällig gerade meine Raucherpause auf dem Gelände gemacht, als die beiden das Haus verließen. Eine hinreißende junge Frau. Wann sieht man heute schon mal ein weibliches Wesen aus Fleisch und Blut, das kein Hungerhaken ist?« Er hüstelte seinen vorlauten Kommentar leicht affektiert fort. »Kann ich sonst noch etwas für Sie tun?«

»Im Moment nicht«, gab Bär genervt nach und legte verärgert auf. Dieser Tag fühlte sich ganz so an, als sei er schon mal von jemandem gebraucht worden.

***

Roberta sah verwundert auf, als es an ihrer Wohnungstür schellte. Sie lebte in einem Zimmer mit Kochnische unter dem Dach, fünf Stockwerke hoch, und nur wenige ihrer Bekannten machten sich die Mühe, bis zu ihr heraufzukommen, solange sie nicht sicher waren, dass es bei ihr etwas zu feiern gab. Bevor sie freiwillig all die Treppen erklommen, meldeten sie sich lieber auf Robertas Smartphone oder trafen Verabredungen in einer der umliegenden Apfelwein-Kneipen am Schweizer Platz.

»Ja, bitte?« Sie öffnete die Tür einen Spalt weit.

»Christian Bär vom K11. Kennen Sie mich noch?«

In ihrer Verwirrung konnte Roberta nur stumm nicken. Vor ihr stand der Kommissar, der in der Apfelweinkelterei die Leiche aus dem Tank begutachtet hatte. Ein paar verschwitzte Haarsträhnen waren ihm ins Gesicht gefallen, und sein Atem ging so schnell, als sei er die fünf Stockwerke hochgejoggt.

»Darf ich reinkommen?« Sein durchdringender Blick bohrte sich in ihren.

»Ja, von mir aus.« Sie machte ihm ein wenig Platz, und er glitt an ihr vorbei. Ging zielstrebig zum Sofa, das Roberta unter der Dachschräge platziert hatte, um mehr Raum zu gewinnen, und setzte sich mittendrauf. Ein wenig ratlos blieb sie vor ihm stehen.

»Was haben Sie sich eigentlich dabei gedacht?«, begann er.

»Wobei?«

»Bei Ihrem seltsamen Auftritt im Fernsehen. Dass jemand die Uhr von Clemens Winklers Handy verstellt haben soll, damit er in dem Tank absäuft …«

»Ja, war das denn nicht so?«

Der Kommissar zog ein paar Fotos aus seiner Jeansjacke und warf sie auf Robertas niedrigen Couchtisch. »Hier sehen Sie den Toten in seiner Latzhose. Und hier ist ein Foto von seinem Handy. Unsere Techniker haben es untersucht, und obwohl es so lange im Apfelwein lag, konnten sie noch ein paar Teilabdrücke sichern.«

»Und?«

»Sie stammen alle von Clemens Winkler.«

»Das beweist doch gar nichts. Hätte jemand das Handy manipuliert, könnte er Handschuhe getragen haben.«

»Eben. Das Handy ist kein verwertbares Indiz, und Ihre Theorie führt zu nichts.«

»Entschuldigen Sie bitte, aber …« Roberta starrte auf das Bild des aufgedunsenen Toten in seiner bräunlich verfärbten Latzhose. Ihre Theorie von dem manipulierten Handy ließ sich also nicht beweisen. An einen Unfall konnte sie dennoch nicht glauben. Sie suchte nach Worten und knetete verlegen ihre Hände, dann brach es aus ihr heraus: »Kein vernünftiger Mensch steigt in einen Tank, der jeden Moment befüllt werden soll. Schon gar nicht, wenn es nur eine enge Luke gibt, durch die man sich so gerade eben hindurchzwängen kann.«

»Da haben Sie sicherlich recht. Aber vielleicht war Winkler nicht vernünftig.«

Roberta ließ sich vor ihrem Couchtisch auf dem Teppich nieder. »Nahm Clemens Winkler irgendwelche Medikamente?«, fragte sie.

»Sie meinen, ob er Drogen nahm?«

»Zum Beispiel Psychopharmaka, die ihn verwirrten.«

Christian Bär schüttelte den Kopf. »Wir haben seine Schwester befragt, sie wohnt im Frankfurter Speckgürtel.«

»Seine Schwester?«

»Frau und Kinder hatte Winkler nicht, und seine Eltern sind schon verstorben. Seine Schwester war seine einzige Verwandte. Sie hat uns die Adresse von Winklers Hausarzt gegeben. Und wissen Sie was? Der Doc konnte sich kaum an seinen Patienten erinnern, so selten wurde er von ihm konsultiert. Clemens Winkler war zu seinen Lebzeiten gesund wie ein Pferd.«

»Und wenn er geraucht hat?«

»Marihuana? Mann, haben Sie eine Phantasie.« Mit einer brüsken Bewegung erhob er sich vom Sofa. »Tun Sie mir einen Gefallen, und setzen Sie Ihren Spürsinn nicht mehr in meinen Fällen ein, okay? Schreiben Sie von mir aus, was Sie wollen, aber nichts mehr über Tote im Apfelwein.«

Sie nickte schwach, während ihr Besucher auch schon aus der Wohnung strebte. Dann fiel die Tür hinter ihm ins Schloss.

Roberta setzte sich auf den Platz, den der Polizist eingenommen hatte. An der Stelle, auf der er gesessen hatte, war seine Körperwärme noch gespeichert. Ihre Hände tasteten danach, während ihre Blicke die Fotos fixierten, die er auf dem Couchtisch hatte liegen lassen. Vor allem das Shirt des Toten zog ihre Aufmerksamkeit auf sich. Darauf war eine winzige Figur abgebildet. Ein schwarz gekleidetes Männlein, das eine Leiter und ein Bündel trug.

Roberta brauchte eine Weile, bis sie die Schrift entziffern konnte, so verschmutzt und mitgenommen, wie das T-Shirt war. Sie schaffte es auch nur, indem sie die bereits entzifferten Teile des Satzes in eine Internetsuchmaschine eingab, um mit deren Hilfe die nicht lesbaren Worte zu finden:

»Johnny Appleseed put'n seeds in holes«, las sie halblaut.

Hatte das irgendetwas zu bedeuten? Womöglich war der Tote Mitglied eines ominösen Clubs gewesen.

***

Du treibst im Schiffsbauch in der schweren Süße. Weißt, dass die Luft bald aufgebraucht ist. Ganz still liegst du auf dem Rücken, wagst kaum zu atmen, um noch ein paar Minuten Leben auszuhandeln.

Sinnlos, sage ich dir.

Das Nass wird dich dem Stahl entgegentragen, bis deine Lippen ihn küssen.

Stille Opferung.

Wer hört dein Klagen? Wer geistert durch deine Gedanken, jetzt und in der Stunde deines Todes?

Divdidit dahdahdah divdidit.

Save our ship.

Save our souls.

DREI

Christian Bär wusste selbst nicht, warum er die Apfelweinkelterei am Samstag noch einmal anrief und aufsuchte. Vielleicht wollte er sich nur ein letztes Mal vergewissern, dass er richtiglag. Nach dem, was Erkennungsdienst und KTU ihm vorgelegt hatten, war er von einem Unfall überzeugt, was den im Most ertrunkenen Arbeiter anging. Der Mann war in seiner Arbeit akribisch gewesen, hatte sich davon überzeugen wollen, dass der Tank auch wirklich sauber war. Womöglich hatte er einfach nicht richtig auf die Uhr gesehen. Er war von seiner Grippe leicht angeschlagen gewesen und nicht ganz auf dem Damm. Müde hatte er sich in den Tank gequält, um pflichtbewusst einen letzten Check vorzunehmen, in Gedanken schon zu Hause im Krankenbett.

Und dabei war es eben passiert.

Nicht aufgepasst. Ein Unfall.

Bär parkte seinen Wagen direkt an der Straße. Das Wetter war für die Jahreszeit ungewöhnlich warm. Er schlüpfte aus seiner Jeansjacke und warf sie auf den Beifahrersitz, bevor er die Türen verriegelte. Die paar Schritte bis zur Kellerei ging er zu Fuß. Über den Hof wehte ein frisch-herber Geruch nach Äpfeln.

Er betrachtete noch die bunte Ausstellung von allen möglichen Apfelweinsorten und Marketingprodukten im Empfangsraum, als der Kellermeister ihn auch schon abholte.

»Sie haben Glück, dass wir wegen des Unfalls heute arbeiten. Haben Sie denn noch Fragen?«

»Nicht wirklich, Herr Rabe.« Bär winkte ab. »Ich will mich nur noch ein letztes Mal umsehen. Mich vergewissern, dass mir nichts entgangen ist.«

Rabe nickte freundlich. Dann ging er voran, führte ihn durch die Gänge und die Treppe hinab.

An dem Tank, in dem Clemens Winkler ertrunken war, wurde emsig gearbeitet. Man hatte den letzten Rest Most abgelassen, nun wurde das riesige Behältnis erneut gereinigt.

»Montag kommt wieder neuer Saft rein«, erklärte Rabe ruhig. »Die Produktion muss halt laufen.«

»Das versteht sich von selbst.«

Martin Ott kam in Stiefeln und Overall auf sie zu und wischte sich mit dem Ärmel über die Stirn. »Schade um den Inhalt, das ist ein herber Verlust für die Firma.«

»Immerhin ist ein Mensch darin ertrunken«, gab Bär zu bedenken. »Das ist weitaus tragischer.«

Rabe nickte zustimmend. »Dieser Unfall ist wirklich furchtbar, wir sind alle noch ganz sprachlos.«

»Aber schaffen müssen wir dennoch.« Martin Ott klang schwermütig. »Das Leben geht schließlich weiter.«

»Sie standen dem Verstorbenen wohl besonders nahe?«, tastete Bär sich vor.

»Das kann man so sagen. Ich mache hier erst ein halbes Jahr sauber, aber Clemens … Obwohl er so viel jünger war und mir andererseits auch Anweisungen gab, ist er mir sofort wie ein Bruder vorgekommen.« Ein trauriges Lächeln huschte über sein Gesicht. »Manchmal gibt es so was ja.«

»Tut mir leid für Sie«, murmelte Bär. Wenn es um tröstlichen Zuspruch und Beileidsbekundungen ging, fehlten ihm schnell die Worte. »Haben Sie oder Ihre Kollegen inzwischen einen Anhaltspunkt, weshalb Winkler noch mal in den Tank kletterte, bevor er sein Krankenlager aufsuchte?«

Ott sah ihn eine Weile schweigend an. »Ich denke, er wollte tatsächlich nur nachsehen, ob für die Einfüllung alles in Ordnung war«, sagte er dann und hob bedauernd die Schultern. »Er hat immer ›in de Krimmele gesucht‹, schon als Kind. Wenn der Käse schief auf dem Brötchen lag, fing er an zu plärren.«

»Interessant, aber woher wissen Sie das?«

»Ach, solche Sachen hat er gern mal in den Pausen vor versammelter Runde erzählt. Wir haben oft alle gemeinsam darüber gelacht.«

»Na, wenn das so war …« Bär musste trotz der ernsten Situation schmunzeln.

Er blieb noch eine Weile bei den Arbeitern und sah ihnen beim Reinigen des Tanks zu. Lauschte den Geräuschen, die aus dem Ungeheuer drangen. Dem Zischen der Wasserfontänen, die im Inneren des stählernen Kolosses gegen die Wand prasselten. Den knappen Zurufen des Mannes, der in dem ehemaligen U-Boot-Druckkörper mit dem Wasserschlauch kämpfte. Seine Augen saugten sich an der kleinen Luke fest, durch die der Mann in den Tank eingestiegen war. Bei dem Gedanken, dort hineinklettern zu müssen, lief ihm ein Schauer über den Rücken.

»Wer passt da schon durch?«, sagte er mehr zu sich selbst.

»Das ist gar nicht so schwer.« Rabe hatte ihn gehört und war hinter ihn getreten. »Kommen Sie mal mit.«

Bär glaubte, in einer Zeitschleife festzustecken. Hatte der Kellermeister dieselben Worte nicht schon am Mittwoch an ihn gerichtet? So war es doch. Und wie am Mittwoch führte er ihn jetzt vor die nicht ganz so großen Tanks im nächsten Gang. Bei einem stand die Klappe offen, und Bär ging zögernd darauf zu. Kurz davor blieb er stehen.

»Ich könnte nie …« Wie er bereits befürchtet hatte, waren seine Schultern viel zu breit, um sie durch die Öffnung zu schieben.

»Strecken Sie mal die Arme aus«, bat Rabe.

»Was soll ich?«

»So als wollten Sie im Schwimmbad vom Sprungbrett abspringen.« Rabe ließ sich nicht aus der Ruhe bringen.

Zögernd tat Bär ihm den Gefallen.

»So, und nun mit den gestreckten Armen in den Tank«, wies Rabe ihn mit leiser Stimme an.

Bär tat, wie ihm geheißen. Und siehe da, durch das Ausstrecken der Arme rutschten seine Schultern in die Kuhlen rechts und links des Halses, und er konnte seinen Rumpf bis zum Bauchnabel in die Öffnung schieben.

»Die Hüften sind für gewöhnlich schmaler als die Schultern, der Rest von Ihnen würde jetzt also auch durchpassen«, hörte er Rabe hinter sich sagen.

Bär atmete tief durch. Er hing halb in dem Tank, sein Oberkörper ragte in einen Tunnel aus Stahl hinein. Er konnte nicht erkennen, wo er anfing und wo er aufhörte, erahnte nur eine metallene Wölbung über sich und spürte den tiefen Raum mehr, als dass er ihn sah. Die unwirkliche Leere verursachte ein ungemütliches Kribbeln in seiner Magengegend, gleichzeitig zog sie ihn magisch an.

Nur herein, schien sie zu rufen, komm zu mir.

Bär stemmte seine Füße haltsuchend auf den Boden, seine Hände krampften sich um den Rand der Luke.

Das ist lächerlich, rief er sich zur Ordnung.

Mit letzter Willenskraft zog er sich aus dem Dunkel.

Rabe schien von seiner Verwirrung nichts zu bemerken. Freundlich führte er ihn in sein kleines Büro, das hier im Keller in ein riesiges altes Holzfass eingebaut war. Eine kleine Treppe führte zur Eingangstür, drinnen gab es gerade mal einen Tisch, zwei Bänke und etliche Regale. Allerdings schien diese Schreibzelle mit der neusten Computertechnik ausgestattet zu sein.

»Kurios«, murmelte Bär.

Rabe bedeutete ihm, Platz zu nehmen. »Wir sind untröstlich«, kam er wieder aufs Thema zurück. »Clemens Winkler war ein guter Mann. Ein Freund. Ich konnte mich immer voll auf ihn verlassen. Und davon mal abgesehen … Tödliche Unfälle hatten wir hier noch nie. Das passt auch gar nicht zu unserer Firma. Der Apfelwein an sich steht schließlich für Lebensfreude.«

»Ist das jetzt ein Problem für das Image Ihrer Firma?« Bär wusste selbst nicht, was ihn ritt. Er formulierte seine Fragen sonst nicht so aggressiv, aber womöglich ging ihm die kleine Übung von vorhin noch nach. Vielmehr die Verunsicherung, die der Blick in den Tank bei ihm ausgelöst hatte. Für gewöhnlich sah er keine Gespenster. Er nicht.

»Nein, das nun auch wieder nicht. Wir werden in der Öffentlichkeit kommunizieren, dass es ein selbst verschuldetes Unglück war«, ging Rabe auf seine Frage ein. »Wir haben eine gute Versicherung, die Prämie geht nun an Winklers Schwester. Ella Winkler, seine einzige Verwandte. Und die Firma legt noch etwas drauf. Das ist mehr, als wir zu tun verpflichtet sind, zumal der Verstorbene den Unfall selbst und allein zu verantworten hat.« Er griff in seine Schublade und zog ein paar Unterlagen heraus. »Das hier sind die Protokolle der letzten Besprechung vor Winklers Tod. Wir hatten die Befüllung des Tanks für neun Uhr angesetzt, alle wussten das.«

»Und um kurz vor neun steigt Winkler in den Tank.« Kopfschüttelnd zog Bär die Papiere zu sich heran und blätterte sie durch. »Kann ich davon Kopien haben?«

»Ja, sicher, ich lasse Ihnen gleich welche machen.«

»Seine Schwester wohnt im Frankfurter Speckgürtel …«

»In Karben, das ist richtig. Sie besitzt ein paar Dörfer weiter Streuobstwiesen und engagiert sich für den Naturschutz.«

»Das ist schön«, murmelte Bär, der mit den Gedanken woanders war. *Cui bono?*, lautete eine der ältesten Grundsatzfragen bei einem Mord, wem nützt es? Nicht nur das Erbe, auch die Versicherungssumme ging an die Schwester. Aber wie hätte sie ihren Bruder zur Unfallzeit in den Tank locken können? Oder hineinstoßen? Nein, das ging ja nicht, dann hätte Winkler Verletzungen gehabt, und der Rechtsmediziner hatte nichts dergleichen gefunden. Das hatte er Becker gestern doch alles selbst erzählt.

Vergiss es, beruhigte er sich. Du bist überdreht.

»Die Totenmesse findet übrigens in acht Tagen im Kloster Engelthal statt«, erzählte Herman Rabe. »Beerdigt wird Winkler in Karben, aber … Fragen Sie mich nicht, warum, die Familie hatte eine sehr enge Beziehung zu dem Kloster.«

»Dann ist die Familie katholisch?«

»In einer so strengen Variante, wie man sie wohl nur in der Diaspora erlebt. Aber das ist ja jetzt nicht weiter wichtig. Ich sage Ihnen das nur für den Fall, dass Sie zur Trauerfeier kommen wollen.«

»Ja, danke. Falls ich keinen Dienst habe«, meinte Bär vage.

***

»Roberta Hennig hat wieder Neuigkeiten für uns«, sagte Mike Niermann, der News Show-Moderator. »Der Tote aus dem Tank trug ein bedrucktes, um nicht zu sagen beeindruckendes T-Shirt. Und die Aufschrift darauf könnte uns neue Hinweise auf den Fall geben. Ist es nicht so, Robby? Vielleicht nicht direkt auf den Mord, das Motiv, den Täter und so weiter, aber zumindest doch auf die Person des Toten. Robby, bitte, das Mikrofon gehört Ihnen.«

Roberta wandte ihr Gesicht der Kamera zu. Sie hatte den Hauptkommissar, der ihr auf ihrem Sofa die Leviten gelesen hatte, nicht vergessen. Doch ein paar Worte über die Kleidung des Toten zu verlieren, das konnte er ihr nicht übel nehmen. Und verbieten schon gar nicht. Sie war Journalistin, wenngleich sie noch am Anfang ihrer Karriere stand. Aber gerade deshalb musste sie sich anstrengen und täglich besser werden. Und das Honorar, das sie für diese Sendung bekam, sagte ihr, dass sie auf dem besten Wege war. Wenn das mit ihren Aufträgen so weiterging, kam sie raus aus ihren Miesen, konnte verreisen, sich eine schönere Wohnung leisten. Ein Auto, das nicht vorn und hinten klapperte.

»Der Tote trug ein T-Shirt mit der Aufschrift ›Johnny Appleseed‹«, begann sie. »›Johnny Appleseed put'n seeds in holes‹, um es im Ganzen zu sagen.«

»Ja, und was heißt das jetzt?«

»Wörtlich übersetzt heißt es so viel wie ›Johnny Appleseed legt Samen in Löcher‹.« Roberta machte es spannend. »Aber ›Johnny Appleseed legt Apfelkerne aus‹ würde es besser treffen.«

»Dann hat der Mann, dieser Johnny Appleseed, also Apfelbäume gepflanzt?«, versuchte der Moderator, es auf den Punkt zu bringen.

»Ja, und dazu muss man wissen, dass Appleseed tatsächlich gelebt hat. Er starb 1847 in Fort Wayne, Indiana, und hieß eigentlich John Chapman. Er war sozusagen ein früher Umweltschützer, ein ökologischer Pionier. Im Mittleren Westen der USA zog er Apfelbäume aus den Kernen, die beim Keltern anfielen. Er klaubte die Kerne einfach aus den Apfelpressen und legte daraus Anzuchtgärten mit Zufallssämlingen an. Dann überließ er die Gärten lokalen Partnern und zog weiter.«

»Und die Leute hatten im Herbst Körbe voller Äpfel zu essen«, fiel Mike Niermann ein.

»Zum Verspeisen waren die Äpfel weniger geeignet. Das

waren keine besonders hochgezüchteten Sorten.« Roberta blinzelte tapfer gegen das grelle Licht der Studioscheinwerfer an. »Aber sie eigneten sich hervorragend zum Keltern. Apfelwein war für die Pioniere Amerikas der am einfachsten herzustellende Alkohol. Man brauchte keine Destillation wie beim Kornbrand und musste keine Pflanzen kultivieren wie etwa Reben für den Wein oder Hopfen fürs Bier. Die Leute im Wilden Westen konnten ihren Apfelwein ganz einfach selbst machen, und obendrein war er auch noch preiswert.«

»So weit, so gut. Nun fragt man sich natürlich, was den Toten mit dieser historischen Figur verband. Warum trug er ein T-Shirt mit dem Emblem eines Ökokämpfers? Sah er sich selbst als Apfelweinpionier?«

Da sie darauf keine Antwort hatte, spann Roberta den Faden weiter. »Interessant ist vor allem, woher Clemens Winkler das T-Shirt hatte. War es purer Zufall, dass es in seinen Besitz gelangte? Oder ist Appleseed das Maskottchen irgendeiner Gruppe, einer Vereinigung? Und wenn ja – was sind die Ziele dieser Leute?«

»Falls jemand unter Ihnen, liebe Zuschauer, das Motiv zuordnen kann, rufen Sie uns bitte an. Unsere Nummer wird gerade eingeblendet.« Mike Niermann nickte ermutigend in die Kamera, dann wandte er sich Roberta zu. »Vielen Dank, Robby, das war wieder einmal sehr informativ. Wir freuen uns jetzt schon auf Ihren nächsten Einsatz.«

Als Roberta aus dem Sender kam, wartete ein Trupp junger Leute vor dem Portal auf sie.

»Robby, Robby!«, skandierten sie im Chor.

Sie reichten ihr bedruckte Zettel, die sie signieren sollte, und Roberta erkannte zu ihrem Erstaunen, dass sich ihr Konterfei darauf befand. Aus ein paar Bildern, die der Sender ins Netz gestellt hatte, um für die News Show zu werben, hatten ihre neuen Fans recht schmeichelhafte Autogrammkarten für sie gebastelt.

»Wie schaffen Sie es nur, immer so toll auszusehen?«, schwärmte ein Mädchen. »Machen Sie etwas Bestimmtes mit Ihren Haaren?«

»Ich spüle sie mit Apfelessig«, verriet Roberta, und alles lachte.

»Wollen Sie nicht noch ein Glas mit uns trinken?«, rief jemand. »Ach bitte. Zur Feier des Tages.«

»Ein Glas Apfelwein auf die Sendung«, bekräftigte jemand anderes eifrig.

Roberta wusste sich so schnell nicht zu helfen. Sie war müde und wollte nach Hause, andererseits mochte sie ihre frisch gewonnenen Fans nicht vergraulen.

»Wir könnten uns ja noch ein paar Minuten in die Kantine setzen«, schlug sie vor. »Falls die noch aufhat.«

Eine Stunde später suchte Roberta gut gelaunt auf dem Parkplatz in dem Meer von Autos nach ihrem alten Corsa. Dass sie sich aber auch nie merken konnte, wo sie ihren Wagen abgestellt hatte! Sie musste etliche Reihen parkender Autos ablaufen, bis sie ihr Gefährt endlich geortet hatte.

Ein kühler Nieselregen hatte eingesetzt, und ihr wurde mit einem Mal bewusst, wie dunkel es schon war. Der Herbst hatte Einzug gehalten, und selbst die Zeitumstellung konnte nicht verhindern, dass die Dämmerung sich jeden Abend früher über die Stadt legte.

Roberta fröstelte, als sie die Tür aufschloss. Sie wollte den Wagen schon starten, doch sie nahm sich noch einen Moment, schaltete das Deckenlicht ein und drehte den Rückspiegel zu sich.

Hatte ihre neue Berühmtheit sie verändert oder nur ihre Finanzlage verbessert? Beides hatte ihr gutgetan. Sie hatte sich heute nach langer Pause mal wieder Klamotten gekauft, das neue, eng anliegende Oberteil betonte ihre Kurven. Früher hätte sie sich darin unwohl gefühlt, doch ihr schien, als sei sie über Nacht selbstbewusster geworden, sogar ihr Lächeln wirkte viel freier. Seit dem letzten Interview benutzte sie Make-up. Warum hatte sie das bisher als Chichi abgetan? So ein bisschen Farbe ließ ihren Blick doch gleich viel geheimnisvoller erscheinen.

Mit den Fingerspitzen wischte sie über die geschlossenen

Augen, um ein wenig verschmierten Lidschatten richtig zu verteilen, und seufzte leise. Als sie die Augen wieder öffnete, nahm sie im Rückspiegel eine Bewegung wahr. Der Schreck schoss durch ihre Nerven wie ein elektrischer Impuls. Ihr Herz schien einen Takt auszusetzen, dann schlug es ihr bis zum Hals.

Da war jemand auf dem Rücksitz.

Aus einer schwarzen Sturmmaske heraus fixierten sie zwei unbeteiligt dreinblickende Augen, durch das untere Loch schoben sich zwei pralle Lippen, über die in einer obszönen Geste eine Zunge fuhr.

Roberta schluckte trocken, ihre Gedanken rasten.

Wie war der Kerl in ihr Auto gekommen? Die Tür war doch verschlossen gewesen. Hatte sie es überhaupt mit einem Mann zu tun? Oder mit einer Frau, die sie notfalls überwältigen könnte? Sie sah nur diese widerliche Maske im Rückspiegel und konnte die Statur des Eindringlings schlecht abschätzen.

»Was wollen Sie?«, brachte sie mühsam hervor.

Eine Hand griff brutal in ihr Haar und riss ihren Kopf zurück, vor Schmerz schrie sie dumpf auf.

»Schluss mit Johnny Appleseed. Und Hände weg von Schneewittchen.«

Der Scheißkerl hatte seine Stimme verstellt. Oder die Frau. Sie klang wie vom Computer verzerrt.

Ließ der Eindringling etwa ein Diktafon laufen?

Roberta wagte nicht, sich umzudrehen.

Unerbittlich krallte sich die Hand in ihrem Haar fest. Erst als sie dem Zug nachgab, wurde der Schmerz erträglicher. Sie versuchte, ihren Atem zu kontrollieren, ruhiger zu werden.

»Verstanden?« Wieder die blecherne Computerstimme.

»Häääch …«, hörte sich Roberta tief stöhnen. Sie hatte etwas erwidern wollen, doch ihre Stimmbänder gehorchten ihr nicht, und sie brachte nur ein fremd klingendes Röcheln heraus.

Jetzt nickte sie heftig. Aber das war nicht sie selbst. Ihr Peiniger stieß und zerrte ihren Kopf rhythmisch auf und nieder.

»Also gut, du hast verstanden.«

Das Klappen der hinteren Autotür kam ihr wie Engelgeläut vor.

Er – oder sie – war weg.

Roberta zitterte am ganzen Körper. Ihr Nacken schmerzte. Ihre Kopfhaut brannte. Mit zitternden Fingern verschloss sie die Autotüren. Als sie losfahren wollte, schlotterten ihre Beine derart, dass sie kaum Gas geben konnte. In großen, ruckartigen Sätzen sprang der Corsa über den Parkplatz.

***

Was bedeutet der Tod schon für Menschen wie euch? Bereits zu Lebzeiten seid ihr lebendig begraben. Tragt eure aufgesetzte Liebe vor euch her, doch eure Taten lassen auf sich warten. Die Herzen erfüllt mit Angst, ist die Sorge um euch selbst stets eure größte.

Euch hat man zu Recht aus dem Paradies verjagt, ihr Brüder und Schwestern der Schlange. Nicht einmal einem Apfel konntet ihr widerstehen in all eurer Gier.

Ihr werdet die Grenzen zwischen den Welten nicht überschreiten. Ihr habt das Diesseits zum Jammertal gemacht und seid das Jenseits nicht wert.

Ganz gleich, ob ihr in den Tiefen der Gewässer sterbt oder hoch in den Lüften: Ein Grab ist für euch so gut wie das andere.

VIER

Robertas Nerven lagen blank. Der Fremde in ihrem Auto hatte ihr mehr Angst eingejagt, als sie sich selbst eingestehen wollte. Regelmäßig, wenn sie in ihrer Dachkammer am Computer saß, glaubte sie wieder die Bewegung im Nacken zu spüren, mit der er hinter ihrem Sitz aufgetaucht war. Dann blickte sie in einen imaginären Rückspiegel, und zwei seelenlose Augen starrten sie in ihrer Vorstellung aus einer Sturmmaske heraus an.

Sie hatte sich selbst gut zureden müssen, bevor sie sich nach Altenstadt zum Kloster Engelthal aufgemacht hatte. Die Trauerfeier für den »Toten im Tank«, wie sie Clemens Winkler in der Redaktion des Senders nannten, würde ihr erster bebilderter Bericht werden, der Sender schickte ihr einen Kameramann zur Totenmesse. Sie stieg langsam auf in der Reporter-Hierarchie. Verdiente mit jedem Auftrag mehr. Und so tragisch die Ereignisse auch waren, über die sie zu berichten hatte, es machte ihr Spaß, sich auszuprobieren und ihre Fähigkeiten auszubauen. Die steigende Nachfrage nach ihren Berichten nahm sie als Gradmesser für ihren wachsenden Erfolg. Ein Rundfunksender hatte sie für nächste Woche sogar in eine Kultursendung eingeladen: »Apfelwein – ein Kulturgut«. Sie hatte bereits begonnen, sich ins Thema einzulesen.

Wenn nur diese Kälte in ihren Knochen nicht wäre. Dieses unkontrollierbare Zittern ihres Unterkiefers, das sich so schwer unterdrücken ließ. Die Furcht war zu ihrem ständigen Begleiter geworden seit jener Nacht auf dem Parkplatz, und sie konnte nichts dagegen tun.

Im Auto entspannte sie sich ein wenig bei der Fahrt durch die flachen Felder der Wetterau. Die weite Landschaft ließ ihren Blicken Raum. Die tief stehende Sonne malte lange Schatten auf die Wiesen, und der ferne Himmel strahlte in einem klaren Blau.

Als sie ihren Corsa auf den Parkplatz lenkte, versammelte sich die Trauergesellschaft gerade vor der Kirche. Schon von Weitem konnte Roberta sehen, dass es sich um eine überschaubare Gruppe handelte. Nachbarn vielleicht, entfernte Verwandte des Verstorbenen. Eine schlanke, sportliche Frau um die vierzig wurde von allen in den Arm genommen, Roberta schätzte, dass sie Winklers Schwester war.

Der Kameramann, der Roberta angekündigt worden war, hatte seine Arbeit schon aufgenommen. Ein junger Typ in dunkler Jeans und schwarzem Rolli. Etwas abseits des Geschehens war er in Position gegangen und nahm einzelne Takes auf. Sein Teleobjektiv erlaubte es ihm, respektvollen Abstand zu halten.

Sie ging zu ihm und begrüßte ihn mit gedämpfter Stimme.

»Irgendetwas Besonderes, worauf ich achten soll?«, wollte er wissen. »Ich hab schon mal eine Totale vom Kloster gemacht.«

Roberta zog ihr kurzes Cocktailkleid zurecht, das beim Fahren hochgerutscht war. Etwas anderes in Schwarz hatte sie nicht in ihrem Kleiderschrank gefunden, sie mochte lieber bunte Farben. »Ja, danke, das ist gut«, murmelte sie.

Ihr fiel so rasch keine weitere Anweisung ein, zumindest keine, die professionell genug geklungen hätte. Schließlich war dies ihr erster Tag als TV-Reporterin. Sie musste sich blind auf den jungen Kollegen verlassen und konnte nur hoffen, dass er erfahren genug war und wusste, was er tat.

»Vielleicht können wir das Gesicht der Schwester einmal zeigen«, schlug sie zaghaft vor. »Und wenn Sie ein paar Worte von der Rede des Pfarrers mitnehmen könnten?«

»Sie meinen, so als Soundbite? Oder wollen Sie einen bestimmten O-Ton haben?«

»Ja, egal«, wich Roberta aus. »Wie es am besten passt.«

Sie fing gerade noch den ratlosen Blick des Kameramanns auf, dann begab sich die Gesellschaft auch schon in die Kirche, und Roberta schloss sich an, den jungen Kollegen im Schlepptau.

Immerhin schien er den Job nicht zum ersten Mal zu machen. In der Kirche stellte er sich dezent am Rande des Geschehens auf und schraubte die Kamera leise auf das mitgebrachte Stativ.

Roberta sah sich unauffällig um. Die Klosterkirche bestand

aus einem Kirchenschiff mit einem Chor für die Nonnen und einem Seitenschiff für die Gäste. Von hier aus hatte die Trauergemeinde einen seitlichen Blick auf den Altarraum. Mit seinen weißen Wänden und den hohen, klaren Glasfenstern wirkte das Gotteshaus nüchtern und schlicht. Der Altar und die Deckenrosetten aus der Barrockzeit jedoch standen in einem interessanten Kontrast zu diesem Eindruck, und ein fast schon futuristisches Altarkreuz aus stilisierten vergoldeten Kruzifixen vollendete die ästhetische Trilogie.

Endlich betrat der Priester die Kirche.

»Liebe Angehörige, liebe Trauergemeinde«, begann er. »Wir haben uns hier versammelt, weil die Familie des Verstorbenen sich mit diesem heiligen Ort verbunden fühlt. Eine Großtante von Clemens Winkler hat lange Zeit hier im Kloster gelebt, und schon als Kind kehrte der kleine Clemens regelmäßig in diese Klosterkirche ein, um zu Gott zu finden. Wir dürfen daher annehmen, dass seine Seele geläutert ins Jenseits einging und Gnade fand vor dem Herrn.«

Roberta war erstaunt, wie meditativ so eine Trauerfeier sein konnte. In ihrer protestantischen Familie hatte man es mit der Religion stets sehr lax gehalten, vor allem hatte man die Kirche nie eingerannt, und sie genoss nun die besinnliche Atmosphäre in den Klostermauern. Flüchtig schaute sie sich noch einmal nach ihrem Kameramann um und war nicht überrascht, Hauptkommissar Bär neben ihm stehen zu sehen.

Aus den Augenwinkeln heraus beobachtete sie die Schwester des Verstorbenen. Sie erkannte den Kellermeister und Winklers Arbeitskollegen, die sie am Tank angetroffen hatte. Die Herren in den adretten Anzügen daneben vertraten vermutlich die Firmenleitung.

»Und dennoch: Wenn jemand durch ein Unglück aus unserer Mitte gerissen wird, dann fragen wir uns, warum. Warum musste dieses Unglück geschehen, wieso traf es gerade ihn? Hätte er nicht noch länger unter uns weilen können?«

Winklers Schwester schluchzte kurz auf. Der Arbeiter, der sich am Tank als Martin Ott vorgestellt hatte, reichte ihr zuvorkommend ein Taschentuch.

»In unserer modernen Welt glauben wir, alles im Griff zu haben. Wir kommen uns mächtig und stark vor und sehen uns als omnipotente Gestalter. Und dennoch gibt es Ereignisse im Leben, die uns ohnmächtig zurücklassen. Momente, in denen unser Verstand versagt und unsere Suche ins Leere läuft. Der Tod ist für uns Menschen eine Grenze. Er markiert einen Bereich, in den unser Wissen kein Licht bringen kann.«

Roberta spürte, wie sie müde wurde. Es kam ihr so vor, als hätte sie die halbe Nacht vor Angst wach gelegen, der unruhige Schlaf forderte nun seinen Tribut, und die Stimme des Pfarrers trug sie gemächlich in einen anderen Bewusstseinszustand.

Als das Glöckchen zur Wandlung läutete, ging eine Wellenbewegung durch die Anwesenden, und alle, die in den Kirchenbänken Platz gefunden hatten, knieten nieder. Roberta tat es ihnen gleich und senkte respektvoll den Kopf. Andächtig lauschte sie den leise gemurmelten Worten des Priesters und wartete auf das nächste Glöckchengeläut.

Plötzlich rang der Geistliche scharf nach Luft. Ein Hustenanfall drang durch das Gotteshaus, und die Wände warfen das Echo zurück. Erschreckt schaute Roberta auf. Der Priester hatte den Kelch abgesetzt, aus dem er getrunken hatte. Er fasste sich an den Hals, taumelte und klammerte sich am steinernen Altar fest.

Zwei Nonnen stürzten aus dem Hauptschiff zu ihm hin, Bär sprang über das niedrige Gitter, das den Altarraum vom Gästeschiff abtrennte, und eilte den beiden hinterher. Bald lag der Priester auf dem roten Teppich vor dem Altar, und Bär spendete ihm Atem. Die Messdiener flüsterten bleich miteinander, die Trauergemeinde tuschelte erregt. Erst nach einer gefühlten Ewigkeit konnte Bär dem Geistlichen wieder auf die Beine helfen, gemeinsam mit den Nonnen geleitete er ihn in die Sakristei.

Roberta hatte sich inzwischen zu ihrem Kameramann vorgekämpft.

»Alles im Kasten«, flüsterte er. »Brauchen wir noch ein Interview? Mit den Messdienern vielleicht?«

»Warum die?«, raunte Roberta verständnislos.

»Ist das etwa Ihr erster Film?« Der junge Kollege sah sie besorgt an. »Vielleicht haben die Messdiener ja mitgekriegt, wer dem Priester den Kelch eingeschenkt hat. Das Ganze riecht doch nach einem Giftanschlag. Wenn Sie sich ein bisschen anstrengen, haben Sie heute Abend die Topmeldung.«

In der Sakristei herrschte gespenstische Stille. Die Nonnen, die Messdiener und selbst Bär – alle standen sie ratlos herum. Der Priester saß bewegungslos auf einem Stuhl, sein Gesicht war rot angelaufen, und seine Augen tränten. Doch sein Atem ging schon wieder ganz ruhig.

»Was war denn los?«, fragte Roberta in die Runde.

»Es war Apfelwein im Kelch«, erklärte Bär knapp.

»Was ist daran so schlimm?«, wollte Roberta wissen.

»Ich vertrage keinen Apfelsaft. Das haben Sie ja soeben erlebt.« Das Gesicht des Priesters nahm langsam wieder eine normale Farbe an. Roberta konnte sehen, dass er schon etwas älter war, sein Haar war schütter und ergraut, und seine Haut wirkte, als hätte er sich viele Sommer im Freien aufgehalten. Womöglich hatte er ein paar Jahre in einer ausländischen Mission verbracht. »Ich bin allergisch gegen Äpfel. Solche Reaktionen sind sehr verbreitet. Bei hochsensiblen Personen wie mir reicht ein Schlückchen Apfelwein, um die Symptome auszulösen.« Er ordnete sein Gewand ein wenig und rückte die Stola zurecht.

»Was für eine furchtbare Geschichte«, klagte eine der Nonnen. »Apfelwein fürs Abendmahl herzunehmen ist Sünde!«

»Ganz recht.« Der Priester nickte energisch. »Man streckte den Messwein im Mittelalter gern mit Apfelwein, um den Kirchenzehnten auf den Wein einzusparen. Auf Apfelwein entfiel er nicht. Aber das Panschen wurde um 1200 verboten. Zur Messfeier darf nur ›gerechter Wein‹ eingeschenkt werden, der Wein aus Trauben. ›Ich bin der Rebstock, ihr seid die Trauben‹, spricht der Herr.«

»Wer wusste alles von Ihrer Allergie?«, erkundigte sich Bär.

Der Geistliche hob gleichmütig die Schultern. »Überall rumerzählt habe ich es nicht, das war ja auch nicht nötig.

Apfelmus oder Apfelkuchen zum Beispiel vertrage ich, weil die allergieauslösenden Eiweiße beim Erhitzen zerstört werden. Aber der eine oder andere wird es schon mitbekommen haben, wenn ich einen verlockend duftenden Apfel ablehnen musste.«

»Wusstet ihr davon?«, ging Bär nun die Messdiener an.

Die Jungen fuhren erschrocken zusammen. »Nein, wirklich nicht.«

»Und wie kam der Apfelwein in den Kelch?« Die andere Nonne hatte inzwischen eine angebrochene Flasche Apfelwein im Schrank der Sakristei entdeckt. Drohend hielt sie den Jungen ihren Fund entgegen. Der Kameramann hob sein Gerät auf die Schulter und nahm die Szene auf.

»Der war für uns«, sagte einer der Messdiener. »Gegen unseren Durst.«

»In eurem Alter dürft ihr doch noch gar keinen Alkohol trinken«, wandte der Priester milde ein.

»Es war nur ein Streich«, gestand schon der nächste. »Vielmehr eine Wette. Ein Mann hat mit uns gewettet, dass wir es nicht wagen.«

»Was nicht wagen?«

»Den Wein mit dem Apfelwein zu vertauschen.«

»Wie sah der Mann aus?«, fragten Roberta und Bär gleichzeitig.

»Das wissen wir nicht.«

»Wie kann das denn sein?« Roberta legte ihre Hand auf den Arm des Kameramanns, um ihm zu bedeuten, dass er den Dreh abbrechen sollte. Die Eltern der noch minderjährigen Jungen würden dem Sender ein halbes Dutzend Anwälte mit einstweiligen Verfügungen auf den Hals schicken, noch bevor sie die Bilder in ihren Bericht einschneiden konnte. Der Kollege gehorchte nur widerstrebend, sein Blick sagte ihr, dass sie sich gerade um die entscheidenden Einstellungen brachte.

»Das Ganze begann mit einer Mail, die uns jemand geschickt hat«, erzählte nun der anscheinend älteste der Jungen.

»Jemand?«, hakte Roberta nach. »Ein Mann oder eine Frau?«

»Keine Ahnung. In einer Mail kann man alles schreiben.«

»Schön, dass ihr das auch schon erkennt«, meinte Bär mit leisem Spott in der Stimme. »Wie heißt du überhaupt?«

»Ich bin der Kai.«

»Und wie alt bist du?«

»Ich werde fünfzehn.« Der Junge fuhr sich verlegen durch das blonde Haar.

»Wenn das wirklich eine Wette war … Wie hoch war denn euer Einsatz? Und wie kommt ihr nun zu eurem Gewinn?«

»Der wird uns per Post geschickt.«

»Na, da könnt ihr vermutlich lange warten«, meinte Bär. »Wem seid ihr da nur aufgesessen?«

Alle entspannten sich, nachdem nun klar war, dass der Priester außer Gefahr war. Dass es sich um einen Dummejungenstreich gehandelt hatte und nicht um einen Anschlag auf den Geistlichen. Bär nahm trotzdem die Adressen der Jungen auf und notierte sich auch die des Priesters, dann verabschiedete er sich. Der Kameramann schraubte umständlich sein Stativ ab. Seine Enttäuschung darüber, dass er die Messdiener nicht hatte aufnehmen dürfen, saß offenbar tief.

Als Roberta die Kirche durchquerte, hatte sich die Trauergemeinde schon aufgelöst, und das Gotteshaus war leer. Nur Bär stand noch gedankenverloren vor dem Altar. Sie konnte sehen, wie er den kleinen Finger in den Kelch steckte und abschleckte. »Apfelwein«, murmelte er bestätigend.

FÜNF

»Dann war das erschreckende Geschehen vergangene Woche nichts weiter als ein Bubenstreich?«

Die Radiomoderatorin hatte eine betörende Stimme, ungewöhnlich voll und tief für eine Frau. Roberta kam ihre eigene Stimme dagegen piepsig und fremd vor, in der Aufregung machte sich obendrein ihr hessischer Akzent bemerkbar. Und je mehr sie dagegen ankämpfte, desto verkrampfter wurde sie.

»Ja, Gott sei Dank, der Priester ist wohlauf, und es ist nichts weiter passiert«, kommentierte sie den Vorfall im Kloster Engelthal, den sie gerade noch einmal hatte aufleben lassen.

»Weiß man denn inzwischen, wer die Messdiener zu diesem Streich angestiftet hat?«

»Noch nicht, aber die Polizei bleibt dran«, beruhigte Roberta die Moderatorin und die Zuschauer.

Genau genommen war es Hauptkommissar Christian Bär, der sich der Sache annahm. Sie sah ihn wieder vor sich, wie er den Kelchinhalt kostete. Dieser konzentrierte Gesichtsausdruck, den er dabei gehabt hatte. Er war in seine Untersuchung vertieft gewesen, als ginge ihn die Welt um ihn herum gar nichts an.

»Auf das Ergebnis sind wir gespannt. Unser Thema heute heißt: Apfelwein – ein Kulturgut. Was können Sie uns denn darüber erzählen, Frau Hennig?«

»Es beginnt wieder einmal alles mit den Griechen und den Römern«, sagte Roberta schmunzelnd. »Die kannten natürlich auch schon Apfelwein. Für sie war das aber ein eher minderwertiger Wein. An der Mosel, in der Eifel, im Hunsrück, an der Saar und in Luxemburg heißt der Apfelwein heute noch ›Viez‹. Darin steckt das Lateinische *vinum vice*, was so viel bedeutet wie ›der zweite‹ oder ›der stellvertretende Wein‹. Salopp könnte man auch sagen: Weinersatz.«

Roberta spürte, wie sie sich freiredete, die Worte sprudelten nun aus ihr hervor, und sie dachte überhaupt nicht mehr daran, wie ihre Stimme wohl wirken würde. Das akustisch abgeschottete Hörfunkstudio empfand sie wie eine Blase unter Wasser, einen abgeschlossenen Ort jenseits der Wirklichkeit, der Sicherheit suggerierte.

»Der Apfelwein verdankt seine Karriere einem Klimawandel. Um das Jahr 1000 reichte der Weinanbau bis nach England. Ab 1200 kam es zu einer Klimaabkühlung, und ab 1550 wurden die Sommer kalt und die Winter lang und hart. Diese kleine Eiszeit dauerte bis Ende des 19. Jahrhunderts und war in Mitteleuropa deutlich spürbar. Der Wein wurde nicht mehr ›zeitig‹, so sagte man. Die Trauben wurden nicht mehr reif.«

»Aber die Äpfel gediehen …«

»Genau das war der Punkt. Frankfurt am Main war bis ins 16. Jahrhundert hinein eine Weinstadt. Die nahe Wetterau war klimatisch ideal für den Weinanbau, und durch die vielen Händler und Besucher hatte die Stadt einen großen Bedarf an Wein. Er soll in Strömen geflossen sein, bei Kaiserkrönungen quoll der Wein angeblich sogar aus dem Brunnen vor dem Rathaus.«

»Aus dem Gerechtigkeitsbrunnen vor dem Römer? Ein schönes Bild, das kann man sich so richtig vorstellen. Und mit den klimatischen Problemen für den Weinanbau begann nun die Karriere des Apfelweins?«

»Genau. Der Apfelwein verbreitete sich in ganz Europa, vor allem entlang der Atlantikküste, die durch den Golfstrom immer ein bisschen mehr Wärme abbekam. Hier gediehen herrliche Äpfel, aus denen sich vortrefflicher Apfelwein machen ließ. In Spanien kennen wir ihn bis heute als Sidra, in der Bretagne wird der Cidre aus der Bol getrunken, einer kleinen Tonschale, dazu gibt es Crêpes oder Galettes aus Buchweizen zu essen. In der Normandie kennt man ›die drei großen C‹: Camembert, Cidre und Calvados – wobei der Calvados aus dem Cidre gebrannt wird. Aber auch in England und Irland gibt es seit Jahrhunderten den Cider. Von hier aus kam er nach Amerika und half den Pionieren in der neuen Welt, ihr hartes Leben zu überstehen.«

»Danke für diesen anschaulichen Rundumschlag, Frau Hennig. Wir schalten nun mal unsere Hörer zu. Gibt es eine Frage an Roberta Hennig?«

Die Moderatorin bediente ein paar Regler, und aus Robertas Kopfhörer erklang die Stimme einer Frau. »Ich möchte noch einmal auf diesen Bösebubenstreich im Kloster zurückkommen«, sagte sie. »Gibt es eigentlich irgendwelche Vorschriften für den Messwein?«

»Einen Moment, auswendig kann ich diese Frage nicht beantworten.« Roberta sortierte rasch ihre Notizen. »Ah, da haben wir es. Codex Juris Canonici 924, der Paragraf 3 des katholischen Kirchenrechts besagt, dass Messwein ›naturrein und unaufgebessert‹ sein muss. Nichts, was nicht der Haltbarkeit des Weines dient, darf verwendet werden.«

»Danke schön. Und wie ist es mit der Sorte? Rot oder weiß?«

»Ursprünglich nahm man Rotwein, schließlich sollte er an das Blut Christi erinnern. Doch 1478 ließ Papst Sixtus IV. zum ersten Mal Weißwein zu. Vermutlich aus einem sehr praktischen Grund, den alle Hausfrauen sofort verstehen werden. Der Rotwein hinterließ eklige Flecken in den Messgewändern.«

»Ich glaube, wir kommen ein wenig vom Thema ab«, mahnte die Moderatorin. »Unser nächster Anrufer, bitte. Was möchten Sie wissen?«

»Was saugst du dir da aus den Fingern, Roberta? Das Blut Christi …« Ein hallender Ton begleitete die stakkatoartige, monotone Stimme, und Roberta spürte, wie ihr Nacken steif wurde. Die Stimme des Anrufers klang wie die Computerstimme, die der fremde Eindringling in ihrem Auto benutzt hatte.

»Was? Wie bitte?«

»Bald wirst du in deinem eigenen Blut liegen!«

»Was wollen Sie damit sagen?«, stieß Roberta rau hervor. Doch sie vernahm nur noch ein leises Fiepen, der Anrufer hatte aufgelegt.

»Das … das war wohl der nächste Apfelweinstreich, oder?« Die Moderatorin war blass geworden und gab sich alle Mühe, ihren Schrecken wegzulachen.

»Ja, das denke ich auch. Die Witzbolde sterben einfach nicht aus.« Roberta stieg gern darauf ein, doch ihr saß ein Kloß im Hals. Am liebsten wäre sie aufgesprungen und aus dem Studio geflüchtet. Ihre Hände zitterten, und es kostete sie alle Kraft, vor ihrem Mikrofon sitzen zu bleiben. Glücklicherweise war die Sendezeit so gut wie abgelaufen.

»Unsere Kultursendung endet heute mit einem kleinen Spaß«, spielte die Moderatorin den Anruf noch einmal herunter. »Ich hoffe, es war wie immer informativ für Sie. Unser Gast war die Reporterin Roberta Hennig, uns allen bekannt durch ihre Recherchen im Frankfurter Apfelweinmord. Vielen Dank, Frau Hennig. Schön, dass Sie da waren.«

»Bitte, gern geschehen. Ich danke Ihnen für die Einladung.«

Beide Frauen schnappten nach Luft, als die Regler endlich geschlossen waren und die Schlussmelodie der Sendung ertönte.

»Was war das denn jetzt?«

»Da wollte sich wohl jemand interessant machen«, beschwichtigte Roberta die Moderatorin.

»Sollten wir nicht lieber die Polizei informieren?«

Roberta schüttelte vehement den Kopf, obwohl sie im Stillen dachte, dass sie genau das tun sollten.

Aber das wollte sie lieber allein erledigen.

***

Christian Bär sah verwundert, dass eine junge Frau vor seiner Haustür wartete. Im Dämmerlicht der Straßenbeleuchtung nahm er zunächst nur ihre Silhouette wahr, die sich vor dem großen Wohnhaus mit den vielen Eigentumswohnungen winzig ausnahm.

Sein Tag im Büro war ermüdend gewesen – viel Schreibarbeit und wenig Bewegung, lediglich Becker hatte ihn mal wieder mit unnützem Wissen aufgeheitert –, und er freute sich auf den Feierabend. Einfach nichts mehr tun müssen, die Zeitung lesen, ein Bier trinken. Früh schlafen gehen.

Die Frau machte ihn neugierig, und beim Näherkommen betrachtete er sie genauer. Sie war beileibe kein Schmalreh wie Katja, aber in ihrer knackigen Lederhose und mit der knapp sitzenden Wolljacke sprach sie seine Instinkte doch an. Vor allem ihr Haar sah verlockend aus. Eine rotbraune Mähne, die Lust zum Reingreifen machte.

Erst als er neben ihr stand, erkannte er sie.

»Ach, Sie sind das. Was machen Sie denn hier?«

»Ich wollte Sie sprechen.« Sie sah ihn fest an.

»Und weswegen? Etwa wegen Ihrer ›Apfelweinmorde‹?« Er zog das Wort mit einem ironischen Unterton in die Länge. »Macht es Spaß, darüber in der Presse zu spekulieren? Vermutlich verdienen Sie ja viel Geld damit.«

Sie sagte nichts dazu, hielt aber seinem Blick stand.

»Und wenn ich kein Interesse habe, mit Ihnen über meine Fälle zu reden?«, fuhr er spöttisch fort.

»Warum so zugeknöpft?«

»Mit zugeknöpft hat das nichts zu tun, liebe Frau Hennig. Ich hab es einfach nicht gern, wenn man mir meine Arbeit unnötig erschwert. Sie trampeln in meinen Ermittlungen herum wie ein mittelalterlicher Kelterer im Weinbottich. Um dann alles in der Presse breitzutreten. Und dabei ergehen Sie sich nur in Spekulationen. Machen aus einem tragischen Unfall einen Mord und aus einem Bubenstreich einen Krimi. Denken Sie wirklich, dass das hilfreich ist? Ich hatte Sie gewarnt.«

Sie sah einen Moment lang irritiert zu Boden, dann bekam sie wieder Oberwasser. »Haben Sie denn inzwischen herausgefunden, warum Clemens Winkler zur falschen Zeit in den Tank stieg? Wissen Sie nun, wer die Messdiener zu ihrem Streich angestiftet hat? Ihnen ist schon klar, dass der Pfarrer auch hätte ersticken können, oder?«

»Sie glauben doch nicht, dass ich das mit Ihnen diskutiere.« Bär stand nun so nahe an der Hauswand, dass er sich anlehnen konnte. »Sie verplaudern doch nur wieder alles in Ihrer nächsten News Show oder Hörfunksendung. Oder in der Zeitung«, setzte er angewidert hinzu und sah im Geiste Becker vor sich, der die »Neue Presse« in den Papierkorb warf. Wie recht sein Chef doch gelegentlich hatte.

»Ich wollte der Polizei nur helfen.«

»Wissen Sie was? Ich habe überhaupt nicht den Eindruck,

dass Sie unserer Truppe helfen wollen. Ich denke eher, dass Sie viel Geld machen wollen. Mit unseren Ermittlungsergebnissen. Und natürlich den paar aufregenden Fakten, die Sie dann dazuerfinden und darüberstreuen wie Zucker über die Erdbeeren.«

Jetzt war sie endlich still. Der Wind blies die letzten herbstlichen Blätter von den noch jungen Bäumen, die die Anlage zierten, und trieb sie über den Gehweg vor sich her. Ein leises Rascheln drang zu ihnen herüber.

Der Bewegungsmelder schaltete sich ein, als Bär einen Schritt auf die Haustür zu machte, und im milden Licht der Außenlampe konnte er sehen, dass Roberta Hennig weinte.

»Scheiße, das wollte ich nicht.« Er griff nach ihrem Arm, versuchte instinktiv, sie an sich zu ziehen, und erschrak über seine eigene Reaktion. Doch sie hatte sich bereits von ihm losgemacht und abgewandt. Im Gehen blickte sie noch einmal über ihre Schulter zu ihm zurück.

»Ich werde bedroht«, brachte sie mit tränenerstickter Stimme hervor. Ihre Worte waren kaum zu verstehen. Dann ging sie weiter.

Er überlegte, hinter ihr herzulaufen, und kam sich blöd vor. Was, wenn das jetzt nur ein Trick von ihr war? Wenn er einknickte und ihr alles erzählte, was er wusste, konnte er seine Ermittlungsergebnisse morgen womöglich schon wieder in der Zeitung lesen.

Er schaute ihr noch eine Weile hinterher, dann schloss er kopfschüttelnd die Haustür auf und stapfte in sein Apartment.

Auf seinem Couchtisch lachte ihm Katja von ein paar postkartengroßen Fotos entgegen. Verdammt, verdammt. Warum hatte er die überhaupt aus der Schublade genommen? Er musste eine dunkle Stunde gehabt haben, gestern oder vorgestern. Das Leergut von zwei Sixpacks Bier, das neben dem Sofa auf den Gang zum Container wartete, sprach Bände.

Er pellte sich aus seinem Parka und warf ihn in die Ecke. Schob die Fotos ein wenig zusammen und ließ sich aufs Sofa fallen. Im Geiste sah er Roberta vor sich. Warum war er vorhin nur so unfreundlich zu ihr gewesen? Er hasste zwar ihre

Methoden, aber im Grunde wollte sie doch nur dasselbe wie er: Die Hintergründe eines fragwürdigen Todes aufklären.

***

Roberta fror, als sie zu ihrem Wagen zurückkehrte. Sie fragte sich, was schiefgelaufen war. Wie hatte sie sich nur mit dem Kommissar überwerfen können? Das hätte nicht passieren dürfen. Aber der Typ war ihr dermaßen arrogant und überheblich gekommen, dass sie total aus dem Konzept geraten war. Sie hatte ihn um Hilfe bitten wollen, nun war sie wieder allein auf sich gestellt.

Sie schlich um ihren Corsa herum, bevor sie die Tür aufsperrte. Schirmte die Augen mit der Hand ab, um das Licht der Straßenbeleuchtung zu dämpfen, und spähte ins Innere ihres Wagens. Nie mehr wollte sie erleben, dass sich hinter ihr ein blinder Passagier auf der Rückbank aufrichtete. Nie mehr wollte sie in ein Augenpaar sehen, das sie aus den Schlitzen einer Sturmmaske anstarrte. Ganz zu schweigen von diesen eklig lüsternen Lippen, die sich schmatzend aus dem Ausschnitt für den Mund gestülpt hatten.

Erst als sie ganz sicher war, dass niemand in ihrem Auto saß, sperrte sie auf und ließ sich in den Fahrersitz fallen. Im nächsten Moment hätte sie beinahe aufgeschrien vor Schreck. Ein dunkler Schatten fiel auf ihre Windschutzscheibe. Eine große Hand legte sich in Höhe ihres Gesichts auf das Frontglas, und wenn die Scheibe nicht dagewesen wäre, hätte sie sie berühren können.

Roberta duckte sich und rutschte zitternd tiefer in den Sitz hinein.

»Frau Hennig?«

Vorsichtig lugte sie über das Lenkrad hinweg.

»Frau Hennig, ich bin es, Kommissar Bär.«

»Was?« Ihre Angst wich einer unbändigen Wut. Erst behandelte dieser Kerl sie wie Dreck, und nun rannte er ihr nach. Erschreckte sie bis ins Mark. »Was wollen Sie?« Sie ließ die Seitenscheibe ein wenig hinunter.

»Mit Ihnen reden. Hören Sie, es tut mir leid, dass ich Sie

eben zum Weinen gebracht habe, deswegen bin ich hier. Ich möchte mich bei Ihnen entschuldigen.«

»Jemand wie Sie kann mich gar nicht zum Weinen bringen«, brachte Roberta patzig hervor.

»Sie haben im Weggehen etwas gesagt. Wollen Sie mit mir darüber reden?«

Roberta schaute ihn unschlüssig an. »Ich weiß nicht.«

»Sie vertrauen mir nicht, stimmt's?«

»So könnte man es sagen.« Sie rang sich ein kleines, spöttisches Lächeln ab.

»Wissen Sie was? Ich lade Sie jetzt auf einen Drink ein, und dabei können Sie sich dann überlegen, was und wie viel Sie mir verraten wollen.«

Roberta seufzte.

»Kommen Sie, ich zeige Ihnen, wo es langgeht.« Er stand schon neben der Beifahrertür, als würde er überhaupt nicht damit rechnen, dass sie Nein sagen könnte.

Sie beugte sich über den Sitz und machte ihm auf.

***

Das Lokal, in das er sie geführt hatte, war nicht das, was Roberta erwartet hätte, aber es wirkte mit seiner schlichten Einrichtung vertrauenerweckend. Sie suchte einen Eckplatz unter einem Fenster mit Butzenscheiben aus, und Bär folgte ihr ohne Widerspruch.

Er ließ ihr Zeit, bedrängte sie nicht mit Fragen.

Der Wirt kam an ihren Tisch, ein aufgeräumter Typ, begrüßte sie freundlich und reichte ihnen die Karten.

»Schon was zu trinken?«

»Apfelwein«, orderte Bär.

»Was?« Roberta hatte schon oft Apfelwein getrunken, meist einen heißen auf dem Weihnachtsmarkt. Und in sommerlicher Hitze durfte es auch mal ein sauer Gespritzter sein. Der mit kühlem Mineralwasser verdünnte Apfelwein löschte den Durst auf angenehme Weise. Doch unter einem Drink, und den hatte Bär ihr versprochen, stellte sie sich etwas anderes vor.

»Darf es unser Hausschoppen sein? Ansonsten schauen Sie doch noch mal auf die Karte.«

»Wir hätten gern von den Sortenreinen.«

»Gute Wahl.« Der Wirt lächelte anerkennend. »Da hätten wir den Boskoop, außerdem Cox-Orange, Jonagold und Braeburn.«

Roberta kam sich vor wie auf dem Obstgroßmarkt und erwartete schon, dass gleich eine Kiste Äpfel auf ihrem Tisch landen würde.

»Boskoop«, antwortete sie, nur um irgendetwas zu sagen.

»Cox-Orange«, orderte Bär.

Roberta war nicht wenig erstaunt, als der Wirt bald darauf zwei schlanke Weingläser an ihren Tisch brachte. »Für wen war der Boskoop?«

»Für mich«, erwiderte sie kleinlaut und bekam das elegante Glas vor sich hingestellt. Ein aromatischer Duft entströmte ihm, der Roberta tatsächlich an einen feinherben Boskoop-Apfel erinnerte. Als sie das Glas an die Lippen setzte und trank, war ihre Verblüffung noch größer. »Das schmeckt ja wie Wein. Nur … na ja, nach Äpfeln statt nach Trauben.«

»Den Tipp mit den Sortenreinen habe ich von meinem Chef. Ein Alles- und Besserwisser, aber seine Ratschläge sind oft zu etwas nutze.« Bär kostete an seinem eigenen Glas und nickte zufrieden. »Sie setzen dem Apfelwein bei der Gärung Zucker zu. Dadurch kriegen sie einen höheren Alkoholgehalt hin.« Er hob das Glas gegen das Licht und betrachtete die klare Flüssigkeit. »Außerdem filtern sie gründlich. Was wollten Sie mir vorhin erzählen, Frau Hennig, warum sind Sie zu mir gekommen?«

Er wechselte das Thema so abrupt, dass sie sich für einen Moment überrumpelt fühlte. Vor lauter Apfelwein kosten hatte sie in den letzten Minuten weder an den Eindringling in ihrem Auto noch an den anonymen Anrufer im Sender gedacht.

Stockend, den Blick auf den Holztisch gerichtet, begann sie, Bär davon zu erzählen. Hier, in der gemütlichen Apfelweinkneipe, kamen ihr die Geschehnisse und erst recht ihre Angst allerdings albern vor, und sie schämte sich ein wenig vor dem Kommissar. Schließlich war sie kein Kind mehr, das sich vorm bösen Wolf fürchtete. »Das können natürlich auch nur blöde Streiche gewesen sein«, räumte sie rasch ein, nachdem sie geendet hatte. »Der Mann mit der Maske meinte: ›Schluss mit Johnny Appleseed. Und Hände weg von Schneewittchen.‹ Als wären wir in der Märchenstunde.« Sie versuchte, das Gesagte mit einem Lachen ins Komische zu ziehen, doch es gelang ihr nur ein banger Kiekser.

»Es könnten tatsächlich Dummejungenstreiche gewesen sein«, sagte Bär ruhig. »Irgendjemand lebt da vielleicht gerade seine humorvolle Seite aus. Irgendein Stalker, ein durchgeknallter Fan von Ihnen. Haben Sie in letzter Zeit anonyme Schreiben bekommen oder andere Drohungen?«

»Nein, sonst ist nichts passiert. Aber mir reicht es.«

»Vielleicht steckt ein Konkurrent dahinter, ein eifersüchtiger Journalist?«, überlegte Bär weiter. »Oder einfach jemand, der Ihre Artikel nicht mag.« Er verzog ein wenig abfällig den Mund. Von Journalisten schien er nicht viel zu halten, und er machte nicht einmal einen Hehl daraus. »Wir sollten es dennoch ernst nehmen. Wir könnten Ihren Wagen auf Fingerabdrücke untersuchen …«

»Das hat keinen Zweck«, wandte Roberta ein. »So wie der Kerl vermummt war, trug er bestimmt auch Handschuhe. Gesehen habe ich es nicht, ich war viel zu aufgeregt, und er saß hinter mir. Aber ich gehe davon aus.«

»Wurde die Radiosendung aufgezeichnet? Dann könnten wir eine Stimmanalyse machen. Zwar wüssten wir dann immer noch nicht, wo der Anrufer jetzt steckt, denn ich nehme an, dass er schlau genug war, ein Prepaid-Handy zu benutzen oder aus irgendeinem Lokal anzurufen. Aber je mehr Fakten wir über ihn haben, desto besser, im Fall dass er noch einmal anruft oder auftaucht. Sie könnten auch Anzeige gegen Unbekannt erstatten.«

Roberta seufzte. Sie wollte kein bemitleidenswertes Stalking-Opfer sein. Keine schwache Frau, die man verängstigen konnte und durfte. Das Gespräch mit Bär wurde ihr immer unangenehmer, und sie bereute fast, davon angefangen zu haben.

»Polizeischutz kann ich nicht anordnen«, redete Bär auch

schon weiter, »dafür haben wir nicht genug Personal, und es steht auch in keinem Verhältnis zu dem Delikt.«

»Ach, lassen Sie mal. Vermutlich war es wirklich nur ein Jugendlicher, der …«

»Wenn er noch einmal auftaucht, schnappen wir ihn uns.« Bär zog ein Kärtchen aus der Jeanstasche und legte es vor sie auf den Tisch. Seine Visitenkarte vom Polizeipräsidium. »Sowie Ihnen in den nächsten Tagen irgendetwas verdächtig vorkommt, rufen Sie mich sofort an.«

»Ich hoffe, es passiert einfach gar nichts mehr«, gab Roberta zurück. »Sind Sie in dem Fall mit dem vertauschten Messwein im Kloster eigentlich zu einem Ergebnis gekommen?«

Bär schüttelte den Kopf. »Es gibt keinen Fall. Der Pfarrer hielt die Sache für einen aus dem Ruder gelaufenen Scherz seiner Messdiener und bestand darauf, ihnen zu vergeben.«

»Und der Typ, der die Jungen zu der Wette angestiftet haben soll?«

»Von dem wollten die Jungs nichts mehr wissen, kaum dass der Pfarrer eingelenkt hatte. Vor allem ihr Wortführer, Kai, dieser fünfzehnjährige Blondschopf, hat den Ball mächtig flach gehalten.« Bär lächelte gequält. »Keine Ahnung, ob der unbekannte Mailschreiber überhaupt existiert. Eine Mailadresse, die nicht zurückzuverfolgen ist, kann heutzutage jeder Schüler einrichten. Und vielleicht war es ja auch bloß eine Ausrede. Das Ganze hat sich jedenfalls in Luft aufgelöst.«

Roberta blies die Wangen auf und ließ den Atem langsam entweichen. Sie malte sich aus, was aus ihrem Stalker würde, wenn sie, wie Bär vorgeschlagen hatte, Anzeige gegen Unbekannt erstattete. Vermutlich würde sich ihr Fall auch in Luft auflösen. Waren das ihre Alternativen, allein mit der Angst klarzukommen oder als Memme bloßgestellt zu werden?

»Gab es in Ihrem Leben schon mal eine Situation, die Ihnen Angst eingejagt hat?«, fragte sie.

Er grinste verlegen. »Sie zuerst.«

Roberta verfiel ins Grübeln. Sie war auf einem Bauernhof in der Wetterau groß geworden und hatte als Kind statt eines Hundes oder einer Katze drei kleine Stubenküken gehabt. Das

Leben mit ihren Eltern und ihrem jüngeren Bruder war harmonisch und beschaulich verlaufen. Angst – wenn auch eine andere Angst als die vor dem Vermummten im Wagen – hatte sie nur vor ihren Mitschülern gehabt, vor deren Grausamkeiten und Gemeinheiten. Sie hatten Roberta ausgeschlossen und gequält. »Mops« hatten sie sie genannt und »Tonne«. Sie war halt nie ein Leichtgewicht gewesen. Die Liebe war in ihrer Familie durch den Magen gegangen, ihre Mutter hatte deftig gekocht, und Robertas Konfektionsgröße war als gottgegeben hingenommen worden. Auf dem Gymnasium war sie dann auf die schick gestylten Stadtkinder geprallt, die Sport trieben, Cola light tranken und Model-Castingshows sahen. Und alles war nur noch schlimmer geworden. Aber sollte sie das einem Mann erzählen, den sie kaum kannte?

Roberta lehnte sich auf ihrem Stuhl zurück. »Ich habe zuerst gefragt.«

Bär sah sie lange nachdenklich an. Er ließ sich ebenfalls Zeit mit der Antwort und spielte mit seinem becherförmigen Glas, dessen Oberfläche traditionell geriffelt war, um ein Abrutschen aus fettigen Fingern zu verhindern, wenn man zum Apfelwein zum Beispiel ein Würstchen aus der Hand aß. Der Wirt war inzwischen noch einmal an ihrem Tisch gewesen, und sie waren nun beim Hausschoppen angekommen. »Ein Maul voll Apfel«, hätte Roberta gesagt, wenn sie ihn hätte beschreiben sollen. Feinherb und aromatisch. Die Kohlensäure hinterließ ein feines Kribbeln auf der Zunge.

Bär nahm einen ordentlichen Schluck.

»Weißt du, da gab es eine Geschichte in Mainz, als ich noch ein junger Polizeianwärter war«, begann er dann. »Ist lange her. Aber in manchen Momenten bedrückt sie mich immer noch.«

»Erzähl mir davon«, bat Roberta und fand es recht passend, bei dieser Art von Unterhaltung zum vertrauten Du überzugehen.

»Ich war, wie gesagt, noch in der Ausbildung. Es war Winter, und man rief uns in die Fußgängerzone. Ein Geschäftsmann hatte einen Penner vor seinem Schaufenster liegen und wollte ihn da weghaben. Der Typ störte ihn oder vielmehr die Kunden, wie er meinte. Nun, wir waren zu dritt, zwei ausgebildete Beamte und ich, so quasi als ihr Knecht. Meine beiden Lehrmeister haben sich den Penner näher angeguckt. Er war volltrunken und hatte keine Papiere.«

Bär schwieg, und Roberta wartete darauf, dass er weitersprach.

»Was habt ihr mit ihm gemacht?«, fragte sie schließlich.

»Die beiden Kollegen schafften ihn in unseren Bus, um ihn mit auf die Wache zu nehmen. Aber er war echt total blau, und er stank. Nach Erbrochenem und nach Pisse. Erspar es mir, dir das näher zu beschreiben, mir wird heute noch schlecht, wenn ich daran denke. Wir hatten ihn also im Auto und sind mit ihm los in Richtung Wache.«

Wieder schwieg Bär, und Roberta ließ ihren Blick durch das Lokal schweifen. Die Gaststube hatte sich mächtig geleert, die Zeit war vorgerückt. Der Wirt begann, den Tresen aufzuräumen, und eine Kellnerin fing an abzurechnen.

»Die beiden frotzelten, dass er uns die Wache vollkotzen würde. Dass wir seine Personalien eh nicht aufnehmen könnten, weil er keine Papiere hatte und es eine ganze Zeit dauern würde, bis er nüchtern genug wäre, um seinen Namen buchstabieren zu können. Ich weiß gar nicht mehr, wer von den beiden den Vorschlag machte, aber … sie kamen auf die Idee, den Typen einfach wieder auf die Straße zu setzen. Irgendwohin, von wo er eine Weile brauchen würde bis zu dem Schaufenster in der Innenstadt. Von dort hatten sie ihn nämlich schon ein paarmal weggeholt, es war wohl sein Lieblingsplatz, weil es da ein Lüftungsgitter gab, aus dem warmer Kellermief strömte. Und der Ladeninhaber rief regelmäßig die Polizei.«

»Sie wollten ihm also eine Lektion erteilen?«

»Ja, so harmlos dachte ich auch erst. Ich war irgendwie zu jung oder zu blöd, um mir auszumalen, was passieren würde.«

Roberta bekam so eine Ahnung. »Und dann?«

»Haben sie ihn in den rheinhessischen Weinbergen ausgesetzt. Auf halber Strecke nach Alzey, damit er nur ja nicht so schnell wieder in der Mainzer Innenstadt auftauchte.«

»Oh Gott. Und du hast nicht protestiert?«

»Nein. Ich dachte, der Penner findet schon wieder zurück. Ich habe mir nicht vorstellen können, dass er dazu zu betrunken war. Dass er einfach einschlafen könnte. Und erfrieren.«

Sie schwiegen beide betroffen. Bärs letzte Worte waren in die Stille der Gaststube gefallen wie Steine in einen See. Der Wirt spülte nun die Gläser, und Roberta konnte das rhythmische Plätschern des Waschwassers hören.

»Das tut mir leid«, sagte sie leise. Ihr war dabei nicht ganz klar, ob ihr Mitleid mehr dem Penner galt oder dem Polizisten neben ihr. So zerknirscht wie er dasaß, hätte sie ihn am liebsten in den Arm genommen, um ihn zu trösten.

»Es gab ein Verfahren gegen die beiden Kollegen, die Presse brachte die Sache groß raus. Ich kam vergleichsweise glimpflich davon, ich war ja nur Mitläufer. Ein kleiner Polizeianwärter.«

Er schwieg nun wieder, und Roberta ließ die Geschichte auf sich wirken. Wie schwer musste so eine Mitschuld wohl wiegen? Und wie offen er darüber sprach! Ging er mit allen Leuten so vertrauensvoll um, oder sah er in ihr etwas Besonderes? Wenn ja, warum der Sinneswandel? Allzu nett hatte er sie ja bisher nicht behandelt. Sie konnte allerdings nicht leugnen, dass es ihr gefiel.

»Lass uns gehen«, bat sie schließlich und gab dem Wirt ein Zeichen.

***

Sie jagen dich über das offene Feld, kein Strauch, der dir Schutz böte, nirgends. Auf der Flucht werden deine Nerven dünner. Du witterst jeden räudigen Hund, noch bevor er bellen kann. Suchst verschämt nach Essensresten im Müll. Schläfst in verpissten Ecken, damit es dir nicht in den Hals regnet. Vom Boden her zieht Kälte auf. Nur Nässe ist schlimmer. Bei niedrigen Temperaturen kriecht sie in deine Lunge, lähmt deine Knochen. Macht dich sterbensalt.

Allein der Sommer ist freundlich zu dir. Da bist du der Fänger im Roggen, die Ähren wuschen dir durchs Gesicht, und du kannst dich spüren.

Ein Bett im Kornfeld.

Die Höhe des Korns wird in Arsch gemessen. Zwei Arsch hoch zum Schlafen, drei Arsch hoch für die Liebe.
Falls du jemanden zum Lieben findest.

***

Auf der Fahrt nach Hause sprachen sie kein Wort. Jeder hing seinen Gedanken nach, und Roberta war sich sicher, dass Bär ganz ähnliche Dinge durch den Kopf gingen wie ihr.

Der erfrorene Mann im Weinberg. Der Ertrunkene, den man aus einem U-Boot-Tank gezogen hatte. Der vermummte Spinner unter einer Sturmmaske.

»Und du bist dir ganz sicher, dass ich jetzt getrost allein nach Hause fahren kann?«, fragte sie halb ernst, halb scherzhaft, als sie Bär vor seiner Wohnung absetzte.

Er beugte sich zu ihr herüber und sah sie eindringlich an. Kurz hatte Roberta das Gefühl, er wolle ihr mit dem Handrücken über die Wange streichen, doch er ließ die bereits erhobene Hand wieder sinken, bevor es dazu kam. »Du hast ja meine Nummer. Wenn dir irgendetwas seltsam vorkommt, rufst du mich an.«

»Mache ich.« Sie zögerte. »Davon, dass es sich bei dem Mann im Auto und dem Anrufer im Sender um denselben Kerl handelt, gehst du aber doch auch aus, oder?«

»Wegen der Computerstimme? Ja, mag schon sein, aber wir waren uns doch einig, dass es vermutlich nur ein pubertierender Fan von dir ist.« Er zwinkerte ihr aufmunternd zu.

»Bist du dir da wirklich sicher? Und wenn derjenige seine Worte ganz bewusst gewählt hat? Johnny Appleseed und Schneewittchen … diese Namen kommen doch nicht von ungefähr.«

»Ach was, das ist alles nur Kinderkram. Da springt jemand auf die verschiedenen Apfelweinthemen an, mit denen du dich in letzter Zeit in den Medien präsentiert hast. Das sind genauso wenig Geheimcodes, wie der Unfall im Tank ein Mord war. Auch wenn die Journalistin in dir das gern hätte.« Er lachte leise.

»Und wenn Schneewittchen …«

»Falls es dich beruhigt, können wir ja zu mir reingehen und eine Runde nach Schneewittchen googeln.«

Seine Stimme klang rau, und Roberta krallte ihre Finger um das Lenkrad. Sie wollte es nicht so schnell angehen. Er gefiel ihr wie schon lange keiner mehr, aber sie konnte jetzt schon absehen, dass er Ecken und Kanten hatte. Vor allem musste sie erst einschätzen können, woher er gelegentlich diesen machohaften Anflug nahm und was das zu bedeuten hatte.

»Nein, lass mal«, wehrte sie ab. »Das kann auch jeder für sich tun.«

»Da hast du auch wieder recht.« Ein leiser Seufzer. »Bis demnächst, schlaf gut.«

Die Autotür fiel ins Schloss, und sie schaute ihm nach, als er auf den Eingang des Mehrfamilienhauses im Bauhausstil zustrebte. Wie konnte sich ein Kommissar in dieser teuren Gegend am ehemaligen Güterbahnhof eine Wohnung leisten? Hatte er womöglich reiche Eltern? Oder geerbt?

Wenn er mir noch einmal zulächelt, ist er nicht beleidigt, legte sie sich ein Orakel zurecht.

Er schloss die Tür auf und verschwand im dunklen Flur, ohne sich noch einmal nach ihr umzusehen.

Schade, dachte Roberta. Sie wollte schon den Motor anlassen, da öffnete sich die Tür wieder, und er kam noch einmal zu ihr heraus an den Wagen.

Sie ließ die Seitenscheibe herunter.

»Hast du Lust auf einen Besuch im Zoo?«, fragte er. »Ich habe meiner Schwester versprochen, morgen über Mittag ihre Tochter zu hüten.«

»Wann?«, fragte Roberta nur.

»Um zwölf vor dem Haupteingang.«

SECHS

Es war ein frostiger Morgen, als Roberta am nächsten Tag ihren Corsa vor der Halle des Apfelweinherstellers parkte. Sie schob die Hände in die Taschen ihres Parkas und ging langsam vor dem Tor auf und ab.

Sie hatte unruhig geschlafen. Christian Bär war durch ihre Gedanken gegeistert, aber auch Johnny Appleseed und Schneewittchen hatten ihr keine Ruhe gelassen. Es mochte ja sein, dass Bär recht hatte, und alles war nur ein albernes Spiel. Der Apfelwein im Kelch auf Clemens Winklers Beerdigung, der blinde Passagier in ihrem Wagen und der anonyme Anrufer im Sender. Ein Teenager, der seine kruden Phantasien auslebte. Der sich stark fühlte, wenn er eine Erwachsene einschüchtern konnte. Vielleicht wollte er auch Schlagzeilen machen und hoffte, dass sie über ihn schrieb oder ihn bei einem ihrer Fernsehauftritte erwähnte. Obwohl seine Drohung eher so geklungen hatte, als sei das genaue Gegenteil der Fall. Was, wenn doch mehr dahintersteckte? Johnny Appleseed, Schneewittchen, der Tote im Apfelwein und der vertauschte Messwein – der Apfel war ihre Gemeinsamkeit. Was, wenn der Unfall im Tank doch kein Unfall war und alles zusammenhing?

Die Luft roch nach Schnee. Sie konnte ihren eigenen Atem als helle Schwaden sehen und stapfte mit schweren Schritten hin und her, um nicht zu frieren. Arbeiter drängten an ihr vorbei durchs Tor, um ihren Tag in der Kelterei zu beginnen.

Endlich sah sie ihn kommen, eine brennende Kippe im Mundwinkel.

»Herr Ott?« Sie trat direkt auf ihn zu. »Roberta Hennig von der ›Neuen Presse‹. Sie erinnern sich an mich?«

Er blieb stehen, runzelte die Stirn und schien nachzudenken. »Sie waren am Tank, als wir … Clemens Winkler, oh Gott. Sie haben seine Leiche vor dem Tank liegen sehen.«

»Ja, das habe ich.« Sie nickte.

»Und Sie waren auf seiner Trauerfeier. Schrecklich, das alles.«

Er ließ die Kippe achtlos fallen und trat sie aus. »Ich bin immer noch ganz fertig. Hoffentlich passiert so etwas nie wieder.«

»Sie kannten Clemens Winkler gut, nicht wahr? Sie haben in der Kirche neben seiner Schwester gesessen.«

Er lächelte ein wenig. »Ja und nein. Man kennt einen Menschen nie wirklich.«

»Aber Sie haben doch zusammen geschafft, bei der Arbeit kommt man sich in einem familiären Betrieb wie diesem zwangsläufig näher. Wie lange waren Sie beide Kollegen?«

»Seit einem halben Jahr bin ich wieder ständig hier.«

»Was heißt das genau? Waren Sie früher schon mal hier beschäftigt?«

»Ich habe hier gelernt, ja.« Er warf einen raschen Blick auf seine Uhr. »Jetzt muss ich aber los.«

»Eine Frage noch, bitte. Woher hatte Clemens Winkler dieses seltsame T-Shirt? Sie wissen schon, das mit dem Bild von Johnny Appleseed, das er trug, als er starb. Hatte der Aufdruck für ihn irgendeine Bedeutung?«

»Na klar.« Ott lachte laut auf, dann kratzte er sich gemütlich im Nacken und ließ Roberta einen Augenblick zappeln. »Das T-Shirt hatte er von seiner Schwester Ella. Die nannte ihn immer Johnny, nach Johnny Appleseed.«

»Ach so?« Roberta kaute nachdenklich auf ihrer Unterlippe. »Und hatte er für seine Schwester vielleicht auch einen Spitznamen?«

»Sicher, Clemens rief sie Schneewittchen. Aber das stand nur ihm zu. Alle anderen sagen Ella. Nun muss ich aber da rein, ich komme zu spät zur Arbeit.« Er deutete mit dem Daumen auf die Kelterei.

Roberta hätte Ott am liebsten am Ärmel gepackt und festgehalten. »Wie kamen die Geschwister denn zu diesen Namen?«

»Na, das liegt doch auf der Hand. Clemens hat hier Apfelwein gekeltert. Und Ella besitzt irgendwo hinter Karben einige Streuobstwiesen. Apfelbäume eben. Da hat sie auch ein Haus, das gehörte früher den Eltern.«

»Hat Clemens auch da gewohnt?«

»Nein, der lebte hier in Rödelheim. Er liebte kurze Wege, so war er immer pünktlich auf der Arbeit.« Ott lächelte freundlich und wollte an ihr vorbeigehen.

»Einen Moment noch!« Robertas Gedanken rasten. »Wird sie viel erben, die Schwester?«

Ott sog hörbar die Luft ein. »Ein nettes Sümmchen von der Versicherung, denke ich mal.« Er zog seine Mütze tiefer ins Gesicht und lief auf das Tor zu. »Wiedersehen. Ich komme zu spät.«

***

»Bist du Chrissis neue Freundin?« Amelie warf ihre Zöpfe über die Schultern und musterte Roberta ungeniert. »Du bist aber viel dicker als Katja.«

Roberta lächelte verkniffen und presste die Lippen zusammen. Ein eindeutiges Zeichen, dass sie sich dazu nicht äußern würde. Bär fragte sich, ob es vielleicht doch keine so gute Idee gewesen war, Roberta mit in den Zoo zu nehmen. Aufgrund seiner eigenen eher konservativen Erziehung hielt er Frauen für die natürlichen Bezugspersonen von Kindern, und er hatte gehofft, Roberta würde mit seiner Nichte gut klarkommen. Im Moment sah es nur gerade nicht danach aus.

»Ich habe Neuigkeiten«, zischte sie ihm zu. »Ich habe etwas Interessantes herausgefunden.«

»Gleich, gleich«, beschwichtigte er sie. »Erst mal an der Kasse zahlen.«

Doch Amelie wollte nicht zur Kasse, sie blieb wie gebannt vor dem Tor stehen. »Was für eine schöne Straßenbahn!«, rief sie und riss an seinem Arm. Sie wies auf die rot-bunten Wagen, die gerade vor ihnen haltmachten.

»Das ist der Apfelweinexpress«, erklärte er geduldig.

»Warum heißt der so? Gibt es darin Apfelwein zu trinken?«

»Ja, und Apfelsaft.«

»Wo fährt er denn hin?«

»Quer durch die ganze Stadt.«

»Aaaah … da will ich auch mitfahren.«

»Ein andermal. Jetzt geht es mit Roberta in den Zoo, das war so ausgemacht.«

»Gar nicht mit Roberta! Von der hast du nichts gesagt.«

Bär überhörte das der Einfachheit halber und beeilte sich lieber, an der Kasse die Eintrittskarten zu besorgen. »Und nun los«, ermunterte er seine Begleiterinnen.

»Welche Tiere möchtest du dir denn ansehen?« Roberta half nun doch mit, die Kleine auf Kurs zu bringen. Vermutlich, damit er ihr endlich zuhören konnte.

»Ach, ich weiß nicht«, seufzte Amelie mit theatralischem Augenaufschlag. »Ich glaube, alle.«

»Da sind wir ja heute Abend noch zugange«, meinte Bär belustigt. »Wenn du keinen bestimmten Wunsch hast, bleiben wir einfach in der Nähe des Eingangs. So viel Zeit haben wir nämlich gar nicht. Oder wir fragen mal Roberta, was sie sehen will.«

»Nein, nein, dann lieber die Pinguine.«

»Hallo? Du weißt doch noch gar nicht, was Roberta anschauen will. Vielleicht *sind* es ja die Pinguine.« Er zwinkerte Roberta verschwörerisch zu.

»Ich weiß, wer Schneewittchen ist«, sagte sie.

Bär fühlte, wie ihm der Schweiß ausbrach. Weiber! Er hatte sich zu dieser Einladung zum Zoobesuch hinreißen lassen, weil er dachte, damit zu einem wenig arbeitsintensiven Babysitter-Job in netter Begleitung zu kommen. Dass die eine nun hinter einer bunten Straßenbahn herjammerte und die andere ihn mit ihren Recherchen quälte, war so nicht geplant.

»Hör mal, Roberta, lass uns das ein andermal in Ruhe besprechen, ja?«

Roberta lachte hell auf. »Wenn du so redest, kommt es mir vor, als wären wir seit Jahren verheiratet.«

»Und?«, gab er genervt zurück. »Was wäre daran so schlimm?« Ihm war zwar nicht nach heiraten, aber dass die Vorstellung, ihn länger zum Mann zu haben, so grässlich sein sollte, passte ihm auch wieder nicht.

Sie bedachte ihn mit einem langen, strafenden Blick.

»Schneewittchen ist der Spitzname von Ella Winkler«, sagte sie dann. »Ella Winkler, die Schwester des Toten aus dem Tank.«

»Wie hast du das denn auf einmal rausgekriegt?«

»Recherche.« Sie schmunzelte zufrieden und fügte, nach einem Kompliment heischend, hinzu: »Na, wie findest du mich?«

Er wusste, dass sie nur Spaß machen wollte, doch wenn er fünf Minuten ehrlich zu sich selbst war, fand er sie gerade unerträglich arrogant. Katja hatte in bestimmten Momenten, in denen sie unerwartet Oberwasser bekam, auch so sein können.

»Schneewittchen kann jede heißen«, meinte er leichthin. »Vielleicht hat sie sich an Karneval mal als Schneewittchen verkleidet, und der Name ist hängen geblieben. Kann doch sein.«

»Selbst wenn, der Punkt ist doch, *dass* sie so genannt wird. Und wenn ich dir außerdem sage, dass Clemens Winkler von seiner Schwester Johnny Appleseed gerufen wurde? Das war ihr Spitzname für ihn, das Logo auf seinem T-Shirt hatte also sehr wohl etwas zu bedeuten.«

Bärs Nerven begannen zu kribbeln. »Deswegen hatte er also das T-Shirt an, dann passt doch alles prima zusammen.«

»Eben. Und der Mann mit der Sturmmaske in meinem Auto kannte die Spitznamen der beiden. Der hat das nicht einfach so …«

»Herrje, lass uns das bitte später … Wo ist denn Amelie geblieben?«

Er stand Roberta allein auf dem Weg gegenüber, fremde Menschen strömten dicht an ihnen vorbei, und seine Nichte war nirgends zu sehen.

»Amelie?« Bär drehte sich um die eigene Achse, schirmte mit der Hand die Augen vor der Sonne ab und scannte die Besucher auf dem Weg und an den Gehegen.

»Amelie?«, rief nun auch Roberta. Anscheinend musste sie nicht oft auf kleine Kinder aufpassen, sonst hätte sie auch mal ein Auge auf Amelie geworfen, statt seine Aufmerksamkeit so sehr für sich in Anspruch zu nehmen.

»Lass uns mal ein Stückchen weiter vorgehen«, sagte er. »Wenn wir Glück haben, steht sie am übernächsten Gehege, schaut sich fasziniert die Tiere an und hat uns vergessen.«

Roberta nickte und lief los. »Wie alt ist sie eigentlich?«

»Fünf.«

»Kann sie schon lesen?«

»Sie ist fünf, Roberta. In die Schule kommt man frühestens mit sechs.«

»Ich frage mich ja nur, ob sie die Hinweisschilder entziffern kann, die Wegweiser. Ich konnte mit fünf bereits etliche Worte erkennen.«

»Verdammte Hacke«, brach es aus ihm heraus. »Geht es eigentlich immer nur um dich? Deine Recherchen, deine Storys und jetzt auch noch deine Gelehrsamkeit …«

»So hab ich das nicht gemeint«, entgegnete sie keuchend. Er hatte sein Tempo enorm beschleunigt, und sie konnte nur mit Mühe mit seinen langen Schritten mithalten.

Sie rannten weiter.

An den Wasserbecken mit den Robben war Amelie nicht und auch nicht bei den Ponys. Dabei hatte er schon geglaubt, ihre kleine Gestalt mit den beiden über den Rücken fallenden Zöpfen am Zaun auszumachen. Doch als sie näher kamen, musste er sich eingestehen, dass er sich geirrt hatte. Ein fremdes kleines Mädchen hatte die Arme auf dem Gatter aufgestützt und beobachtete die Pferdchen.

Bär stöhnte auf. Er war geübt darin, Verdächtige zu verfolgen und Zielpersonen inmitten von Menschenmengen zu identifizieren, aber für gewöhnlich war er hinter Straftätern her, die ihm im Zweifelsfall egal sein konnten. Amelie war alles andere. Er fürchtete um sie, und das änderte die Gesamtsituation. Es machte ihn anfällig für Fehler. Die Reaktion seiner Schwester Lara, sollte Amelie etwas zugestoßen sein, mochte er sich nicht ausmalen. Er musste seine kleine Nichte einfach unversehrt wiederfinden. Jetzt sofort.

Der Weg gabelte sich, und vor ihnen lag ein kleiner See. Roberta hatte ihn auch gesehen.

»Wenn sie nur nicht ins Wasser …« Sie brach ab.

»Nun hör aber auf!«

Sie blieben stehen und sahen sich suchend um.

»Haben Sie ein kleines Mädchen gesehen, so etwa fünf Jahre alt?« Roberta hatte einen der Zoobesucher angesprochen und zeigte Amelies Größe mit der flachen Hand an.

Der ältere Herr winkte ab. »Ungefähr ein Dutzend.«

Bärs Ratlosigkeit schlug in Wut um, dann in Verzweiflung. »Sie muss doch hier irgendwo sein!«

Robertas Smartphone klingelte. Sie fischte es aus ihrer Handtasche und hörte dem Anrufer angespannt zu. Dann antwortete sie auf Französisch, Bär konnte kein Wort verstehen. Als sie das Gespräch beendet hatte, schaute sie ihn ganz verwirrt an.

»Ich muss zum Bahnhof, ein Freund von mir ist gerade mit dem Zug angekommen.«

»Was?« Er traute seinen Ohren nicht. »Wir haben soeben Amelie im Gewühl verloren!« Deinetwegen, hätte er am liebsten hinzugefügt.

»Ich weiß, aber … Ich muss wirklich zum Bahnhof. Die S-Bahn streikt, und die Busse fahren unregelmäßig. Jacques ist aus der Normandie, er kennt sich hier überhaupt nicht aus. Ich hatte ihm versprochen, ihn nach Büngsbach zu fahren.«

»Wohin?«

»Das liegt in der Wetterau. Da will er … Du, alles Weitere später, ja? Du musst jetzt allein weitersuchen, heute Abend schaue ich kurz bei dir vorbei, um zu hören, wie es ausgegangen ist. Sorry, aber ich hab total vergessen, dass Jacques heute anreist. Tut mir wirklich schrecklich leid. Ich wünsche dir, dass du Amelie schnell findest.« Sie machte tatsächlich eine Geste, als wollte sie ihm die Daumen drücken.

In diesem Moment hasste er sie. Er ballte die Fäuste, öffnete den Mund, um etwas zu erwidern, und schloss ihn wieder. Dann ließ er sie stehen und stürmte in die Richtung, in der er die Pinguine vermutete.

***

Lauf du nur zu, mein liebes Mädchen. Erforsche die Welt, die Pflanzen und Tiere. Deine dummen Aufpasser lass einfach zurück. Wir beide brauchen sie nicht.

Ich bin dir ganz nah.

Ich habe meinen Schatten an deine Fersen geheftet. Wenn ich meine Hand ausstrecke, kann ich nach dir greifen.

Und versuch nicht, mir wegzulaufen, es wäre sinnlos. Ich finde dich. Denn du bist einzigartig. So weiß wie Schnee, so rot wie Blut und so schwarz wie Ebenholz.

Mit rotwangigen Äpfeln werde ich dich füttern, warte nur ab. Du wirst sehen, wie gut dir das tut. Solange lass uns niemandem von uns erzählen.

Drei Tropfen rotes Blut im weißen Schnee – wie sehen sie schön aus!

***

»Bonjour, ma Chérie! Comment vas-tu?«

Jacques beugte sich zu ihr herab und hauchte ihr links und rechts zwei Küsschen auf die Wangen. Roberta konnte sich gar nicht mehr erinnern, dass er so hoch aufgeschossen war. Vermutlich war er nach ihrer letzten Begegnung noch ein Stück gewachsen.

Sie war sechzehn gewesen, als sie die Schulferien in der Normandie verbracht hatte. Über drei Ecken war sie an eine Familie aus Le Mans vermittelt worden, um in deren Feriendomizil am Ärmelkanal die Nanny zu spielen, während sich die Eltern auf Tennisplätzen und Cocktailpartys vergnügten oder übers Wochenende auf die Kanalinseln fuhren. Die zu hütenden Kinder waren selbst schon Teenager gewesen und Roberta für sie eher eine ältere Schwester als eine Aufpasserin. Den dreizehnjährigen Sohn hatte sie einmal unter freiem Himmel im Garten übernachten lassen – was ihr gehörigen Ärger einbrachte, als der Junge es später seinen Eltern verriet.

Die Familie besaß unmittelbar am Strand eine Jugendstilvilla, ja, der ganze Ort bestand aus einer Perlenkette historischer Herrenhäuser mit Blick auf das Meer. Alter Adel, altes Geld. Schon vor hundert Jahren hatten die erfolgreichen Geschäftsleute aus Le Mans und Paris ihre Frauen und Kinder in den Sommermonaten in diese Idylle geschickt, während sie selbst Konferenzen abhielten und nur am Sonntag zum Segeln rauskamen. Entlang der Küstenstraße standen Kutscherhäuser auf den großzügigen Grundstücken, in denen das Personal gelebt hatte.

Roberta erinnerte sich gern an den milden Wind, der vom Kanal herüberwehte und die Vorhänge vor dem offenen Fenster aufblähte. Sie hatte mit voller Lautstärke Eminem gehört und dadurch Jacques vors Fenster gelockt. Von der Standpromenade aus hatte er zu ihr hochgeschaut und breit gegrinst.

Es hatte nicht lange gedauert, bis sie gemeinsam am Strand gehockt hatten. Jacqui mit seiner Gitarre und sie im knappen Bikini. Wo sich ihre Schützlinge zu diesem Zeitpunkt aufgehalten hatten, wusste Roberta heute nicht mehr. Sie war eine lausige Nanny gewesen. Aber mit Jacqui hatte sie Spaß gehabt. Seine Küsse hatten nach Meerwasser geschmeckt. Aus winzigen Tontässchen hatten sie Calvados geschlürft, und es war ihr so vorgekommen, als sei der Horizont weiter weggerückt, nur um ihr eine Freude zu machen.

Nun stand dieser Jacqui in der Frankfurter Bahnhofshalle vor ihr, ein erwachsener Mann von dreißig Jahren, und zog sie in seine Arme. »Es tut mir leid, wenn ich dir Ungelegenheiten mache«, raunte er in ihr Ohr. *»Je ne veux pas te déranger.«*

»Du machst mir keine Ungelegenheiten«, beteuerte sie, »alles okay.« Während sie sich aus seiner Umarmung befreite, sah sie im Geiste Christian Bär vor sich, der nach seiner kleinen Nichte Ausschau hielt. Nur ein Scheusal wie sie hatte ihn in dieser Situation allein lassen können. Mit dem Anflug eines schlechten Gewissens griff sie nach Jacques' Tasche, doch er war schneller.

»Die ist schwer, das mache ich.«

Gemeinsam liefen sie an den Gleisen entlang zum Parkplatz am Südausgang, auf dem Roberta ihren Corsa abgestellt hatte. Jacques lud seine Tasche in den Kofferraum, stieg in den Wagen ein und faltete seine langen Beine vor dem Beifahrersitz zusammen.

»Wo genau müssen wir hin?«, fragte Roberta.

»Du kennst doch Büngsbach.«

»Schon. Aber wie ist die Adresse?«

»Die brauchst du nicht, es liegt mitten im Ort, wir können es gar nicht verfehlen.«

Roberta nickte.

Sie passierten das Rotlichtviertel, die Alte Oper und schließlich die Friedberger Warte. Am Unfallkrankenhaus bog Roberta in die Schnellstraße ein, die nach Friedberg führte.

»Erzähl mir, wie es dir die letzten Jahre so ergangen ist«, bat sie. Doch Jacques lächelte nur, er schien nicht zu wissen, wo er anfangen sollte. Immerhin war es eine ganze Reihe von Jahren, die sie sich nicht gesehen hatten. Und Roberta konnte auch nicht richtig zuhören. Ihre Gedanken waren immer noch im Zoo bei Bär und Amelie.

Hoffentlich hatte er die Kleine inzwischen gefunden.

Die Felder der Wetterau rauschten an ihnen vorbei, staubig und träge lagen sie in der heißen Mittagssonne. Damals in der Normandie war es mindestens so heiß gewesen, der heißeste Sommer Europas seit Jahren. Immerhin hatten sie das Meer zum Abkühlen gehabt. Brutzelbraun war sie gewesen, als sie nach Hause gekommen war, ihre Mutter hatte sie kaum wiedererkannt.

Jacques' Ziel entpuppte sich als ein windschiefes Fachwerkhaus. Wie es in der Gegend üblich war, schützten schwarze Schieferschindeln die Giebelfront, die zur Straße hin lag. Das Gartentor quietschte, als Roberta es aufschob, die Fensterläden hingen leicht schräg in den Angeln, und die Haustür musste gestrichen werden. Im Hof sprossen hohe Gräser zwischen den Pflastersteinen empor.

»Ein ungepflegteres Haus konntest du wohl nicht finden?« Roberta blieb mitten im Hof stehen und stemmte die Hände in die Hüften.

»Ach was, das lässt sich schnell herrichten. Bis vor Kurzem hat sogar noch jemand drin gewohnt. Mein Onkel hat es gekauft. Ein Immobilienhai wollte es abreißen, hier sollten moderne Apartments entstehen. Aber dem ursprünglichen Besitzer war daran gelegen, dass es erhalten bleibt. Er hatte eine besondere Beziehung zu dem Häuschen, es gehörte schon seinem Großvater und war früher mal ein Gartenlokal. Mein Onkel hat es nur bekommen, weil er versprochen hat, es wieder auf Vordermann zu bringen. Komm mal mit.« Er ergriff ihre Hand und zog sie in den Garten.

Und richtig, hinter dem Haus, neben einer Tür, die Roberta für den Eingang zur Küche hielt, stand eine alte Kelter. Das stählerne Monstrum bestand aus verschiedenen Blechen, die mit Hilfe eines riesigen Drehkreuzes zusammengeschraubt und gegeneinandergepresst wurden. Sie konnte sich leicht vorstellen, wie die knackigen Äpfel dazwischen zu Brei zerquetscht wurden.

Vorsichtig strich sie mit der Hand darüber. »Ob die noch funktioniert?«

»Sicher, wenn man sie säubert und das Drehkreuz ölt, ganz bestimmt. Man muss die Äpfel nur zuvor zu Maische zerhacken und in Tücher einschlagen, damit nichts wegrutscht. Dann läuft der Saft nur so raus, wenn du am Gewinde drehst.« Er lächelte zufrieden bei dieser Vorstellung. »Meinetwegen muss das Ding aber gar nicht mehr funktionieren. Ich brauche es nur zur Dekoration.«

»Zur Dekoration?« Roberta hob die Augenbrauen. »Wie soll ich das denn verstehen?«

Jacques beschrieb mit dem rechten Arm einen weiten Bogen um Hof und Garten. »Dies wird ein *französisches* Gartenlokal. Es wird Camembert geben, Pasteten und Quiches. Vor allem aber Cidre. Und den mache ich nicht selbst, den schickt mir mein Onkel aus der Normandie. Das jedenfalls ist der Plan. Ich suche noch nach einem schönen Namen für das Lokal. Fällt dir einer ein?«

»L'amour perdu«, rutschte es Roberta heraus. »Servierst du auch Calvados? In kleinen Tontassen?«

»Klar doch.« Er kam näher und legte seine Hände schwer auf ihre Schultern. »Erinnerst du dich noch, wie wir ihn am Strand getrunken haben?«

Sie nickte und wich einen Schritt zurück, sodass seine Hände von ihren Schultern glitten. Sein Blick war voller Sehnsucht, doch für Roberta war nichts mehr wie früher. Sie dachte nur immerzu an Bär. An Bär, der durch den Zoo irrte und nach Amelie rief.

»Du weißt schon, dass es in Frankfurt an die dreieinhalbtausend Franzosen gibt? Eine kleine, feste Gemeinde, die ihre

Rezepte und ihre Sprache pflegt. Zur Fußballweltmeisterschaft singen sie gemeinsam aus voller Kehle ›Allez les bleus‹. Die musst du alle hier rauslocken, wenn du Erfolg haben willst.«

»Weiß ich, mache ich.«

»Kannst du hier drin denn überhaupt schon wohnen?«, fragte sie. »Gibt es ein Bett, einen Tisch, einen Stuhl?«

»All das, sogar für zwei.«

Roberta schwieg betroffen, und er lächelte sie traurig an. Vermutlich hatte er längst begriffen, dass er an den Sommer vor zwölf Jahren nicht so einfach anknüpfen konnte.

»Mein Onkel war kürzlich hier, um alles vorzubereiten. Er hat mir versichert, dass alles da ist, was man braucht«, erzählte er nun. »Der Gastraum und die Küche sind intakt, und es gibt sogar zwei Toiletten, eine im Hof und eine im Haus. Wenn es keine unvorhergesehenen Probleme mit der Konzession gibt, bin ich im Frühjahr so weit, dass ich loslegen kann. Und wenn ich dann ein paar Stehtische und Heizpilze in den Hof stelle, können die Leute sogar draußen feiern.«

»Wirst du auch mit der Sprache klarkommen?«

»Ich habe in letzter Zeit einen Kurs gemacht«, antwortete er auf Deutsch.

»Gut, Jacqui!« Roberta gab ihm einen aufmunternden Klaps. »Dann lasse ich dich jetzt allein. Viel Glück. Und pass auf dich auf, ja?«

Er begleitete sie noch bis zu ihrem Wagen und hielt ihr die Tür auf.

»Robby …«

»Hm?«

»Du lässt mich doch hier nicht hängen? Ich meine, du kommst doch mal vorbei und siehst nach mir?«

»Versprochen.«

Er nickte dankbar, und Roberta warf den Motor an. Im Rückspiegel sah sie, wie Jacques zum Abschied seine rechte Hand hob. Er ließ sie in der Luft schweben, als hätte er vergessen, sie wieder herunterzunehmen, weil sie ihm gar nicht gehörte.

Robertas Herz hämmerte wild, als sie am Abend bei Christian Bär an der Wohnungstür schellte. Sie hatte es gar nicht abwarten können, zu ihm zu fahren.

»Hey«, sagte sie, als er ihr die Tür aufmachte. »Darf ich reinkommen? Hast du Amelie wiedergefunden?«

»Zum Glück, ja.« Er wirkte abwesend und schien nicht zum Reden aufgelegt. Mit gesenktem Kopf schlurfte er ins Wohnzimmer und setzte sich mitten aufs Sofa, ganz wie damals bei ihr. Ihr blieb nur ein schmaler Hocker, der vor dem Fenster stand.

»Wo war sie denn?«

»Bei den Pinguinen.«

Seine miese Stimmung verpestete förmlich die Luft, und Roberta fühlte sich unwohl. Auf einmal wünschte sie sich weit weg von ihm. Nach Hause gehen mochte sie aber auch noch nicht. Nicht bevor sie wusste, was genau mit Amelie geschehen war. Außerdem hatte sie die Hoffnung, dass er sich wieder beruhigte und sie sich doch noch vertrugen. Wenn sie jetzt im Streit fortging, konnte es lange dauern, bis sie sich wiedersahen.

»Kann ich mal ins Bad?«

»Flur, erste Tür rechts.«

Sie nahm den angewiesenen Weg.

Seine Wohnungseinrichtung wirkte schlicht, aber teuer, das Bad war ganz neu und modern. Einmal mehr fragte sie sich, wie er das alles finanziert hatte. Aber das konnte ihr im Grunde egal sein, es gab so viel Wichtigeres.

Sie musste am Ball bleiben und neue Artikel nachlegen, wenn sie ihre Erfolgssträhne als Journalistin ausnutzen wollte. Sonst war das Ganze ein Strohfeuer, und sie konnte wieder zusehen, wie sie ihre Miete zusammenbekam. Am Schweizer Platz waren selbst Dachstuben teuer, und der Corsa musste zum TÜV. Obendrein hatte sie den Mann, der anscheinend immer noch Gefühle für sie hegte, gerade auf dem platten Land abgesetzt und sich stattdessen bei einem Typen eingenistet, der momentan alles andere als scharf auf sie war. Und das wieder einzurenken würde nicht einfach werden, das spürte sie.

Ihre Wangen glühten, und sie drehte den Wasserhahn am Waschbecken auf, um kurz das Gesicht darunter zu halten.

Mist. Jetzt war auch noch ihre Bluse nass geworden. Hatte Bär hier irgendwo einen Fön? Sie riss das Badezimmerschränkchen auf. Grundgütiger. Was, wenn sie jetzt seine Penthouse-Hefte fand? Oder seine Kondomschachteln durcheinanderbrachte? Keine Ahnung, was er sonst noch alles hier hortete. Mit zitternden Fingern durchsuchte sie in fliegender Hast die Fächer.

Endlich, da war er, der Fön. Zwischen einem Stapel schwarzer Slips. Sie zog ihn heraus, fand einen Stecker und machte ihn an. Rasch die Bluse trocknen.

Der Fön gab einen jaulenden Ton von sich, der nach wenigen Sekunden erstarb. Das Gerät hatte sein Leben ausgehaucht.

Wie peinlich war das denn? Sie konnte doch schlecht zu ihm ins Wohnzimmer gehen und ihm sagen, dass sein Fön kaputt war. Er würde dabei unvermeidlich erfahren, dass sie seine Wäsche durchwühlt hatte.

Sie rollte das Elektrokabel ordentlich um den Fön und legte ihn wieder zwischen die Slips. Christian Bär würde sich demnächst die Grippe holen, weil er an einem kalten Wintertag mit nassen Haaren aus dem Haus musste.

Er tat ihr jetzt schon leid.

Sie nahm eins seiner Handtücher, trocknete sich so gut es ging ab und lief ins Wohnzimmer zurück.

Er hatte die Füße auf den Couchtisch gelegt und blätterte in einer Computerzeitschrift. Vorsichtig setzte sie sich auf den kippelig wirkenden Hocker vor dem Fenster.

»Erzähl mir von den Pinguinen«, bat sie.

Er warf die Zeitschrift auf den Couchtisch und schnaubte durch die Nase. Starrte an ihr vorbei auf die Wand gegenüber und vermied eisern ihren Blick.

»Amelie geht es doch gut?«, fragte sie hilflos.

Er gab keine Antwort, nahm aber die Füße vom Tisch. Seine Bewegung war so schwungvoll, dass die Zeitschrift verrutschte und ein paar Fotos zu Boden glitten.

Robertas Augen weiteten sich, als sie auf die Aufnahmen

blickte. Sie zeigten eine blonde Barbie mit üppigem Busen, Wespentaille und Löwenmähne. Ihre Beine schienen bis zum Himmel zu reichen, und ihr Lächeln war süßer als Marshmallows.

»Katja, meine Ex«, kommentierte Bär ungefragt.

Klang da so etwas wie Häme in seiner Stimme mit, oder bildete sie sich das nur ein?

Roberta griff wortlos zu ihrer Tasche. »Hübsch«, gab sie knapp zurück, die Türklinke schon in der Hand.

Nur raus hier, bevor sie auch noch heulte.

In ihrer Dachstube am Schweizer Platz roch es fremd, als sie die Tür öffnete. Sie blieb stehen und nahm den Geruch auf. Es war, als habe hier gerade jemand heiße, fettige Pommes gegessen. Oder kam das von draußen?

Das Fenster war gekippt, sie hatte wohl vergessen, es zuzumachen. Nun öffnete sie beide Flügel, und ein Schwall kalter Novemberluft drang herein. Kein Pommesgeruch. Draußen war nichts zu sehen als schwarze Nacht. Vorsichtig spähte sie über den Rahmen und die Dachschräge hinweg nach unten. Hier konnte niemand hochklettern, nicht in den fünften Stock. Doch was, wenn jemand aus dem Dachfenster einer Nachbarwohnung über die Schindeln kam?

Roberta schauderte bei dem Gedanken.

Die Dielen knarrten unter ihren Füßen, als sie einen Schritt zurücktrat. Sie ließ ihren Blick langsam durch das Zimmer wandern. Ihr Laptop auf dem Schreibtisch war aufgeklappt. Den machte sie stets zu, wenn sie wegging, schließlich sammelte sich sonst nur Staub auf der Tastatur. Ganz leise schlich sie an den Laptop heran und fuhr sachte mit dem Finger über die Buchstaben.

Sollte sie Bär herholen?

»Sowie dir etwas seltsam vorkommt, rufst du mich sofort an«, hatte er gesagt. Aber das war gestern gewesen, inzwischen war viel passiert. Es würde für ihn womöglich so aussehen, als wollte sie ihn zu sich locken.

Sie schaute in den Papierkorb. Hatte ihn jemand während

ihrer Abwesenheit durchsucht? Sie wusste nicht mehr, was so alles darin gelegen hatte, als sie weggegangen war, doch er kam ihr voller vor. Hatte sie selbst all diese Zettel da hineingeworfen? Sie machte sich gern Notizen, weil ihr ständig etwas einfiel. Benutzte auch viel Papier, weil sie sich oft vertippte. Und gelegentlich zog sie einzelne Blätter wieder aus dem Abfall heraus, um die Rückseite als Schmierpapier zu benutzen.

Da! Drei rote, kreisrunde Punkte leuchteten ihr von einem hellen Umschlag entgegen, eine zähe Flüssigkeit, aufs Papier getropft. Rotes Blut auf weißem Grund. Sie sah es ganz deutlich und fing an zu zittern.

Roberta, du spinnst, schrie eine innere Stimme in ihr. Das ist Nagellack. Du hast dir gestern die Zehen lackiert und den Fuß dabei auf den Papierkorb gestützt, schon vergessen?

Du hast das Fenster nicht geschlossen, hast den Laptop nicht zugeklappt. Du siehst Gespenster.

Fühlte sich so der Wahnsinn an? War es das, was man empfand, wenn man verrückt wurde? Wenn man sich selbst nicht mehr trauen konnte. Seinen Augen, seinem Gedächtnis.

Auf leisen Sohlen ging sie zur Wohnungstür und ließ ihre Hände über das Türblatt gleiten. War hier irgendwo eine Delle, ein Kratzer? Ein Indiz, dass jemand versucht hatte, gewaltsam bei ihr einzudringen?

Sie fand rein gar nichts und atmete tief aus. Öffnete die Tür, schloss sie wieder und ruckelte an der Klinke. Die Tür hatte Spiel. Mehr Spiel denn je, oder täuschte das? Hatte dieser Spalt, durch den jetzt das Flurlicht fiel, schon immer da geklafft? Bei geschlossener Tür?

Bär anrufen, Bär anrufen, hämmerte ihr Hirn.

Nein, das würde sie nicht tun. Auf keinen Fall.

Keuchend schob sie einen schweren Sessel vor die Tür. Dann sicherte sie das Fenster, indem sie eine Strumpfhose um die beiden Griffe knotete.

Später lag sie zusammengekrümmt im Bett, die Knie bis zum Hals hochgezogen.

SIEBEN

Das Haus lag am Hang. Ein Bungalow aus den sechziger Jahren, ausufernd, flach und mit großer Terrasse, so hatte man damals gebaut. Der weitläufige Garten war eingewachsen, ein paar hohe Tannen bezeugten ein Entstehungsdatum, das dem des Hauses entsprach. Den Rasen hatte man mit den Jahren zu einer ungepflegten Wiese verkommen lassen, überall stand verdorrtes Unkraut, und der Jägerzaun passte irgendwie nicht mehr in die Zeit. Doch das Gebäude schien gut in Schuss zu sein, das Dach und die Regenrinne wirkten neu. Roberta fand das Anwesen weder schön noch hässlich. Aber es musste einiges wert sein. Allein das große Grundstück war heutzutage für die meisten Menschen unbezahlbar.

Die winterliche Nachmittagssonne warf lange Schatten in den Vorgarten, und Roberta schlich näher an das Haus heran.

Sie hatte schon heute Morgen hier sein wollen, aber als sie ihr Auto angelassen hatte, war es nicht angesprungen. Gegen zehn war jemand von der Werkstatt gekommen, um der Batterie mit einem Überbrückungskabel auf die Sprünge zu helfen, doch der Corsa hatte immer noch gestreikt. Bis sie eine neue Batterie im Wagen gehabt hatte, war es Nachmittag geworden.

Wobei würde sie Ella Winkler stören, wenn sie jetzt klingelte? Oder sollte sie die Frau erst einmal beobachten? Was genau wollte sie überhaupt von ihr wissen?

Ob sie ihren Bruder umgebracht hatte, um seinen Anteil am Erbe der Eltern und die Versicherung einzukassieren. Und wie sie es angestellt hatte, ihn in den Tank zu schicken. Das waren die Fragen, die ihr unter den Nägeln brannten.

Selbst hatte Ella Winkler die Luke sicherlich nicht geschlossen, sie wäre aufgefallen, wenn sie in der Kelterei aufgetaucht wäre. Sie könnte aber einen Komplizen gehabt haben, jemanden, der in die Nähe des Tanks gelangen konnte, ohne sich verdächtig zu machen. Andererseits war ein Komplize gefährlich. Ein Mitwisser konnte irgendwann auspacken und reden. Doch was, wenn Ella ihren Bruder seelisch unter Druck gesetzt hatte? Wie lange hatte sie ihn terrorisieren und ihm zusetzen müssen, bis er sich freiwillig zum Sterben in den stählernen Koloss begab?

Seit gestern wusste Roberta, dass man einen Menschen in den Wahnsinn treiben konnte. Sie ahnte nun, wie es sein musste, wenn das Hirn rastlos ratterte und denselben Gedanken immer wieder abrief. War man nicht am Ende bereit, eingeredeten Befehlen zu folgen, nur um endlich Frieden zu finden?

Langsam schob sie das Tor auf, nahm die paar Schritte bis zum Portal und drückte auf die Klingel. Sie lauschte der tiefen Glocke, die im Inneren des Hauses ertönte, und eine seltsame Enttäuschung überkam sie, als niemand öffnete. All die Fragen, die sie sich zurechtgelegt hatte, schienen in ihrem Gedächtnis zu zerbröseln.

Das Haus war leer. Nicht einmal ein Hund hatte angeschlagen.

Eine geraume Weile hockte sie vor dem Eingang auf den Stufen. Sie wollte gerade aufgeben und zu ihrem Corsa zurückgehen, als auf der Straße eine Frau vorbeiging. Sie war schon alt, ging gebückt. Das Gewicht ihres unförmigen Lodenmantels schien sie beinahe zu erdrücken, und ihre Schritte waren schlurfend und langsam. Rasch erhob Roberta sich und schnitt ihr den Weg ab.

»Entschuldigung, ich suche Ella Winkler. Wissen Sie, wo sie sein könnte?«

»Was sagen Sie?« Die Alte hielt schwerfällig eine Hand hinters Ohr. »Nicht so nuscheln, junge Frau.«

Roberta wiederholte ihre Frage lauter und deutlicher.

»Nein, Ella ist bestimmt auf ihren Wiesen, da war sie schon als Kind so gern. Ich wohne nebenan und kenne sie noch als kleines Mädchen.« Sie verharrte einen Moment in Gedanken, ihr faltiger Mund verzog sich zu einem Lächeln. »Aber ich habe sie schon eine Ewigkeit nicht mehr gesehen.«

Roberta runzelte die Stirn. Was Ellas Nachbarin ihr da erzählte, ergab keinen Sinn. Ella war vor einer Woche im Kloster Engelthal auf der Trauerfeier ihres Bruders gewesen. Roberta hatte sie dort selbst gesehen. Um die Trauerfeierlichkeiten und die Beisetzung hatte Ella sich als Schwester kümmern müssen, das bedeutete Gänge zum Pfarrer und zum Beerdigungsinstitut. Es war höchst unwahrscheinlich, dass Ella das alles in Abwesenheit, zum Beispiel aus einem Urlaub heraus, erledigt hatte.

»Ellas Bruder ist gestorben«, sagte Roberta laut und unvermittelt. Wenn die alte Frau das nicht schon wusste, wirkte diese Nachricht vielleicht wie ein Trigger auf sie, und es entfuhr ihr etwas Unbesonnenes. Irgendwas, das einen Hinweis gab.

Die alte Dame schaute an ihr vorbei, nestelte nervös an ihrem Schal und zog ihn höher ans Kinn. »Welcher Bruder?«, fragte sie verwirrt.

»Ellas Bruder«, wiederholte Roberta geduldig. »Clemens.«

»Aha, der«, kam es zurück.

Roberta beschlich der Gedanke, dass die Alte dement sein könnte. »Hat Ella denn noch einen Bruder?«

»Sicher. Den Markus.«

Noch ein Bruder also. Davon hatte ihr bislang niemand etwas erzählt. »Wissen Sie, wo dieser Markus lebt?«

»Im Heim?« Das klang mehr nach einer Frage als nach einer Feststellung. »Vielleicht ist er auch schon tot.«

Schade, dachte Roberta, sie hat wohl doch Alzheimer.

»Wenn Sie Ella suchen, finden Sie sie bei der Apfelweinverkostung.« Die Stimme der alten Dame klang nun hell und klar. »Im Vereinsheim, direkt gegenüber der Tankstelle.«

»Danke«, sagte Roberta. »Und wann findet diese Apfelweinverkostung statt?«

»Na, heute.«

Roberta saß lange wie benommen in ihrem Wagen, bevor sie den Motor anließ. Gedankenverloren starrte sie durch die Windschutzscheibe. Die alte Dame war langsam weitergegangen und aus ihrem Blickfeld verschwunden, doch die Szene mit ihr ging ihr immer noch nach.

Ob sie selbst auch einmal so verwirrt sein würde?

Wer wusste das schon.

An manches schien die Frau sich glasklar zu erinnern, doch das Zeitgefühl war ihr wohl verloren gegangen. Es konnte einfach nicht sein, dass sie Ella Winkler eine Ewigkeit nicht gesehen hatte, und die Apfelweinverkostung, zu der sie Roberta schicken wollte, fand auch erst in ein paar Wochen statt. Auf ihrem Smartphone hatte Roberta den Termin recherchiert und sofort gesehen, dass er für Anfang Januar im Netz stand. Ihr spontanes Vorhaben, mal eben dort vorbeizufahren, konnte sie demnach vergessen. Sie würde eben in den nächsten Tagen noch einmal hierherkommen müssen, um Ella Winkler in ihrem Haus aufzustöbern.

Gerade wollte sie losfahren, da klingelte ihr Smartphone.

»Robby, ich habe für dich gekocht«, hörte sie Jacques in ziemlich gutem Deutsch sagen. Er hielt sich gar nicht erst mit einer Begrüßung auf. »Komm her und versuche.«

»Versuchen?«

»Ja, sagt man nicht so?«

Roberta überlegte. »Du meinst wohl kosten.«

»Ja, gekostet hat es auch etwas, aber das bist du mir wert.«

Sie musste lachen. »Okay, wann soll ich da sein?«

»Am besten kommst du gleich her.«

»Gleich?« Ihr war eher nach einer Dusche und einer kleinen Siesta, andererseits hatte sie ein schlechtes Gewissen, was Jacques anging. Vermutlich hatte er sich für sein Lokal ein wenig Unterstützung von ihr erhofft, stattdessen hatte sie ihn gestern in seinem windschiefen Bauernhaus einfach sich selbst überlassen. Sie zögerte einen Moment, dann siegte ihr Egoismus. »Gib mir noch ein, zwei Stunden, ja?«

»So lang?« Jacques klang enttäuscht. Er war halt immer noch so verrückt und spontan wie früher. Normale Menschen luden erst die Gäste ein und kochten dann. Aber Jacques …

»Sagen wir, neunzig Minuten. Das ist die kürzeste Zeit, die ein Fußballspiel dauern kann«, tröstete Roberta ihn.

»Ohne Nachspielzeit?«, gab Jacques zu bedenken. »Das gibt es gar nicht, wetten?« Nun musste er lachen. »Gut, dann bis gleich.«

»Abgemacht. Was gibt es denn zu essen?«

»Das wird eine Überraschung«, versprach Jacques.

***

Wie oft bist du durch diese Wiese gestreift, hast die Grashalme an deinen nackten Beinen gespürt. Ein Kind, das endlich angekommen war im Leben. Hast auf dem Rücken gelegen und in den Himmel gestarrt. Die warme Erde hast du unter dir gespürt, dir vorgestellt, wie heiße Lava sie im Inneren aufheizt. Du glaubtest zu fühlen, wie der Planet sich unter dir dreht. Blinzeltest der Sonne zu, deren Licht dich und deine Wiese einhüllte. Du wusstest, wie viel Getier in ihr kreucht.

Schnecken, Maden, Maulwürfe und Regenwürmer.

Deine Seele hat sich auf diesem kleinen Stück Land ausgedehnt. Dein Körper gewann an Kraft, jede deiner Zellen spannte sich an und wuchs, Synapsen vernetzten sich, und dein Blut pulsierte.

Du konntest es spüren.

Und gleichzeitig bangte dir, dass sie nicht lange anhalten würde, diese Magie. Du ahntest bereits, dass man dich verjagen würde.

Vertreibung aus dem Paradies.

***

Die Dämmerung hatte sich über Büngsbach gelegt, und Roberta wäre auf dem holprigen Pflaster beinahe gestolpert, als sie in Jacques' Hof eintrat. Atemlos schloss sie das Tor hinter sich. Genau neunzig Minuten hatte sie nach ihrem Telefongespräch gebraucht, um über einen Umweg in ihr Bad hierher zu finden. Wie zur Belohnung duftete es schon im Hof verführerisch nach Lammbraten. Jacques schien bei offenem Fenster zu kochen. Ihr Gaumen erinnerte sich an den Braten, den sie seinerzeit in der Normandie gegessen hatte, und ihr lief das Wasser im Mund zusammen. Ihre Gastfamilie hatte ihr damals ein Salzwiesenlamm serviert. Die »Présalé« wuchsen um den Mont-Saint-Michel herum auf und waren eine typische Spezialität der Gegend.

»Hallo, Jacques, ich bin da.«

Die Haustür war nur angelehnt, sie drückte sie auf. Im Flur war es dunkel, aber in der Küche brannte Licht. Roberta war erstaunt, wie rasch Jacques sich hier eingerichtet hatte. Mit seinem Improvisationstalent hatte er die Hinterlassenschaften des Vorbesitzers geschickt genutzt. Auf dem Herd stand eine gusseiserne Kasserolle, unter dem schweren Deckel quollen Tropfen einer wohlriechenden Flüssigkeit hervor, um zischend auf der noch heißen Herdplatte zu verdampfen. Der Tisch am Fenster war hübsch eingedeckt, und wenn auch die Teller nicht recht zueinanderpassten, so gab es doch Champagnergläser und Kerzen. Eine Flasche Calvados versprach einen gehaltvollen Digestif. Nur der Koch war nirgends zu sehen. Roberta lief in den Flur und rief nach ihm, doch sie bekam keine Antwort. Wo er wohl steckte? War er noch rasch frisches Brot kaufen? Das war ihm zuzutrauen, dem alten Romantiker. Doch welches Geschäft hatte um diese Zeit noch auf?

Sie schaltete den Herd aus und widerstand der Versuchung, den Deckel zu lupfen. Sie war keine gute Schauspielerin, und je vager ihre Vermutung über das Gericht war, das auf sie wartete, desto besser konnte sie nachher die Erstaunte mimen. Jacques wollte sie sicherlich überraschen, und sie durfte ihm seine Freude nicht verderben.

Eine Weile stand sie ratlos da. Sollte sie sich einfach hinsetzen und abwarten?

Sie sah sich erneut in der Küche um. Wie wundervoll er alles vorbereitet hatte. Wie viele Männer hatten dazu schon Talent? Jacques besaß zweifellos eine weibliche Seite. Ihr Blick wanderte über den liebevoll gedeckten Tisch und blieb an der Calvados-Flasche hängen. Ob sie sich schon mal einen Aperitif gönnen durfte?

Nein, das war ungezogen. Bestimmt wollte Jacques mit ihr auf die alten Zeiten anstoßen. Damals, in ihrem gemeinsamen Sommer, hatten sie öfter Calvados getrunken. Der blau-graue Himmel der Normandie fiel ihr wieder ein, die vielen aufeinandergetürmten Wolken über dem Meer. Später hatte sie sie auf den winzigen Gemälden von Boudin wiedergefunden, in dem kleinen Museum in Honfleur, in dem sie mit Jacques gewesen war. So viel Zeit war seit damals verstrichen. Und doch kam es ihr so vor, als sei das alles gestern gewesen.

Sie schlenderte zur Fensterfront hinüber. Die Scheiben spiegelten vor nächtlichem Hintergrund die Küche wider und zeigten ein Abbild des gedeckten Tisches, der sich dadurch auf befremdende Art optisch verdoppelte. Roberta lehnte die Stirn an die gläserne Küchentür, um in den Hof hinaussehen zu können, und erschrak, als die Tür nachgab. Sie war – wie schon die Haustür – nur angelehnt. Drei gemauerte Stufen führten hinaus in den Hof.

»Jacques?«

Roberta tastete sich in die kalte Dunkelheit hinaus. Im unbeleuchteten Hof ließ sich kaum etwas erkennen, ein diesiger Novembernebel behinderte die Sicht. Das Licht, das aus der Küche fiel, malte zwei verlorene Vierecke auf die rissigen Betonplatten, der Rest war Schwärze. An der Kelter, die immer noch an ihrem alten Platz stand, lehnte etwas Unförmiges.

Ein Sack Torf vielleicht.

Wie seltsam. Um diese Jahreszeit brachte niemand mehr Torf ein.

Roberta begann zu frösteln und rieb die Hände über die Oberarme.

Der Mond kam hinter einer Wolke hervor und spendete ihr ein wenig mehr Helligkeit. Bevor das, was er offenbarte, Robertas Bewusstsein erreichte, wurde ihr Nacken ganz steif, und ihre Finger ballten sich zusammen, bis sie ihre Nägel schmerzhaft in den Handflächen spürte.

Der Sack war ein Mensch. Und der Mensch war Jacques.

»Jacques, oh Jacques!« Sie stürzte zu ihm hin und kniete neben ihm nieder. Umfing seinen Leib mit beiden Armen. Wimmernd und weinend tastete sie ihn ab. »Oh Jacques, bitte, komm zu dir. Was ist dir nur … Wie konnte das geschehen?«

Ihre Fingerspitzen fuhren zärtlich über sein Gesicht. Es fühlte sich warm an, doch sie wusste, dass sie eine Leiche liebkoste. Es gab keinen Zweifel. Sein verrenkter Körper, die schlaff herabhängenden Arme und der seelenlose Blick aus den blutunterlaufenen Augen sprachen für sich. Ihr Freund Jacques war tot.

***

Christian Bär hatte mit Amelie »Mensch ärgere dich nicht« gespielt, als ihn Robertas Anruf erreicht hatte. Meistens ließ er seine Nichte gewinnen und tat dann so, als sei er mächtig zerknirscht, nur damit es ihr mehr Spaß machte und sie länger dabeiblieb. Allerdings musste er gelegentlich auch als Gewinner hervorgehen, damit Amelie ihm nicht auf die Schliche kam. Er war gerade dabei gewesen, seine vierte Figur im Ziel zu platzieren, als das Smartphone zu brummen angefangen hatte. Die Stimme war Roberta mehrmals weggerutscht, und ihm war klargeworden, dass sie weinte. Sie war nicht in der Lage gewesen, ihm zu sagen, was genau los war, er hatte eine Weile vergeblich versucht, Details aus ihr herauszukriegen. Schließlich hatte er aufgegeben und zugestimmt, zu ihr zu kommen. Die Adresse war einfach zu merken gewesen: ein altes Fachwerkhaus mitten im Ortskern von Büngsbach.

Er wusste immer noch nicht, was ihn erwartete, als er das Tor aufschob und den Hof betrat. Dann sah er es mit einem Blick.

Das Opfer lehnte an einer Kelter, sein Kopf steckte in der verdammten Presse fest, nur sein Gesicht schaute zwischen zwei Blechen hervor. Jemand hatte seinen Schädel dort eingeklemmt. Hatte ihn einfach zwischen die Bleche gesteckt und das Drehkreuz zugezogen, als gelte es, Hirnmasse und Blut aus ihm herauszuquetschen.

Roberta saß frierend auf den Stufen vor einer offenen Tür, beide Arme fest um ihren Oberkörper geschlungen, als wollte sie sich wärmen oder trösten, und wiegte sich hin und her. Sie starrte abwesend vor sich hin und sah ihn kaum an, als er sich ihr näherte.

»Ich hoffe, du hast ihn nicht angefasst.« Es klang ruppig. Das passierte ihm oft, wenn eine Situation zu emotional für ihn wurde. Er mochte Roberta, die Nähe ihres molligen Körpers, den Glanz in ihrem rotbraunen Haar, das sich so fest anzufühlen versprach. Er hatte gehofft, sie würden sich verstehen. Freunde sein und noch mehr. Aber diese Frau entglitt ihm immer wieder. Oder sie war ohne Vorwarnung zickig, warf ihm Steine in den Weg und erschwerte ihm unnötig seine Arbeit.

»Nur ein bisschen«, sagte sie leise.

Ein bisschen. Was war das jetzt wieder für eine Antwort? Seit wann konnte man eine Leiche »ein bisschen« anfassen?

»Du weißt aber schon, dass man am Tatort nichts verändern darf?« Er klang immer noch streng, ganz der Kriminalbeamte.

»Er war ein Freund«, sagte Roberta rau. »Mein erster.«

»So?« Er nahm seine Taschenlampe zur Hand und leuchtete dem Toten ins Gesicht. »Und wer hat das da auf seine Stirn geschrieben?«

»Was denn?« Roberta kam schwankend näher.

»Sag mal, hast du etwa getrunken?«

Sie wischte sich mit dem Handrücken über den Mund und nickte schwach. »Es hat so lange gedauert, bis du kamst. Und ich war so verzweifelt.« Trotz der Dunkelheit konnte er sehen, dass ihr Gesicht nass von Tränen war.

»Das muss was ziemlich Starkes gewesen sein«, sagte er, »du kannst ja kaum noch gerade gehen.«

»Calvados. Die Flasche stand auf dem Tisch.« Roberta kämpfte weinend gegen einen Schluckauf an.

»Und jetzt ist sie leer, oder was?«

»Keine Ahnung. Ich wollte einfach nur nicht mehr nachdenken müssen.« Die beiden letzten Worte klangen wie aufmüpfige Kiekser und gingen in ein haltloses Schluchzen über.

»Verstehe.« Sie erinnerte ihn auf einmal an Amelie. Dieser kindliche Schmerz. Seine Nichte konnte auch so unkontrolliert in ihre Gefühle fallen. Er spürte, wie seine latent aggressive Stimmung in Mitgefühl umschlug.

Nachdenklich schaute er Roberta an. *The first cut is the deepest*, sang er innerlich. Seine Schwester hatte Sheryl Crows Version des Songs einen Sommer lang gedudelt, nachdem ihre erste große Liebe sie verlassen hatte. Vermutlich nisteten sich erste Lieben besonders tief ins Herz ein.

Er fasste Roberta am Arm und deutete auf den Toten.

»Vielleicht kannst du mir wenigstens sagen, was diese Schrift zu bedeuten hat, wenn du schon nicht weißt, wie sie auf seine Stirn kam.«

Roberta beugte sich schwankend vor und starrte im Schein seiner Taschenlampe auf die blutroten Buchstaben. »Máel Dúin«, las sie unsicher. »Das ist Lippenstift.«

»Danach sieht es mir auch aus. Und weiter?«

»›Red Apple‹. Die Farbe ist ganz neu auf dem Markt. Kenn ich aus der Werbung.«

»Und weiter?«

»Weiter nichts.«

Ein Wagen hielt mit quietschenden Reifen auf der Straße vor dem Haus, das mussten die Kollegen vom Erkennungsdienst sein. Sekunden später standen sie im Hof.

»Hat jemand die Leiche berührt?«, fragte einer von ihnen sofort, als der Taschenlampenkegel den Toten erfasste.

»Die junge Frau hier«, antwortete Bär. »Der Tote war ihr Freund.«

»Ich wollte nur sehen, ob ich ihm noch helfen kann«, rechtfertigte sich Roberta und versuchte, auf den Kollegen zuzugehen, doch sie taumelte nur gefährlich hin und her. Bär griff beherzt zu.

»Komm, wir beide verschwinden mal ins Bad. Da kannst du dir den Finger in den Hals stecken.«

Willenlos ließ sie sich von ihm ins Haus führen.

Im Bad gelang es ihr tatsächlich, sich über der Kloschüssel ein wenig zu erleichtern. Bär hielt ihr währenddessen geduldig den Kopf. Es war ihm nicht weiter unangenehm, bei Amelie hatte er diese Art der Ersten Hilfe auch schon geleistet. Nur dass Amelie sich mit Süßigkeiten bis zur Übelkeit abgefüllt hatte, nicht mit französischem Apfelschnaps.

Er sorgte dafür, dass Roberta sich den Mund ausspülte und half ihr, sich im Wohnzimmer auf die Couch zu legen. Er fand sogar noch eine dünne Decke und hüllte sie sanft damit ein.

»Ruh dich einen Moment aus«, flüsterte er ihr zu. »Ich geh wieder zu den Kollegen nach draußen.«

Auf seinem Rückweg durch die Küche blieb er wie gebannt vor dem gedeckten Tisch stehen. Was war denn hier los? Teller und Champagnergläser für zwei. Von wegen Jugendliebe. Das sah verdammt nach einem heißen Date aus. Unglaublich, diese Roberta. Sie hatte ihn im Glauben gelassen, es würde sich etwas zwischen ihnen entwickeln, während sie mit dem Franzosen was am Laufen hatte.

Der Tisch drohte für einen Moment vor seinen Augen zu verschwimmen, und er gab sich alle Mühe, den Gedanken zu ersticken.

Auf dem Herd stand eine Kasserolle, er zog den Ärmel seines Pullis über die Hand und hob den Deckel an. Sofort schlug ihm ein würziger Geruch nach gebratenem Fleisch entgegen. Na, immerhin hatte Robertas Typ kochen können. Schade, dass die Kollegen nur die Fingerabdrücke vom Topf nehmen durften, statt dessen Inhalt zu verspeisen. Mit einem vernehmlichen Klacken schloss er den Deckel. Er musste zu den anderen in den Hof. Roberta konnte ihren Rausch allein ausschlafen. Scheiß auf all die Gefühle, er war im Dienst und hatte seinen Job zu machen.

Eine Stunde später lag Jacques' Hof im Flutlicht, ein rot-weißes Absperrband sicherte das Tor. Der Erkennungsdienst hatte mehrere Lampen aufgestellt, ein Kollege suchte auf der Kelter nach Abdrücken, ein anderer fotografierte die Blutspritzer auf dem Hofpflaster. Der Rechtsmediziner beugte sich mit konzentrierter Miene über Jacques' Leiche.

»Schon irgendwelche Erkenntnisse, wie der Tod genau eingetreten ist?«, sprach Bär ihn an.

»Nein, noch nicht.« In der Stimme des Arztes schwang Anteilnahme mit. Er trat zwei Schritte zurück und hob in einer unbestimmten Geste die Schultern. »Ich möchte mir den Kerl, der so was macht, gar nicht erst vorstellen.«

Auch Bär war seltsam berührt. Er zuckte unwillkürlich zusammen, als das halb zerquetschte Gesicht des blonden Normannen im Blitzlicht des fotografierenden Kollegen aufleuchtete.

ACHT

»Robby? Robby, sind Sie das?« Mike Niermanns Stimme drang schmerzhaft in ihren Gehörgang.

»Ja?« Sie hielt das Smartphone ein wenig vom Ohr weg.

»Die Polizeipressestelle meldet gerade, dass gestern eine männliche Leiche gefunden wurde, in Büngsbach. Die Todesumstände sind sehr eigenartig. Der Kopf des Mannes wurde in eine Kelter geschraubt. Und auf der Stirn des Toten hat der Mörder angeblich eine Nachricht hinterlassen.«

»Hm.« Ich weiß, wollte Roberta sagen. Aber ihr Mund war ganz trocken, und sie brachte keinen Ton heraus. Die grauenhaften Vorgänge hatten sie die ganze Nacht beschäftigt. Immer wieder hatte sie sich gefragt, ob es ihre Schuld war, dass Jacques nicht mehr lebte.

»Robby, wachen Sie endlich auf! Die Kelter, die Nachricht … Das sind doch Botschaften des Täters. Dieser Mord hat was mit der Apfelweinproduktion zu tun.«

»Was? Wie meinen Sie das denn?« Sie richtete sich in ihrem Bett auf und kämpfte gegen ein Würgen an, als es sich schaukelnd unter ihr bewegte und auf einem weiten Fluss davonzuschwimmen schien.

»Ich meine das symbolisch«, schränkte Niermann ein. »Die Todesumstände verweisen auf die Apfelweinherstellung, und das ist doch Ihr Thema. Ich dachte, Sie recherchieren das bis heute Abend und kommen in unsere Show.«

»Ich habe kein Auto«, wich Roberta aus. Sie verspürte keine große Lust, in ihrem Zustand zu arbeiten, und erinnerte sich dumpf, dass Bär sie nach Hause gefahren und ins Bett gebracht hatte. Ihr Corsa musste noch in Büngsbach stehen.

»Macht nichts, ich spendiere Ihnen ein Taxi. Versuchen Sie einfach herauszukriegen, wie die Nachricht auf dem Schädel des Toten lautet und was sie bedeutet. Und dann erzählen Sie uns das heute Abend live in der Sendung. Wir zahlen wie immer gut.«

Roberta versuchte vergeblich, den Nebel aus ihrem Hirn zu vertreiben. Geld brauchte sie tatsächlich dringend, nach wie vor. Die Miete, das Auto … Und wie die Nachricht des Mörders lautete, wusste sie leider schon. Was sie bedeutete, würde sie leicht rauskriegen. Doch tief in ihr wühlte ein dumpfer Schmerz über Jacques' Tod. Gewissensbisse mischten sich darunter. Hätte sie sich nur mehr um ihn gekümmert, sich für sein Vorhaben in Büngsbach mehr interessiert. Stattdessen musste er sie mit seinen Kochkünsten locken, damit sie sich zu ihm aufs Land hinausbemühte. Himmel, es hätte gereicht, wenn sie nach seinem Anruf sofort losgefahren wäre, statt sich noch etwas Zeit auszubedingen. Sie hatte den Täter nur knapp verpasst, womöglich war er noch in der Nähe gewesen, als sie das Haus betreten hatte. Allein die Vorstellung jagte ihr jetzt einen kalten Schauer den Rücken hinab, und ihre Hände begannen unkontrolliert zu zittern.

»Noch besser wäre es natürlich, wir hätten außerdem Bilder vom Tatort.« Niermann räusperte sich und machte eine kleine Pause, offensichtlich wartete er auf ihre Reaktion.

»Nein«, stieß sie heftig hervor. Keine zehn Pferde brächten sie heute in Jacques' Hof. Wie mochte es da jetzt überhaupt aussehen? Sie versuchte, sich an die Szenerie vom gestrigen Abend zu erinnern. Die Kelter war mit seinem Blut besudelt gewesen. Sein Kopf hatte in diesem Foltergerät gesteckt, und auf seine Stirn hatte jemand deutlich lesbar »Máel Dúin« geschrieben. Mit einem Lippenstift, der gerade in allen Frauenzeitschriften als der letzte Schrei angepriesen wurde.

»Der Mann tut mir verdammt leid«, sagte Mike Nierman unvermittelt.

»Ja.« Roberta pflichtete ihm mit einem tiefen Seufzer bei.

»Fein, dann bis heute Abend. Das Taxi steht pünktlich vor Ihrer Tür.«

»Nein, halt …«

Zu spät. Mike Niermann hatte ihr Ja als Zusage interpretiert und aufgelegt.

***

»Ein Toter, dessen Kopf in eine Kelter eingespannt wurde, auf seiner Stirn eine Nachricht des Mörders«, eröffnete Mike Niermann die Sendung. »Das sind die Fakten der grausamen Ermordung eines Franzosen gestern Abend in Büngsbach. Dass es ein Mord ist, davon können wir ausgehen, denn niemand kann seinen eigenen Schädel in einer Kelter zerquetschen. Doch wer hat diese kaltblütige Tat begangen? Auf der Stirn des Toten standen zwei Worte: Máel Dúin. Ein Name. Was haben Sie über diesen Namen herausgefunden, Robby?«

Roberta räusperte sich. Sie war sich nicht sicher, ob sie überhaupt sprechen konnte. Womöglich versagte ihr jeden Moment die Stimme. Mit diesem Fernsehauftritt hatte sie sich zu viel zugemutet, das wusste sie jetzt. Es war immerhin Jacques, um den es hier ging. Ein Freund, mit dem sie als junges Mädchen einen Sommer der Liebe erlebt hatte. Sie presste ihre Hände fester auf den Studiotisch, um nicht zu zittern.

»Máel Dúin ist der Name einer irisch-keltischen Sagengestalt«, begann sie. »Der Mythologie nach begab er sich als junger Mann auf eine lange Reise, um den Tod seines Vaters zu rächen und dessen Mörder zu finden. Dabei gelangte er auf verschiedene Inseln. Auf einer der Inseln pflanzte er einen Apfelbaum, der so herrlich gedieh, dass seine Äste das ganze Eiland beschatteten. Eine einzige Frucht von diesem Baum genügte, um einundzwanzig Abenteurer vierzig Tage und Nächte lang zu ernähren.«

»Ein schönes Bild. Was hatte der ermordete Jacques Toussaints denn mit Äpfeln zu tun? Oder mit Máel Dúin? Hatte er auch eine weite Reise gemacht?«

Roberta hustete kurz und nervös. Sie hatte Mike Niermann in der Maske erzählt, dass sie Jacques gekannt hatte, aber er hatte ihr versprechen müssen, dies nicht in der Sendung zu erwähnen. Hoffentlich hielt er sich daran.

»Jacques Toussaints kam aus der Normandie in die Wetterau. Wenn man das heutzutage noch als weite Reise bezeichnen will.« Sie lächelte wehmütig. »Und er hatte tatsächlich mit Äpfeln zu tun, oder besser: mit Apfelwein. Er wollte in Büngsbach ein Cidre-Lokal aufmachen. Cidre ist die französische Variante unseres Apfelweins.«

»Es gibt also einen Bezug zum Apfelwein, dazu passt die Kelter als Mordinstrument. Und auch dieser Máel Dúin, die mythologische Gestalt, wird mit Äpfeln in Verbindung gebracht – handelt es sich dabei nur um diesen sagenhaften Apfelbaum, oder gilt das auch für Äpfel in flüssiger und alkoholisierter Form?«

»Das darf man wohl annehmen. Die Kelten kannten Apfelwein. Sie tranken ihn gegen Rheuma, Magenverstimmung und andere Leiden.«

»An apple a day keeps the doctor away«, gab Mike Niermann ungezwungen den bekannten Spruch zum Besten. »Von der besonderen Wirkung des Apfels für die Gesundheit wissen wir ja bis heute. Aber zurück zu Máel Dúin. Ich stelle mir da so einen keltisch-irischen Halbgott vor, einen jugendlichen Ritter mit wallendem Haar. Gibt es da auch einen Bezug zu dem Toten? Sah er so aus?«

Roberta schluckte heftig. Zögerte. Sie hatte es nicht so nah an sich rankommen lassen wollen und sich eingeredet, es würde funktionieren. Aber nun stiegen doch sehr private Erinnerungen in ihr auf. Bilder, über die sie nicht in der Sendung reden wollte. Jacques' amüsierter Blick, wenn sie ihm etwas auf Französisch erzählte und ihre Aussprache nicht stimmte. Sein Lachen, wenn er auf sie zulief, um sie in seine Arme zu reißen und im Kreis um sich herumzuschleudern. Seine ungestüme Art, in die Brandung zu rennen und dabei wie ein Wilder zu schreien.

»Ja, so sah er aus«, gab sie unwillkürlich nach.

»Sie haben sich gekannt.« Nun kriegte Mike Niermann sie doch noch am Arsch.

Wieder zögerte Roberta. Sie wollte ihre private Beziehung zu Jacques nicht vor dem Fernsehpublikum ausbreiten. Doch sie mochte sein Andenken auch nicht beschmutzen, indem sie ihre Bekanntschaft leugnete und als Antwort log. Wenigstens im Tod musste sie zu ihm stehen. »Ja. Eine Ferienbekanntschaft aus meiner Schulzeit.«

»Robby, das ist echt eine Überraschung. Alles Zufall oder was?«

»Ich denke schon. Die Welt ist klein, so sagt man doch.« Ihre Stimme brach, und Tränen rannen über ihr Gesicht.

»Das tut mir unendlich leid für Sie, Robby. Sie haben mein volles Mitgefühl und bestimmt auch das unserer Zuschauer. Können Sie uns dennoch etwas über den Lippenstift sagen, mit dem die Worte auf die Stirn des Opfers geschrieben wurden? Meinen Sie, das geht?«

Sie atmete tief durch und nickte dann. »Ja. Es war ein Lippenstift in der Farbe ›Red Apple‹. Er ist ganz neu auf dem Markt.«

»Okay, von welcher Firma der Lippenstift ist, das schenken wir uns jetzt, schließlich wollen wir keine Schleichwerbung machen. Aber dass eine Farbe, die so heißt, vom Täter mit Bedacht ausgewählt wurde, dessen dürfen wir uns wohl sicher sein. Woran haben Sie die Farbe erkannt, Robby?«

»Sie ist ziemlich unverkennbar. Wie die Haut eines tiefroten Apfels mit winzigen grünen Einsprengseln drin.«

»Interessant. Vielen Dank, das war in der Tat sehr informativ. Liebe Zuschauer, ich begrüße Roberta Hennig immer wieder gern in unserer Sendung, und ich hoffe, Sie hatten auch etwas davon.«

Roberta saß erschöpft vor dem großen Spiegel in der Maske, die Maskenbildnerin hatte sie schon abgeschminkt, da stürzte Mike Niermann in den Raum.

»Großartig, Robby, einfach nur großartig. Die Zuschauerzahlen sind noch während der Sendung sprunghaft angestiegen. Ach, was sage ich, sie sind in den Himmel geschossen. Das kann der Sender gut brauchen. Und wem haben wir das zu verdanken? Nur Ihnen, meine Teure. Sie waren ja so authentisch, wirklich.«

Sie schaute ihn traurig an. Hatte er ihr nicht versprochen, nichts von ihrer Freundschaft mit Jacques zu erzählen? Von ihrer Jugendliebe? Dennoch hatte er sie in der laufenden Sendung darauf angesprochen und ihr keine Wahl gelassen, die Frage nicht zu beantworten. Er hatte sie zuvor so lange gekitzelt, bis die Katze aus dem Sack gewesen war.

»Vielleicht erinnern Sie sich ja noch an andere Dinge. Wie Ihr Freund als Jugendlicher war, was er für Hobbys hatte und so. Die Zuschauer interessieren sich für so etwas. Haben Sie noch Fotos von früher? Aus den gemeinsamen Ferien?«

»Nein«, sagte Roberta schroff. Den fröhlichen blond gelockten Jacqui von damals würde sie den Medien bestimmt nicht zum Fraß vorwerfen.

»Nun ja, wenn Sie doch noch Fotos oder vielleicht sogar Liebesbriefe finden, melden Sie sich umgehend. Wir werden Ihnen jedes Bild einzeln honorieren. Interessante Briefe natürlich auch.«

»Schon gut.«

»Hat die Polizei Sie eigentlich in der Sache vernommen?«

Roberta nickte. »Heute Nachmittag.«

Bär hatte den Fall anderen überlassen, wegen persönlicher Betroffenheit. Das bedeutete, dass er seinen Kollegen von ihnen erzählt haben musste. Roberta hätte zu gern gewusst, was genau das gewesen war. Hatte er von ihrem gemeinsamen Besuch im Zoo berichtet? Von ihrem anschließenden Streit?

Die Vernehmung hatte sein Chef übernommen, Heinz Becker. Der Mann hatte mehr geredet als sie. Ständig hatte er seinen Senf dazugegeben. Dass es Cidre auch in der Bretagne gab. Dass Cidre weniger Alkohol enthielt als Apfelwein, dafür aber mehr Kohlensäure. Und dass die Franzosen ihn anders ausbauten als die Deutschen ihren Schoppen. Dass der Apfel auf Latein *malus* hieß, was ganz nahe bei *malum* lag, dem »Bösen« oder dem »Übel«. Sprache verrate sehr viel, hatte er ihr erklärt. Genau wie das Schweigen vieler Täter.

»Ich hatte nicht viel zu Protokoll zu geben«, meinte sie nun zu Niermann. »Ich wollte Jacques einfach nur besuchen, er hatte mich eingeladen. Und als ich in den Hof kam …«

»Verstehe. Wenn Ihnen noch irgendetwas in die Hände fällt, Schnappschüsse oder Postkarten, dann wissen Sie ja, wo Sie mich finden. Und gehen Sie um Himmels willen nicht zur Konkurrenz damit.«

Er lächelte gut gelaunt und drohte ihr schalkhaft mit dem Zeigefinger, ehe er aus der Tür schwebte.

Roberta fühlte sich schäbig, nachdem er sie allein in der Maske zurückgelassen hatte. Sie war über ihren Schatten gesprungen und in seine Sendung gekommen, weil sie … Ja, weswegen überhaupt? Weil sie zur Wahrheitsfindung beitragen wollte? Jacques' Andenken hochhalten? Oder einfach nur Geld scheffeln? Mike Niermann schien es besser zu wissen, denn er behandelte sie so, wie sie es verdient hatte – wie eine seelenlose und opportunistische Händlerin billiger Nachrichten.

Vor Selbstmitleid schniefend tastete sie in ihrer Jeans nach einem Taschentuch. Sie fand nicht sogleich eins und durchwühlte ihre Tasche. Ihre Augen weiteten sich entsetzt, als sie eine viereckige schwarze Hülse daraus hervorzog. Ein Lippenstift. Sie schloss die Finger darum, bis sie schmerzten, öffnete sie wieder und starrte den kleinen Gegenstand lange an. Als sie die Hülse aufdrehte, leuchtete ihr ein tiefes Apfelrot entgegen, in dem grüne Mikrokügelchen schimmerten.

Der Raum um sie herum schien sich zu drehen, im Schminkspiegel sah sie nur noch ein Zerrbild von sich selbst. Eine dunkle Leere breitete sich in ihr aus, und ihr wurde schwindlig. Was war geschehen in den Stunden am Tatort, an die sie sich nicht mehr erinnern konnte?

Sie riss ihr Smartphone aus der Tasche und schaute mit zitternden Händen nach, ob ihr in letzter Zeit irgendjemand eine ungewöhnliche Mail geschickt hatte. Mit einem speziellen Anhang oder Link. Womöglich hatte sie sich auch irgendetwas notiert. Das machte sie oft. Für ihre Artikel fotografierte sie Ortschaften, Gebäude. Gelegentlich nahm sie sogar kleine Gespräche auf, eine wunderbar praktische Methode, um sich später genau erinnern zu können.

Als sie den Ordner mit den Videos öffnete, wurde ihr speiübel.

Da war eine Aufnahme von Jacques auf ihrem Smartphone. Jacques, dessen Kopf in der Kelter hing. Sie hatte die Handy-Kamera um ihn herumgeführt und dann den Zoom betätigt. Und obwohl sie ziemlich betrunken gewesen war und sich gar nicht mehr daran erinnern konnte, das getan zu haben, waren die Bilder nur leicht verwackelt.

Großer Gott. Warum hatte sie das aufgenommen? Doch nicht, um es zu veröffentlichen! Nein, sie hatte vermutlich nur ihren ersten Eindruck vom Tatort festgehalten. Für Bär, den Freund und Helfer.

NEUN

»Ich finde es hochanständig von Ihnen, dass Sie sich in der Sache mit diesem Franzosen für befangen erklärt haben.« In der Kantine des Polizeipräsidiums beugte sich Becker über sein gebackenes Seelachsfilet und begutachtete es von allen Seiten, das Besteck schon gezückt. »Aber war das nicht ein bisschen übertrieben? Wie oft haben Sie Roberta Hennig denn privat gesehen? Oder hatten Sie was mit der Kleinen?«

»Nein, so weit kam's nicht.« Mit der Gabel ließ Bär die Kartoffeltasche auf seinem Teller ganz langsam rotieren. »Wir haben uns nur ein paarmal getroffen.« Und uns so furchtbar gezofft, dass wir uns kaum noch ansehen mochten, fügte er in Gedanken hinzu. Ich war sauer auf sie, weil sie mir nicht beigestanden hat, als Amelie im Zoo weglief. Ich konnte es nicht leiden, wenn sie mir bei meinen Ermittlungen in die Quere kam. Sich ständig mit Klein-Mädchen-Hypothesen im Radio oder im Fernsehen aufspielte. Und am Ende war ihr dieser Cidre-Normanne auch noch wichtiger als ich. »Aber ich denke dennoch, sie hat mich als Freund und nicht als Polizisten zu ihrem toten Bekannten gerufen. Und das wollte ich respektieren.«

»Das war schon okay so.« Becker zerquetschte mit martialischer Miene eine Salzkartoffel auf seinem Teller, der säuerliche Geruch nach Remouladensoße drang bis zu Bär herüber. »Aber bei den Ermittlungen können Sie mir trotzdem zur Hand gehen.«

»Geht klar.«

»Wir müssen herausfinden, wem die Kelter gehört. Schauen Sie sich am besten auch mal die Besitzverhältnisse des Häuschens an. Ein Besuch beim Grundbuchamt kann nicht schaden.«

»Mache ich.« Bär pikte ein Stück Kartoffeltasche auf die Gabel und schob es in den Mund. Das Gericht hatte auf dem Speiseplan unter der Rubrik »fleischlos« gestanden und es nicht in die Kategorie »Empfehlung des Küchenchefs« geschafft. Immerhin schmeckte es ganz passabel.

»Die Schrift auf der Stirn des Toten«, meinte Becker kauend, »ist ja schon seltsam. Erinnert mich irgendwie an Belsazar.«

»An wen?«

Becker lehnte sich auf dem leuchtend roten Kantinenstuhl zurück und begann genüsslich zu zitieren: »Und schrieb, und schrieb an weißer Wand Buchstaben von Feuer und schrieb und schwand.«

»Ach so«, meinte Bär nur. Ihm dämmerte, dass er das Gedicht mal im Schulunterricht durchgenommen hatte, aber er konnte sich nicht mehr so genau daran erinnern.

Gedankenverloren ließ er seinen Blick durch den Raum schweifen. Die endlosen Reihen von korrekt ausgerichteten Tischen und Stühlen beeindruckten ihn immer wieder. Draußen im Hof gab es noch einmal so viele Essplätze unter hohen Bäumen. Nur saß da jetzt keiner, dazu war es inzwischen zu kalt. Gegenüber der riesigen Fensterfront trennte eine Wand aus mattem Glas die Essensausgabe ab. Man sah niemanden, hörte aber deutlich das Klappern der Tabletts, die neu ankommende hungrige Kollegen auf die Ablage stellten, um sie zu beladen.

»Ist eine Ballade von Heinrich Heine«, schob Becker achselzuckend nach. »So viel zur Schrift von Geisterhand. Der Name Máel Dúin weist natürlich auf einen keltischen Helden hin. Ihre kleine Freundin hat das auch schon herausgefunden.«

»Wieso? War sie mal wieder im Radio?«

»Nein, in der News Show.«

»Was? So kurz nach dem Tod dieses Franzosen?«

»Ja, und ich frage mich, wie tief Frau Hennigs Trauer um ihren Bekannten tatsächlich geht. Wer setzt sich schon in eine News Show, wenn er gerade jemanden … verloren hat?«

»Sie geht wohl eher professionell an die Sache heran, der Journalismus ist ihr Beruf.« Bär war selbst erstaunt, dass er Roberta auf einmal verteidigte. »Vielleicht will sie auch nur dazu beitragen, dass der Täter rasch überführt wird. Ein bisschen fremd ist es allerdings schon.« So viel musste er immerhin einräumen.

»Stimmt. Aber sie war nett anzusehen.«

Bär warf seinem Chef einen Blick zu, der ein Glas heißes

Wasser im Nu zu einem Klumpen Eis hätte gefrieren lassen können.

»Es ist gut, dass Sie nichts mit ihr angefangen haben«, sagte Becker unumwunden. »Womöglich müssen wir Frau Hennig als Verdächtige in Betracht ziehen.«

»Wie jetzt, als Verdächtige?« Bär glaubte seinen Ohren nicht zu trauen.

»Die junge Frau hat eine posttraumatische Amnesie. Sie weiß noch, dass sie ihren Bekannten besucht und in der Küche auf ihn gewartet hat. Dann meint sie, sein verletztes Gesicht in der Kelter berührt zu haben. Aus persönlicher Betroffenheit heraus und um zu sehen, ob ihm noch zu helfen war, nimmt sie an. Aber was dazwischen und direkt danach passiert ist, daran kann sie sich nicht erinnern.« Becker wischte sich fahrig mit der Hand über den kahlen Kopf, und sein grauer Schnäuzer vibrierte, als er weitersprach. »Möglicherweise erinnert sie sich ja deshalb an nichts mehr, weil sie ihn getötet hat.«

»Sie haben schon bessere Witze gemacht, Chef.« Bär versuchte, die Verdächtigung ins Lächerliche zu ziehen, aber er konnte selbst hören, wie unsicher seine Stimme klang. Das Stück Kartoffeltasche, das er zum Mund führen wollte, schwebte weiter in der Luft, aufgespießt auf den Zacken der Gabel. Durch sein Hirn zuckten Bilder wie von einem beschädigten Film, der zu schnell abgespult wird. Roberta auf den Stufen der Treppe, weinend, die Arme um sich geschlungen und sich wiegend wie ein Kind. Betrunken und nicht mehr ganz zurechnungsfähig. Hatte sie deshalb zur Flasche gegriffen, weil sie mit ihrer Tat nicht fertig wurde? Was war geschehen, bevor er den Hof betreten hatte? Wenn Roberta mit dem Franzosen in Streit geraten war … Konnte es sein, dass sie ihn im Affekt getötet hatte?

»Viel Zeit für ihre Tat hatte sie nicht«, fuhr Becker sachlich fort. »Jetzt mal nur rein theoretisch. Sie hat in Karben eine Nachbarin von Ella Winkler interviewt, ist dann zum Duschen in ihre Wohnung am Schweizer Platz gefahren und von da aus nach Büngsbach. Das hat sie jedenfalls in der Vernehmung angegeben. Wenn Sie mich fragen, war das ein sehr unpraktischer

Umweg, nur wegen einer Dusche.« Er verzog skeptisch den Mund unter dem grauen Schnäuzer. »Von Karben aus wäre sie im Handumdrehen bei dem Franzosen gewesen. Aber erkläre mir einer die Frauen. Womöglich wollte sie ihm besonders wohlriechend entgegentreten.«

»Ella Winkler?« Bär horchte auf. »Das ist die Schwester von dem Mann, der in der Apfelweinkelterei ertrunken ist. Bei dem Unfall im Tank. Was wollte sie denn von der?«

»Vielleicht plante sie ja eine Reportage: Verlust und Trauer bei Hinterbliebenen.«

»So, meinen Sie?« Bär schob das aufgespießte Stück Kartoffeltasche endlich in den Mund.

»Falls sie ihn getötet hat – egal, ob mit Hilfe der Kelter oder schon vorher, das wird ja der Obduktionsbericht zeigen –, haben wir es womöglich nur mit einem minder schweren Fall von Totschlag zu tun«, sinnierte Becker weiter. »›War der Totschläger ohne eigene Schuld durch eine ihm oder einem Angehörigen zugefügte Misshandlung oder schwere Beleidigung von dem getöteten Menschen zum Zorn gereizt und hierdurch auf der Stelle zur Tat hingerissen worden …‹ Und so weiter. Paragraf 213 StGB. Dann würde Ihre kleine Freundin lediglich eine Freiheitsstrafe zwischen einem und zehn Jahren erwarten.«

»Was?« Bär schluckte schwer, und die Kartoffeltasche drückte sich fast schmerzhaft durch seinen Schlund.

»Es kann doch sein, dass sie mit diesem Franzosen in Streit geraten ist. Immerhin war er mal ihr Freund. Zumindest daran konnte sie sich bei der Vernehmung erinnern.«

»Aber warum sollte sie ihn in die Kelter stecken?« Bär sah den Toten wieder vor sich, sein zerquetschtes Gesicht. Die blutunterlaufenen Augen.

»Um von sich abzulenken. Oder um der Tat irgendeine Bedeutung beizugeben, eine gewisse Symbolik.«

»Eine Message?« Er überlegte, ob Roberta bei der Leiche im Hof noch irgendetwas gesagt hatte, was einen Hinweis darauf ergab. Aber für Erklärungen war sie wohl zu sehr hinüber gewesen. Immerhin hatte sie schon am Tatort sofort zugegeben, dass sie den Toten berührt hatte. Wozu und wobei? Doch nicht etwa, als sie ihn in dieses Foltergerät eingespannt hatte?

»Hat man Fingerabdrücke auf der Kelter gefunden?«, fragte er heiser.

Becker schüttelte den Kopf. »War alles sauber abgewischt. Die Beweise reichen noch lange nicht aus, um Ihre Freundin vorläufig festzunehmen, da spielt mir kein Richter mit. Offiziell ist sie bislang nur eine Zeugin, die den Toten fand. Aber wir werden sie wohl im Auge behalten müssen.«

Sie waren nun beim Dessert angelangt, und Bär verschluckte sich beinahe an einem Löffel Fruchtjoghurt. »Was wäre denn ihr Motiv?«

»Keine Ahnung, sagen Sie's mir. Eine Beziehungstat? Vielleicht liebte sie den jungen Franzosen immer noch, und er erwiderte ihre Gefühle nicht. Oder sie hatte eine alte Rechnung mit ihm offen. War als Schülerin von ihm schwanger, und er hat sie damals gezwungen, das Kind wegzumachen.«

»Jetzt machen Sie aber mal einen Punkt.« Bär gefiel das Gespräch immer weniger. Roberta mochte einen Blackout gehabt haben. Aber das war noch lange kein Grund, in ihrer Vergangenheit dunkle Geschichten zu wittern. Wenn Becker sie weiter als Hauptverdächtige betrachtete, würde er ihr zu einem guten Anwalt raten müssen.

»Das war ja nur ein Beispiel aus unserem grauen Ermittlungsalltag«, hielt Becker dagegen. »Vielleicht ging es auch um eine schöne Frau, eine Konkurrentin, wegen der er sie mal hat sitzen lassen. Der Name Máel Dúin könnte doch auch weiblich sein. Er ist keltisch, und in der Bretagne und auf den britischen Inseln sind immer noch Reste der keltischen Sprache erhalten. Wenn ich meine Phantasie spielen lasse, sehe ich eine rothaarige Irin vor mir. Ja, ich sehe sie förmlich auf mich zukommen mit ihren wehenden Haaren und in einem langen wallenden Kleid. Eine keltische Wicca.«

Bär musste prusten, und ein feiner Regen Fruchtjoghurt sprühte über den Tisch bis zu Becker hinüber.

Sein Chef bedachte ihn mit einem langen Blick, dann wischte er sich seine Krawatte mit einer Papierserviette ab.

»Ich sehe schon, Sie mögen Roberta Hennig immer noch«, schloss er. »Aber dieser Lippenstift … Das sieht doch ziemlich nach einer Frau aus, oder?«

»Nein.« Bär schob geräuschvoll seinen Stuhl zurück. »Lippenstift kann auch ein Mann benutzen, um den Verdacht auf eine Frau zu lenken.«

***

Roberta joggte am Main entlang. Es war eiskalt, aber trocken, und anders als an Sommersonntagen war heute kaum jemand auf der Promenade unterwegs. Der Reißverschluss ihres Pullis gab ein ratschendes Geräusch von sich, als sie ihn bis zum Kinn hochzog, und sie beschleunigte ihr Tempo. Sie konnte die kleinen Wolken ihres Atems sehen, die sich weiß in der Luft abzeichneten, und sie zählte ihre Schritte mit. Immer bis vier, dann von vorn. Und wieder bis vier. Die Zahlen ratterten gleichmäßig durch ihren Kopf, doch sie fand nicht recht in ihren Lauf hinein. Ein, zwei, drei, vier Schritte weiter. Und weiter. Und immer noch weiter.

Nur nicht aufgeben, Mädchen!

Sie fühlte sich normalerweise sehr wohl, wenn sie – so wie jetzt – wusste, welche Plätze, Straßen und Gebäude sich um sie herum befanden. Das Filmmuseum lag zu ihrer Rechten, der Schweizer Platz dahinter, das neue bebaute Degussa-Gelände linker Hand auf der anderen Mainseite und der Eiserne Steg vor ihr. Die Schiffe der Primus Linie sahen von Weitem wie Spielzeuge aus, dicht aneinandergereiht dümpelten sie am Ufer.

Alles hätte perfekt sein können.

Doch Roberta ließ Jacques' Tod nicht los. Sie hatte erneut eine unruhige Nacht verbracht, und dass sie sich an kaum etwas erinnern konnte, machte sie halb wahnsinnig.

Was hatte sie gesehen, als sie Jacques' Hof betrat? Dunkelheit, einen Schatten, den sie für einen Sack Torf gehalten hatte. Dann das Erschrecken, der Schmerz. Sie hatte sein zerschundenes Gesicht liebkost. Davor und danach gab es keine Bilder in ihrer Erinnerung, sie waren aus ihrem Gedächtnis gelöscht. Oder tief darin vergraben. Die Verbindung zur Vergangenheit schien abgerissen zu sein. Sie verstand nun zu gut, warum man das Phänomen auch Filmriss nannte.

Der Fluch des Vergessens.

War das auch so, wenn man dement wurde? Wie fühlte es sich an, wenn man die Menschen, die einem ans Herz gewachsen waren, nicht mehr erkannte? Oder wenn man auf einer Party Drogen ins Glas geschüttet bekam? Nach K.-o.-Tropfen sollte man sich angeblich an rein gar nichts mehr erinnern. Nicht einmal mehr an Gefühle, so wie sie es immerhin tat. Suchten die Mädchen, die von einem Sexualstraftäter bewusstlos gemacht und missbraucht worden waren, genauso verzweifelt nach Eindrücken und Anhaltspunkten wie sie?

Nach einem Strohhalm?

In der Normandie hatte sie einmal am Strand zwei junge Mädchen getroffen, denen eine Nacht in ihrer Erinnerung fehlte. Weinend hatten sie am frühen Morgen auf der Promenade gesessen, sich an den Händen haltend. Roberta hatte sie angesprochen und gefragt, was denn los sei. Sie wussten nur noch, dass sie mit ein paar deutschen Trampern am Strand etwas getrunken hatten. Zeugs, das die Jungs dabeigehabt hatten. Was danach geschehen war, erschien ihnen wie von einem schwarzen Loch verschluckt. Sie mussten am Strand geschlafen haben, in ihren Haaren hing Sand. Doch was sie am meisten verstörte, war, dass sie unter ihren Kleidern keine Höschen mehr trugen. Ihre Wäsche war nirgends zu finden gewesen.

Robertas Schritte waren langsamer geworden, heute würde sie keinen Rekord mehr hinlegen. Von den Mädchen am Strand wanderten ihre Gedanken wieder zu Jacques.

Vor welchen Eindrücken wollte ihr Unterbewusstsein sie mit einem Gedächtnisverlust schützen? Gab es etwas, das nicht an die Oberfläche gelangen durfte? Etwas, das sie nicht wahrhaben wollte? Immerhin war außer ihr niemand dort gewesen. Konnte es also sein, dass sie … dass sie selbst …?

Doch was hätte sie für einen Grund gehabt, Jacques etwas anzutun? Sie hatte ihn ewig nicht gesehen und so gut wie vergessen, bis er anrief und ihr von seinem Cidre-Lokal berichtete. Es war ein schöner Sommer gewesen, damals in der Normandie, aber das Leben war weitergegangen. Sie hatte vor langer Zeit mit ihm abgeschlossen, und es gab nichts, was sie ihm nachtrug.

Und er? Womöglich hatte er ihr Avancen gemacht an jenem Abend, alte Gefühle waren in ihm aufgeglommen. Er war ihr zu nahe gekommen, und sie hatte ihn abgewehrt. Ihn versehentlich gegen diese blöde Kelter gestoßen. Konnte es so gewesen sein?

Nur … wie kam sein Kopf dann zwischen die Bleche?

Sollte sie ihn tatsächlich …

Nein, Roberta. In nüchternem Zustand würdest du nie und nimmer auf so etwas kommen. Warum also im Rausch?

»Im Rausch der Sinne«, flüsterte sie. »Sinneswahn. Eine Wahnsinnige.« Sie spürte dem Klang der Worte nach. Was bewirkten sie in ihr? Riefen sie irgendeine Erinnerung hervor?

Sie war längst stehen geblieben, krampfte die Hände um die eiserne Reling an der Promenade und starrte in den kalten Main. Kleine, hubbelige Wellen ließen die Wasseroberfläche vibrieren und schienen sich auf ihre Magensäfte zu übertragen. Alles in ihr zog sich zusammen, und ein bitterer Geschmack stieg in ihrer Kehle auf.

***

Christian Bär erkannte das Haus kaum wieder. Vor zwei Tagen hatte er schon mal hier gestanden, krank vor Sorge um Roberta, und der tote Franzose hatte seine Aufmerksamkeit als Ermittler gefordert. Doch nun kam es ihm vor, als sähe er das Gebäude zum ersten Mal. Es war ein für die Gegend typisches Bauernhaus. Das ursprünglich verkleidete Fachwerk hatten die Vorbesitzer freigelegt, und die Holzbalken waren in fröhlichen Farben lasiert worden, genau wie die Fensterläden. Nur die Schieferschindeln an der Giebelfront hatten sie zum Teil ursprünglich belassen.

Das hätte in der Tat eine nette Straußwirtschaft werden können, dachte Bär beklommen.

Der Hof war von der Spurensicherung noch nicht wieder

freigegeben, daher löste er geschickt mit dem Taschenmesser das Siegel am Hoftor. Er würde später ein neues anbringen.

Als er den Hof betrat, musste er gegen eine aufsteigende Übelkeit ankämpfen. Hier hatte noch niemand sauber gemacht. Schwarz verkrustetes Blut klebte an der Kelter, und auf den Betonplatten gab es hellrote Schlieren. Fußspuren von Roberta, die im Blut des Toten gestanden hatte, bevor sie quer durch den Hof zur Treppe gelaufen war.

Bär zog ein Paar Handschuhe aus den Taschen seiner Jeansjacke, streifte sie über und griff in das Drehkreuz der Kelter. Die Maschine widersetzte sich ihm, und das Gewinde jaulte gequält auf, als er versuchte, es zuzuziehen. Offenbar war die Kelter schon seit Langem nur noch ein verrostetes Dekorationsstück. Der Mörder musste enorme Kräfte aufgewendet haben.

Eine Frau schafft das gar nicht, dachte er, und der Gedanke beruhigte ihn ungemein. Roberta konnte es demnach nicht gewesen sein.

Und dennoch, es hatte schon Täterinnen gegeben, bei denen hilflose Wut ungeahnte Kräfte entfesselt hatte.

Was hat der Franzose dir angetan, Roberta?, fragte er sich. Womit hat er dich so wütend gemacht? Wenn es denn überhaupt so war …

Er verließ den Hof und schlenderte die Straße entlang. Von wo war der Mörder gekommen? Wo hatte er geparkt? Die Straße war schmal, bis auf eine kleine Grünfläche vor der nahen Kirche war hier alles eng, vor dem Hof hätte niemand einen Wagen abstellen können, ohne aufzufallen.

Quatsch, rief er sich zur Ordnung, es war dunkel. Die Leute saßen schon vor dem Fernseher. Bei den derzeitigen Temperaturen hatte vermutlich nicht mal ein Fenster offen gestanden. Entsprechend wenig hatte die Befragung der Nachbarn ergeben. Niemand wollte etwas gehört haben.

Er lief ein Stück weiter ins Dorf hinein. Der Ort wirkte schläfrig und wie von der Welt abgeschnitten, wenngleich er viel Geschichte erlebt haben musste. Manche Höfe schienen noch aus der Zeit des Deutschen Reiches zu stammen, beim Blick in eine Seitenstraße entdeckte er eine Fabrik aus dem 19. Jahrhundert. Das ehemalige Herrenhaus am Rande des Fabrikgeländes passte zu anderen Bürgerhäusern aus der damaligen Zeit. Dazwischen standen unzählige lieblos hochgezogene Neubauten aus den fünfziger bis siebziger Jahren. Wellpappe, Glasbausteine und Rigips. Alles in allem ein buntes architektonisches Gemenge. Der Dorfkern war schwer auszumachen, und Bär wusste gar nicht mehr, wie er den vor zwei Tagen in der Dunkelheit so ohne Weiteres hatte finden können. Vermutlich, weil er sich am Kirchturm orientiert hatte.

In ein paar Metern Entfernung sah Bär nun einen kleinen Selbstbedienungsladen, und er steuerte darauf zu.

Die schwere Glastür mit dem großen diagonalen Griff ließ sich nur mühsam aufdrücken und fiel mit einem blechernen Scheppern hinter ihm wieder ins Schloss. Das Geräusch verfolgte ihn noch, als er gleich darauf an den Regalen entlangschlenderte. Hier gab es all jene Dinge, die man auf die Schnelle brauchte, weil sie beim wöchentlichen Einkauf im Supermarkt vergessen worden oder vorschnell ausgegangen waren. Bär registrierte, dass er der einzige Kunde war, außer ihm wollte hier um diese Zeit niemand etwas kaufen.

Er erstand ein Päckchen Zahnpflege-Kaugummi und schob sich noch an der Kasse einen Streifen in den Mund. Das Kauen tat ihm gut, es beruhigte ihn. Solange seine Mahlwerkzeuge etwas zu tun hatten, waren seine Kiefer weniger angespannt.

»Waren Sie schon mal drüben in der Straußwirtschaft?«, fragte er die junge Frau an der Kasse.

»Die ist doch noch gar nicht auf«, kam es tadelnd zurück.

»Stimmt.« Und vermutlich würde sie auch so schnell nicht eröffnet werden. »Der Wirt ist tot.«

Das Mädchen sagte nichts darauf, sie blies sich lediglich ein paar von ihren dünnen weißblonden Haaren aus dem Gesicht.

»War er beliebt hier im Dorf, der Franzose?«

»Also, mir war er sympathisch. Aber bei den anderen kam er überhaupt nicht gut an.« Sie verzog abschätzig den Mund. »Ist doch eine blöde Idee, hier bei uns Apfelwein aus Frankreich auszuschenken. Als ob wir nicht selbst genug davon hätten.«

»Hm.« Bär schenkte dem Mädchen ein gewinnendes Lächeln und sah ihr zu, wie sie an ihrer Unterlippe nagte.

»Vor dem Franzosen hatte schon ein Spanier versucht, hier im Ort Apfelwein aus Asturien zu verkaufen. Das Projekt war auch ein tot geborenes Kind.«

»Was war mit dem Spanier?«

»Ich weiß nicht, er wurde von der Gemeinde vergrault, irgendwie. Niemand wollte, dass er auch noch eine Straußwirtschaft aufmacht und sein Zeugs ausschenkt. Er hatte eine Weile einen kleinen Hofladen am Ende der Hauptstraße. Aber seine Geschäfte gingen nicht gut. Ab und zu kamen ein paar Frankfurter vorbei und kauften ihm was ab, aber die Leute hier … Nee, die wollten nichts von ihm, nannten ihn nur den Riwweloorsch.«

»Netter Ausdruck«, meinte Bär zynisch. Und ein sehr fremdenfreundlicher Ort. »An den Namen von dem Mann können Sie sich nicht zufällig erinnern?«

Das Mädchen überlegte. »Doch, sein Vorname war Juan.«

»Und weiter?«

»Keine Ahnung.«

Na toll, soweit Bär wusste, hieß jeder dritte Spanier Juan.

»Perez«, sagte die junge Frau plötzlich. »Juan Perez.«

Na also, ging doch.

»Dann hatte der Spanier den Hofladen also schon, bevor er die Straußwirtschaft aufmachen wollte?« Bär kaute ein paar Takte schneller.

Das Mädchen starrte mit einer Intensität auf die Kasse, als stünde dort die Antwort geschrieben. »Ja, ich glaube schon. Der hat erst den Hofladen aufgemacht, und dann hat er sich um das Fachwerkhaus bemüht, er wollte es unbedingt kaufen.« Sie lächelte zufrieden. »Aber jetzt ist er weg.«

»Verstehe.« Bär tippte zum Abschied mit zwei Fingern an eine imaginäre Mütze, bevor er den Laden verließ.

ZEHN

Der Laden, den Bär am Montag aufsuchte, befand sich mitten in Sachsenhausen in einem Hinterhof. Das Ambiente war schick, durch eine große Glasfront hatte man Einsicht in einen modernen Verkaufsraum. Doch als Bär hineingehen wollte, stolperte er erst einmal über einen Stapel Pappkartons.

»Warten Sie, warten Sie, ich helfe Ihnen.« Der Inhaber stürzte herbei, um ihm den Weg freizuräumen und die Kartons wegzuzerren.

»Kein Problem«, gab Bär zurück. »Ich kann alles sehen, was ich sehen will.« Direkt vor ihm lagerten Apfelweine aus aller Herren Länder in hohen Regalen. Vom französischen Cidre bis zum irischen Cider war alles da. Einen Moment lang studierte er bewundernd die bunten Etiketten. »Ich suche einen Mann, der mit Sidra handelt«, sagte er dann. »Juan Perez. Wo könnte ich den finden?«

Bär hatte nach seiner Rückkehr aus Büngsbach mit ein paar Einwohnermeldeämtern telefoniert, aber Juan Perez war in der Gegend nie mit einem offiziellen Wohnsitz gemeldet gewesen. Wie es aussah, hatte er den Hofladen in Büngsbach ein paar Monate lang schwarz gemietet und war danach spurlos von der Bildfläche verschwunden.

»In Frankfurt?« Der Ladner hatte die Kartons ins Nebenzimmer geschafft und kam neugierig näher. Ein hoch aufgeschossener Naturbursche um die vierzig. Auf den ersten Blick passte er besser auf eine Apfelplantage als in einen Laden.

Bär umschrieb mit dem Arm einen größeren Kreis. »Mainhattan bis hoch in die Wetterau.«

»Perez …« Der Ladner dachte einen Moment nach, dann zuckte er mit den Schultern. »Nein, tut mir leid.«

»Ganz sicher?«

»Also … in der Apfelweinszene kennt man sich untereinander, insofern fragen Sie da schon den Richtigen. Und Sidra ist nur was für Liebhaber, den handeln wirklich nicht viele. Wir beziehen unseren Sidra direkt aus Asturien. Mein Lieferant muss die Tage kommen, am Lager habe ich nichts mehr.«

»Verkauft er sich denn so gut, der Sidra?«

Der Mann wiegte den Kopf. »Ach, das ist schwierig. Der Sidra ist echt herb. Man schenkt ihn aus einem Meter Höhe ein, damit dabei noch ein bisschen Kohlensäure ins Glas gerät, anders könnte man ihn gar nicht trinken, so herb ist er. Asturien ist eine Arbeitergegend, ein Bergbaugebiet. Gelsenkirchen am Meer, sage ich mal. Der Sidra ist da eine alte Tradition, die lebendig geblieben ist. Vor allem die jungen Leute trinken ihn mit Begeisterung, wenn sie feiern. Bei uns hier in Frankfurt sind es die Alten, die den herben Schoppen schätzen. Die Jungen …« Er seufzte unergründlich.

Bär schielte wieder auf die Regale. Viele Flaschen sahen wie Weinflaschen aus, schlank und elegant. Das war nichts Neues für ihn. Immer mehr Apfelweinbauern versuchten, dem Apfelwein ein neues, moderneres Image zu geben, und bauten ihn eher wie Traubenwein aus.

»In Asturien passen natürlich auch das Wetter und die deftigen Speisen gut zum Sidra.« Nun geriet der Ladner doch noch ins Schwärmen. »Die heiße Sonne. Die Berge. Das weite blaue Meer. Es kommt auch immer drauf an, *wo* man was trinkt.«

»Da haben Sie sicherlich recht.« Bär dachte an den Abend mit Roberta in Eckenheim. Wie genüsslich sie den sortenreinen Boskoop gekostet hatte. Und wie unbeschwert und offen sie miteinander geredet hatten, gerade so, als würden sie sich schon ewig kennen. Am Ende hatte er ihr sogar von seinem größten Fehler erzählt, von der Fahrt mit den Kollegen in die rheinhessischen Weinberge und dem ausgesetzten Penner. So groß war sein Vertrauen in sie gewesen.

»Was hätte jemand für Chancen, der hierzulande Sidra verkaufen will?«

»Sie meinen, ausschließlich? Dann … eigentlich gar keine.« Der Ladner hob resigniert die Schultern. »Wie ich schon sagte, die alten Frankfurter lieben den klassischen Schoppen noch. Aber die Jüngeren und die Fremden muss man selbst an die milderen Sorten erst heranführen. Da ist ein Cidre aus der Bretagne oder der Normandie eher geeignet, wenn es denn kein hiesiger Apfelwein sein soll.« Er griff ins Regal, zog eine Flasche Cidre Brut heraus und hielt sie vor ihn hin.

»Die Normandie …« Bär ließ das Wort in der Luft hängen. Es erinnerte ihn an den Grund, warum er überhaupt hier in diesem Laden stand. Robertas toter Freund. Sein Häuschen in Büngsbach, das ein Cidre-Lokal hatte werden sollen. Der Sidra-Importeur, der es ebenfalls hatte haben wollen. »In Büngsbach soll jemand Sidra verkauft haben.«

»Hm, mag sein. Das ist nicht bis zu uns durchgedrungen.«

Ein Einzelgänger vielleicht, überlegte Bär. Ein Quereinsteiger. Oder einer, der es als Hobby versucht hatte.

»Und wenn man den Sidra in einer Kneipe ausschenkt? In einer Straußwirtschaft?«

»Gute Idee. Dann könnte man passende Speisen dazu reichen, Tapas zum Beispiel. Sardellen, Oliven, Tortillas … Am besten serviert man Apfelweine aus ganz Europa. Das könnte funktionieren.«

»Ganz Europa, ja.« Bärs Blicke glitten wieder über das wandhohe Regal und blieben an einem Etikett hängen.

»Cider«, murmelte er mehr zu sich selbst. »Ich habe keine Ahnung, wie Cider schmeckt.«

»Ich habe irischen da. Darf ich Ihnen einen Schluck anbieten, zum Probieren?«

Minuten später hatte Bär ein Geripptes in der Hand. Er schnupperte daran, und das Bild eines Apfelgartens entstand vor seinem inneren Auge. Ein irischer Apfelgarten, der zwischen niedrigen Steinmauern in der Sonne lag.

»Die Iren lassen die Äpfel eine Weile liegen und nachreifen, bevor sie sie keltern. Die werden in deren Klima nicht so süß, da muss man ein wenig nachhelfen. So ein Cider ist daher sowohl pelzig-herb als auch ein bisschen süß.«

Bär nahm einen Schluck. In der Tat, der Ladner hatte recht. Das Zeug war fruchtig-süß und zog ihm dennoch beinahe die Schleimhäute zusammen.

Es war schon makaber. Seit dem grauenhaften Tod von

Robertas Freund erweiterte er täglich sein Apfelweinwissen. Wo sollte das am Ende noch hinführen?

Sein Blick fiel auf eine Flache Viez. Gerade überlegte er, ob er sie mitnehmen sollte, da sah er das Preisschild.

»Fünfundzwanzig Euro sind schon viel.« Der Ladner hatte seinen Blick gesehen und sein Zögern bemerkt. »Aber es ist auch etwas Besonderes. Ein Eis-Apfelwein aus Luxemburg.«

»Wie bitte?«

»Es funktioniert wie beim Eiswein aus Trauben. Die Äpfel werden dem Frost ausgesetzt und noch gefroren verarbeitet. Das Wasser in den Früchten kristallisiert dabei größtenteils aus. Das Resultat sind sehr süße, fruchtige Weine.«

»Schön.« Und nein, so eine teure Flasche würde er nicht mitnehmen. Er entschied sich ganz spontan für einen herben hessischen Apfelwein mit echtem Speierling. Den würde er Becker schenken. Zum Ausgleich dafür, dass er mit den Recherchen im Vergleich zur Apfelweinverkostung weniger gut zurechtkam. Insgeheim aber auch, weil der herbe Ton der kleinen Speierling-Frucht ihn allzu sehr an den Charakter seines Chefs erinnerte.

***

»Und, weitergekommen?« Becker wollte gerade in den Feierabend aufbrechen, die Jacke hatte er schon in der Hand.

»Ja und nein«, gestand Bär. »Vor dem Franzosen wollte wohl noch jemand das Häuschen in Büngsbach kaufen, um wieder eine Kneipe daraus zu machen. Ein Sidra-Importeur. Dummerweise habe ich bei der Recherche mehr über spanischen Apfelwein erfahren als über den Mann«, fügte er geständig hinzu.

»Und das Grundbuch?«

»Im Grundbuch steht ein gewisser Hubert Toussaints, der Onkel des Franzosen.« Das hatte er heute Morgen als Erstes gecheckt. »Der Vorbesitzer war ein alleinstehender Mann aus Büngsbach, er hatte Krebs und ist drei Wochen nach dem Verkauf verstorben. Seine Familie hatte das Häuschen seit Generationen in ihrem Besitz. Keine Ahnung, warum das Geschäft mit dem Sidrahändler nicht zustande kam. Jedenfalls hat er Haus und Grund dem Franzosen verkauft.«

»Mitsamt der alten verrosteten Kelter, diesem … Mordinstrument?«

»Ich denke schon«, gab Bär reserviert zurück. In letzter Zeit reagierte er immer empfindlicher auf den schwarzen Humor seines Vorgesetzten. Zumindest wenn es um Roberta ging. »Wissen Sie, was Sidra ist?«

»Ja, schon. Das ist dieses Zeugs, mit dem sie in Asturien die Touristen närrisch machen, indem sie es im hohen Strahl einschenken. Die Hand mit der Flasche wird in die Höhe gehalten und das Glas ganz tief. Die Methode ist so spritzig, dass die Wirte dabei eine Lederschürze tragen müssen, und auf den Boden wird Sägemehl gestreut, sonst stünden sie im Nassen.«

»Wenn Sie es sagen. Wo liegt das überhaupt genau, dieses Asturien?«

»Nordspanien, direkt an der Küste.« Becker zeichnete einen waagerechten Strich in die Luft, womit er wohl die Nordküste Spaniens andeuten wollte, und tupfte dann genau in die Mitte einen imaginären Punkt.

Bär nickte nur. Er hatte sich längst daran gewöhnt, ein wandelndes Lexikon zum Chef zu haben. Bedächtig stellte er die Flasche mit dem echten Speierling vor ihn. »Hab ich Ihnen mitgebracht. Ein Heißer tut im Winter immer gut.«

»Mit echtem Speierling!« Becker fuhr sich gerührt über die Glatze. »Wussten Sie, dass schon die Römer die Früchte vom Speierlingbaum zur Klärung ihres Weins benutzt haben? Sogar beim Traubenwein. Die winzigen Früchte können birnen- oder apfelförmig sein, aber auch konisch. Sie enthalten sieben Prozent Sorbit, ein prima Konservierungsmittel. Also vielen, vielen Dank!«

»Keine Ursache.«

»Ich habe übrigens auch etwas für Sie. Das Ergebnis der Obduktion liegt vor.«

»Ja und?« Bär spürte, wie seine Nerven sich anspannten.

»Das Opfer ist nicht in der Kelter gestorben, sondern durch einen Schlag auf den Hinterkopf. Die Leiche wurde post mortem in der Kelter positioniert.«

»Und was heißt das jetzt?« Bärs Kreislauf beschleunigte sich. Ihm wurde heiß, und er lehnte sich so fest gegen die Fensterfront, dass er das kühle Glas im Nacken spürte.

»Es unterstützt meine These, dass die Positionierung der Leiche in der Kelter eine besondere Bedeutung für den Täter hat. Dass er uns irgendetwas damit sagen will. Der Franzose starb womöglich tatsächlich bei einem Streit. Totschlag im Affekt. Sein Kopf könnte in die Kelter gesteckt worden sein, damit es nach etwas anderem aussieht.«

»Aber wonach? Nach einem … *Apfelweinmord*?«

Becker schwieg. Er drehte die Flasche mit dem echten Speierling auf seinem Schreibtisch zwischen seinen Händen und schrappte dabei mit den Fingernägeln über die Schreibtischplatte, ein Geräusch, das einem das Rückenmark vibrieren ließ.

»Eine Nachahmungstat in Bezug auf den Toten im Tank«, überlegte Bär laut. »Das würde bedeuten, der Täter geht davon aus, dass der Tod im Tank ein Mord war.«

»Moment mal.« Becker schüttelte vehement den Kopf. »Wir waren uns doch einig, dass die Geschichte im Tank ein Unfall war.«

»Ich weiß. Aber wenn Ihre Theorie von der Symbolik stimmt, gibt es vielleicht trotzdem eine Verbindung, zumindest für den Täter scheint eine zu existieren. Womöglich haben wir uns auch geirrt und bei dem Tank etwas übersehen. Am besten fahre ich noch mal in die Kelterei und höre mich ein weiteres Mal bei den Arbeitern um.«

»Das können Sie gern tun, aber wir dürfen auch etwas anderes nicht außer Acht lassen. Die Frage ist doch, wem das Ganze nützt. Und Roberta Hennig ist diejenige, die bislang von den Morden am meisten profitiert.«

»Wie meinen Sie das?«

»Sie hat sich seit dem Unfall im Tank quasi über Nacht zur erfolgreichen Reporterin hochgearbeitet. Und zwar, indem sie versuchte, ihn der Presse als Mord hinzustellen. Was, wenn sie den Franzosen tot aufgefunden und in der Kelter positioniert hat, um über noch einen Mord berichten zu können? Oder gar über eine …«, er malte mit zwei Fingern Anführungszeichen in die Luft, »… hochbrisante Mordserie?«

»Das trauen Sie ihr zu?« Bär wusste nicht, was abschreckender auf ihn wirkte: jemanden im Affekt zu erschlagen und seinen Kopf dann in eine Kelter zu quetschen, um die Tat zu vertuschen, oder eine frisch aufgefundene Leiche zu fleddern und in eine Kelter zu pressen, nur um so zu einem schicken TV-Beitrag zu kommen. In seinem Mund stieg ein gallenbitterer Geschmack auf.

»So ein Szenario ist durchaus denkbar«, hörte er seinen Chef sagen. »Es ist eigentlich sogar die logischste Erklärung.«

Nein, dachte Bär. So kaltblütig konnte Roberta nicht sein. Sie war niemand, der Totschlag beging oder eine Leiche manipulierte. Sie war einfach nur in Jacques' Hütte gestolpert, als der Mörder gerade sein Werk vollbracht hatte. Dass sie sich an nichts mehr erinnern konnte, spielte keine Rolle. Sie hatte aus Kummer zu dem Calvados gegriffen, ihn womöglich auf nüchternen Magen getrunken und die Wirkung unterschätzt.

Der Täter war jemand, der sich durch eine neu eröffnete Straußwirtschaft in seinem Einzugsgebiet gestört fühlte und nun am Rad drehte. Der Inhaber eines Weinlokals, der keine Konkurrenz mochte. Der Spanier mit dem Sidra, der noch immer scharf auf das Lokal war. Selbst etwas viel Größeres war denkbar. Abgesandte der Bierlobby, die Apfelweinhändler einschüchtern wollten. In anderen Branchen hatte man so etwas schon erlebt.

»Die Leiche wurde übrigens freigegeben«, sagte Becker in seine Gedanken hinein. »Die Schwester des Franzosen will ihn beerdigen. Wir haben so weit alles dokumentiert, ich denke, das geht in Ordnung.«

ELF

Die hölzernen Treppenstufen knarrten unter ihren Füßen, als Roberta mit Cathérine in den Keller des forensischen Instituts hinabstieg. Ein junger Rechtsmediziner ging ihnen voraus, er hatte versprochen, sie in die Sektionsräume zu führen.

Als Journalistin hatte Roberta bereits über das Institut berichtet, das in Sachsenhausen in einer alten Villa untergebracht war. In ihren Augen mochten weder der Stuck noch die Holzvertäfelungen zu den Toten passen. Ein Flugzeugkonstrukteur hatte das Anwesen einst der Universität unter der Bedingung vermacht, dass hier wissenschaftlich gearbeitet würde. Das hatte unter anderem dazu geführt, dass die Rechtsmediziner hier ihre Untersuchungen durchführten.

Sie zog den Saum ihres schwarzen Kleides herunter. Zuletzt hatte sie es in Engelthal bei der Beerdigung von Clemens Winkler getragen. Vermutlich lag es an der Stumpfhose, dass der Stoff ständig hochkletterte, aber sie war noch nicht dazu gekommen, sich ein anderes Outfit in Schwarz zu kaufen.

»Roberta? S'il te plaît …« Cathérine, die ihr auf den Fersen folgte, tastete nach ihrer Hand.

»Ja, komm, hab keine Angst.« Roberta war sich nicht ganz klar darüber, ob sie die Worte an Cathérine richtete oder ob sie sich selbst Mut machte. Vermutlich fürchteten sie sich beide ein wenig vor dem, was nun vor ihnen lag.

Sie hatte Jacques' Schwester vom Bahnhof abgeholt und hierher gebracht, nun galt es, sich von Jacques zu verabschieden. Etwas Schweres, Kaltes sackte Roberta in den Magen, und sie musste sich eingestehen, dass sie sich diesen Gang gern erspart hätte.

Der niedrige Kellerraum empfing sie mit einem kaum wahrnehmbaren süßlichen Geruch. Durch die kleinen hohen Fenster fiel das Tageslicht so grell ein, als käme es von starken Scheinwerfern.

Sie hatten ihn auf einen der Seziertische gelegt. Sein Körper war unter einem Tuch verborgen, aber Roberta wusste von vielen Spielfilmen her, wie es darunter aussah. Sie konnte sich die großen, dunklen Stiche der Obduktionsnaht vorstellen. Die Kopfschwarte, die sie abgezogen haben mussten, befand sich bestimmt wieder säuberlich an Ort und Stelle, aber wie das Gesicht aussehen mochte, daran wollte sie erst gar nicht denken.

Hatten sie den Schädel ein wenig richten können? Ihm die blutunterlaufenen Augen geschlossen?

Ihr wurde übel.

»Welches Beerdigungsinstitut holt Ihren Bruder ab?«, fragte der Rechtsmediziner. Sein Blick wanderte zwischen ihnen hin und her, er schien sich nicht gemerkt zu haben, wer von ihnen die Schwester des Opfers war. »Sie haben doch schon jemanden beauftragt?«

Roberta übersetzte, und Cathérine schüttelte den Kopf.

»Dann klären Sie das bitte möglichst bald und geben Sie uns Bescheid.« Er wandte sich nun direkt an Roberta, um die Kommunikation zu beschleunigen. »Wir haben hier unten nicht viel Platz, allzu lange können wir niemanden hierbehalten.«

Roberta nickte.

»Wollen Sie Ihren Bruder wirklich noch einmal sehen?« Nun wandte er sich doch wieder an Cathérine. »Überlegen Sie gut, ob Sie sich das antun möchten. Bei Unfallopfern raten wir meist davon ab, und der Druck der Kelter …« Er stockte. »Vielleicht behalten Sie Ihren Bruder lieber so in Erinnerung, wie Sie ihn zuletzt gesehen haben.«

Roberta übersetzte noch einmal flüsternd, und Cathérine deutete ein Nicken an, wie zum Zeichen, dass sie alles verstanden hatte. Doch sie sprach kein Wort. Sie stand nur einfach ganz ruhig am Fußende des Seziertisches.

Roberta sah sie abwartend an. Cathérine hatte die gleichen weizenhellen Haare wie Jacques, in ziemlich genau der Länge, wie er sie als junger Mann getragen hatte. Auch die Augenpartie ähnelte der von Jacques, nur umgaben Cathérines Augen wesentlich mehr Fältchen.

»Soll ich …« Der Rechtsmediziner fasste am Kopfende an das Tuch, das Jacques bedeckte.

»Non!«, schrie Cathérine auf.

Eine Weile sagte niemand etwas, während Cathérines Schrei in dem Kellerraum mit der niedrigen Decke gar nicht zu verhallen schien.

»Et maintenant?«, raunte Roberta ihr zu. Was jetzt?

Cathérine holte tief Atem. Dann griff sie am Fußende des Seziertisches selbst zu dem Tuch, deckte es ein Stück auf und streichelte Jacques' Füße.

»Ich kann ihn an den Füßen erkennen. Schlaf gut, kleiner Bruder.«

Roberta hatte Mühe, ihre Tränen zurückzuhalten.

Später saßen sie auf einer Bank am Main, die Mäntel gegen die winterliche Kälte fest um sich gezogen. Die alte Villa, in der sich die Rechtsmedizin befand, lag nun in ihrem Rücken, und sie blickten auf den Westhafen-Pier mit seinem weithin erkennbaren blassgrünen Turm, dessen Rautenmuster an ein geripptes Apfelweinglas erinnern sollte. Journalisten bezeichneten ihn gern als größtes Apfelweinglas der Welt, im Volksmund hieß er lapidar »der Gerippte«.

Sie hatte Jacques den Turm nie gezeigt.

Mit Cathérine hatte sie jetzt eigentlich einen Spaziergang machen wollen, doch der Besuch bei dem Toten hatte sie beide zu viel Kraft gekostet. Schweigend saßen sie da und starrten in den kalten Fluss. Roberta rieb ihre Beine aneinander, um nicht zu sehr zu frieren, gleichzeitig hatte sie das Gefühl, dass die winterliche Luft ihr guttat und ihren heißen Kopf mit den wirren Gedanken darin zu kühlen vermochte.

»Ich kann Jacques nicht beerdigen«, sagte Cathérine auf einmal.

»Aber wieso?« Roberta verstand nicht sogleich, was sie meinte.

»Ich habe kein Geld. Keine Arbeit.« Ihre Stimme war nun sehr leise. »Ich lebe von der Stütze, es langt vorn und hinten nicht.«

Das hatte Roberta nicht gewusst. »Und Jacques' Onkel?«

Cathérine machte eine wegwerfende Handbewegung. »Hubert hat für die Straußwirtschaft einen Kredit aufgenommen, den muss er jetzt bedienen. Jacques hatte ihm versprochen, die Kneipe ganz bald zum Laufen zu bringen, damit neues Geld reinkommt. Aber das klappt ja nun nicht mehr. Und bis das Haus verkauft ist, kann die Beerdigung nicht warten.«

»Wie kamen die beiden überhaupt auf dieses Haus in Büngsbach?«

»Hubert war früher mal als Austauschschüler in der Wetterau, weißt du. Da hat er sich in die Gegend verliebt, den Apfelwein kennengelernt. Und irgendwie dachte er … Ach, ich weiß auch nicht, was er dachte.«

»Hm.«

Eine graue Wildgans watschelte auf der Promenade hin und her und schielte aus sicherer Entfernung zu ihnen herüber, ob sie nicht vielleicht etwas Essbares hätten.

»Es war sowieso eine verrückte Idee von Jacqui, sich auf diesen Plan mit dem Cidre-Bistro einzulassen.« Cathérine zog ein Taschentuch aus ihrer Handtasche und schnäuzte sich. »Ich glaube, er hat es nur gemacht, weil ihm nichts Besseres einfiel.«

»Nichts Besseres?«

»Er hat lange studiert, aber ohne Abschluss. Soziologie, Philosophie, Pomologie.«

»Ist das nicht …«

»Obstbaumkunde. Er verstand etwas von Äpfeln und Apfelwein, deshalb hat Hubert ihn überhaupt angeheuert. Aber Jacques hat halt nie was zu Ende gebracht. Er hat immer nur von der Hand in den Mund gelebt.«

»Wirklich?« So hatte Roberta ihn gar nicht in Erinnerung. Er war ihr damals so tough vorgekommen, wie jemand, der wusste, wo es langging und was er wollte.

»Wenn man einen jungen Menschen kennenlernt, weiß man nie, was später mal aus ihm wird.« Cathérines Worte klangen ein wenig wie der Versuch, sie zu trösten. »Man verliebt sich in jemanden, malt sich aus, wie er einmal sein wird. Aber es ist alles nur Verheißung.«

»Ja, mag sein.« Aber vielleicht lag ja gerade darin der Reiz.

Roberta stand auf, die Kälte war nun bis unter ihr Kleid gekrochen. Cathérine verstand ihre Geste und erhob sich ebenfalls von der Bank. Wortlos machten sie sich auf den Weg zurück zu Robertas Wagen, der noch vor der Rechtsmedizin stand.

Plötzlich blieb Roberta stehen.

»Warum hat er nicht fertig studiert? Oder sich einen Job gesucht?« Wie wenig sie doch von ihm wusste. »Was hat ihn aus der Bahn geworfen?«

»Du«, antwortete Cathérine knapp. »Er hat nie verstanden, warum du ihn nicht mehr wolltest.«

»Ich hab ihn nicht gewollt? Aber nein!«

Sie hatten sich getrennt, weil es gar nicht anders ging, und sich später ganz einfach aus den Augen verloren. Er war in der Normandie geblieben, hatte nach dem Baccalauréat erst einmal eine Weltreise machen wollen. Und sie hatte wieder in Friedberg zur Schule gemusst. Als er ihr Monate später aus Le Havre schrieb, er sei nun Philosophiestudent auf Sartres Spuren, da hatte sie Angst bekommen, sich gegen die coolen Studentinnen durchsetzen zu müssen, mit denen er nun ständig zusammen war. Jacques hatte ihr keinen Grund zur Eifersucht gegeben, im Gegenteil. Die Herausforderung einer Fernbeziehung war für ihr Alter zu groß gewesen. Sie hatte ihre Sehnsucht nach Jacques noch eine Weile mit Briefen und Erinnerungen genährt und dann einschlafen lassen.

»Ich konnte nicht so einfach meine Eltern, meine Familie verlassen und zu ihm ziehen. Ich war noch zu jung, verstehst du?« Roberta krampfte ihre Finger um den Autoschlüssel in ihrer Hand, bis es schmerzte.

Cathérine lächelte wehmütig. »Das hat er sich wohl nicht so klargemacht. Was denkst du, ist die preiswerteste Art, ihn zu beerdigen?«

»Was?« Ein paar Schneeflocken hatten sich am Himmel aus einer Wolke gelöst und segelten nun sehr langsam und fast vereinzelt zu Boden.

»Weil ich doch kein Geld habe, das habe ich dir doch eben erzählt.«

Im Weitergehen dachte Roberta darüber nach. Sie hatte mal etwas von Pappsärgen gelesen. Von Gräbern, in denen die Toten sich besonders rasch zu Erde verwandelten. Und von Urnen, die vergänglich waren und sich im Erdreich schnell auflösten, wenn sie beigesetzt wurden. Ihr selbst gefiel die Idee, Jacques' Asche auf einer Wiese zu verstreuen oder an den Wurzeln eines Baums zu vergraben. In einem Friedwald. Aber was das jeweils kostete? Sie hatte keine Ahnung.

»Ich will ihn nach Frankreich überführen. In einer Urne. Kannst du mir helfen?«, fragte Cathérine eindringlich.

Sie hatten den Corsa erreicht, und Roberta öffnete die Fahrertür. Bevor sie einstieg, lehnte sie sich für einen Moment gegen den Wagen und schaute Cathérine über das Dach hinweg an. Sie hatte geglaubt, ihre Aufgabe bestünde darin, Jacques' Schwester zu dem Toten zu begleiten und wieder zum Bahnhof zu bringen. Wie sich nun herausstellte, war alles viel komplizierter.

»Ja, sicher. Willst du solange bei mir wohnen?«

»Danke, das ist lieb von dir. Aber ich fahre erst einmal wieder nach Hause. Können wir telefonieren? Wegen der Formalitäten.«

»Klar.« Mit den Formalitäten konnte sie ihr helfen. Aber woher sollte sie Geld für die Beerdigung nehmen? Für Jacques' Grabstätte und seine Überführung? So viel hatte sie selbst nicht.

ZWÖLF

Bär wunderte sich, wo die Zeit geblieben war, als er das Tor der Apfelweinkelterei passierte. Vor gut drei Wochen war er zu dem Unfallopfer aus dem Tank gerufen worden, doch es kam ihm so vor, als sei es erst gestern gewesen.

Aus der nahen Straußwirtschaft traten ein paar Gäste, Fetzen von Weihnachtsliedern wehten durch die geöffnete Tür herüber. Eine private Party vielleicht, überlegte er, oder die Weihnachtsfeier eines Betriebs.

Nur noch zwei Tage bis zum ersten Advent. Die Vorweihnachtszeit wurde immer hektischer, und in den Straßen war jetzt kaum noch ein Durchkommen. Die einen wollten heißen Apfelwein auf dem Weihnachtsmarkt trinken, die anderen stürmten die Geschäfte, um ihre Weihnachtseinkäufe zu erledigen. Das Fest selbst rauschte dann in zwei, drei Tagen an den meisten vorbei, während er sich mit seinen Kollegen um die Kollateralschäden kümmern musste. Verletzungen und Tötungen im Affekt unter Angehörigen, die sich das ganze Jahr über nichts zu sagen hatten, an Weihnachten aber den familiären Frieden heraufbeschwören wollten. Depressive, die sich das Hirn mit Alk vernebelten, um nur ja kein »Ihr Kinderlein kommet« hören zu müssen. Und Kids, die von zu Hause wegliefen, weil ihnen an diesem Fest der Freude auffiel, wie lieblos ihr Zuhause war.

Er fasste Amelies Hand fester. Er hatte sich freigenommen, um auf sie aufzupassen. Lara musste zu ihrem Steuerberater, und die Freundin, die sich um Amelie hätte kümmern sollen, lag mit Grippe im Bett. Ein Kind zu einer Ermittlung mitzunehmen war tabu, aber gegen einen Ausflug in eine Kelterei mit der Kleinen war nichts einzuwenden. Dabei konnte er sich – ganz privat – ein wenig umhören. Vielleicht kam er so endlich weiter in dem Dilemma um Roberta und ihre Theorien, ihre Schuld oder Unschuld.

Er konnte sich einfach nicht vorstellen, dass Roberta den

Franzosen in die Kelter geklemmt hatte. Sie mochte einen Angriff von ihm abgewehrt und ihn dabei versehentlich gegen das Ungetüm gestoßen haben, aber wozu hätte sie dann einen Mord vortäuschen sollen?

Beckers Theorie, dass sie ein schickes Verbrechen gebraucht hatte, über das sie berichten konnte, hielt er für überzogen, das war Blödsinn. Und überhaupt: Becker. Dieser liebenswerte Klugscheißer, der ständig glaubte, ihm die Welt erklären zu müssen. Dass das Wort »Kelter« vom Lateinischen *calcare* kam, was so viel hieß wie »mit den Füßen treten«, hatte er ihm heute Morgen noch rasch mit auf den Weg geben müssen.

Bär stellte sich einen Mann in einem Bottich vor, der mit nackten Füßen Trauben zertrat, und musste lachen.

»Was ist so lustig?« Amelie zerrte an seiner Hand.

»Ach, nichts.«

»Oh, so viele bunte Flaschen!«

Sie waren an der Rezeption angekommen, und Amelie betrachtete staunend die Vitrinen voller Bembel, Broschüren und bunt etikettierter Flaschen.

»Darf ich was davon?« Sie zeigte auf eine Flasche, auf deren Etikett ein praller Apfel prangte.

»Ja, nachher kaufen wir dir Apfelsaft. Und jetzt sei brav. Das hast du mir versprochen. Es dauert auch bestimmt nicht lange.«

Er zeigte seinen Dienstausweis an der Rezeption vor und fragte nach Herman Rabe.

»Paarunnverrzisch, paarunnfuffzisch …« Amelie war dabei, auf ihre spezielle Art die Äpfel auf den Flaschenetiketten durchzuzählen.

»Sie haben sicherlich noch ein paar Fragen«, sagte der Kellermeister ganz selbstverständlich, als er wenig später zu ihnen stieß. Das kannte er offenbar aus dem Fernsehen.

»So sieht es aus.«

»Wollen wir nach unten gehen?«

Bär nickte knapp, und wie damals, als er zu Clemens Winklers Leiche gerufen worden war, ging Herman Rabe ihm voraus in den Keller.

Gleich würden sie wieder vor dem Toten am Tank stehen. Und diesmal hatte er Amelie dabei.

Ich muss sofort umkehren, durchfuhr es ihn. Erschrocken sah er sich nach der Kleinen um, und für den Bruchteil einer Sekunde verharrte er auf der Treppe, dann hatte er sich wieder im Griff.

Ich dreh am Rad, dachte er verwirrt. Das macht die dunkle Jahreszeit. Zu wenig Licht macht einen leicht kirre.

Im Keller erinnerte nichts mehr an den tragischen Unfall. Der riesige helle Tank lag still und unschuldig in seiner Gruft, ein schlafendes Ungetüm. Auf dem Boden davor war die Stelle, an der die Leiche gelegen hatte, sauber gewischt.

»Bei uns ist es um diese Jahreszeit etwas ruhiger«, erzählte Rabe im Plauderton. »Der Saft ist nun zu Apfelwein vergoren, wir füllen ihn nur noch ab und machen ihn lieferfertig.«

»Verstehe.«

»Es gibt keine Äpfel mehr?«, plärrte Amelie dazwischen. Sie kriegte grundsätzlich alles mit, was sie nicht zu verstehen brauchte. Und umgekehrt.

»Nein, jetzt nicht mehr«, erklärte Bär ihr geduldig. »Die Äpfel sind jetzt Saft oder Apfelwein. Erst nächstes Jahr gibt es neue Äpfel.«

Er sah den Kellermeister an und versuchte, sich auf seine Fragen zu konzentrieren. Robertas Theorie mit dem Handy hatte er vielleicht zu schnell abgetan. Was, wenn doch jemand die Chuzpe gehabt hatte, Clemens Winkler ein Handy mit falscher Uhrzeit unterzuschieben – in der Gewissheit, dass er mitsamt dem Handy so lange im Tank liegen würde, bis der Apfelwein das Gerät und die Daten ruiniert hatte? Dann käme allerdings nur jemand in Frage, der sich nicht nur an Winklers Arbeitsplatz, sondern auch mit seinen Eigenheiten bestens auskannte.

»Clemens Winkler hatte ein ziemlich altmodisches Handy«, holte Bär etwas weiter aus. »Warum hat er sich nie ein moderneres gekauft?«

Der Kellermeister lachte gutmütig. »Ach, die Macht der

Gewohnheit, nehme ich an. Er trug keine Armbanduhr, weil sie ihn bei der Arbeit störte, und las seit Jahren die Uhrzeit von diesem Ding ab. Haben meine Mitarbeiter Ihnen das nicht erzählt?«

Bär tat die Frage mit einer Geste ab, die alles und nichts bedeuten konnte. Bei der Vernehmung der Mitarbeiter hatte er versucht, sich ein Bild von Clemens Winkler und dessen Arbeitsumfeld zu machen. Robertas Theorien über das Handy hatten dabei keine Rolle gespielt, weil sie ihm viel zu überspannt vorgekommen waren.

»Wer hätte am Morgen der Tankbefüllung die Gelegenheit gehabt, Winklers Handy auszutauschen?«, fragte er.

»Ein baugleiches Handy, auf dem sich die falsche Uhrzeit befand?« Rabe verstand sogleich, worauf er hinauswollte.

»Ja, genau.«

»So nach dem Motto: ›Kannst du mir mal dein Handy leihen, ich habe meins zu Hause liegen lassen?‹ – Im Prinzip jeder Kollege.«

Derjenige, der die Klappe des Tanks verschlossen hat, dachte Bär bitter. Er hätte Winkler nur das manipulierte Handy geben müssen. Und zwar kurz vor dessen Kontrollgang. Was nicht bedeutete, dass es unmittelbar am Tank geschehen sein musste. Die Szene konnte sich auch woanders abgespielt haben. Der Täter durfte Winkler nur keine Zeit zum Telefonieren lassen, sonst hätte der die Verwechslung womöglich bemerkt.

»Mir fällt wirklich kein Kollege ein, der einen Anlass zu so etwas gehabt hätte«, fuhr Rabe fort. »Winkler war hier sehr beliebt … Es ist unfassbar, was da passiert ist.«

Bär versuchte, Amelie im Auge zu behalten, während er mit dem Kellermeister sprach. Noch stand sie friedlich in seiner Nähe und war damit beschäftigt, die riesigen Tanks zu bestaunen. Ihm kam ein anderer Gedanke. »Gibt es vielleicht einen direkten Konkurrenten, der ein Interesse daran haben könnte, Ihrer Firma zu schaden? Ihre Produktion zu stoppen – oder sie vorübergehend lahmzulegen?«

»Ein anderer Apfelweinhersteller?« Rabe schien darüber nachzudenken.

»Ja, möglicherweise auch ein Wein- oder Bierhändler, der dem Image des Apfelweins schaden will.«

»Nein.« Rabe schüttelte energisch den Kopf. »Das kann ich mir absolut nicht vorstellen.«

»Es könnte auch ein kleinerer Apfelwein-Kelterer sein. Ein Traditionalist, der keine industrielle Herstellung mag.«

»Was meinen Sie mit industrieller Herstellung?« Der Kellermeister sah ihn erstaunt an. »Natürlich arbeiten wir anders als ein Privatmann. Wir steuern zum Beispiel den Gärprozess, wir können ihn sogar beschleunigen oder hinauszögern. Das machen wir über die Temperatur und mit Reinhefen. Wenn man den Apfelsaft den natürlichen Bakterien überlässt, weiß man nie so genau, was dabei herauskommt. Ein Hobbykelterer kann es verschmerzen, wenn ein Fass mal misslingt. Aber schauen Sie sich mal unsere Tanks an!« Er machte eine Kopfbewegung zu dem Stahlkoloss hinüber. »Das sind Unmengen, die uns dann verloren gehen.«

»Schon klar.« Bär dachte an den Apfelwein, den die Firma hatte wegschütten müssen, weil Clemens Winkler darin gestorben war. Im Geiste war er wieder am Tank bei der Leiche. »Es gab da einen Arbeiter, der Clemens Winkler besonders nahestand«, fiel ihm ein. »Er meinte, Winkler sei für ihn wie ein Bruder gewesen. Könnte ich den noch mal sprechen?«

»Martin Ott? Um ihn hat sich Winkler wirklich rührend gekümmert. Aber Ott ist mal wieder seit Längerem krank.«

»Was fehlt ihm denn?«

Rabe sah zu Boden und schwieg, er schien seine Gedanken zu ordnen. »Als junger Mann hatte Ott einen schweren Unfall«, erzählte er schließlich. »Im ersten Lehrjahr ist er von einer Brücke in die Nidda gesprungen, am Eschersheimer Wehr. Ein Kopfsprung in die Fluten im Hochsommer. Die Freunde haben danebengestanden und geklatscht, bis sie auf einmal merkten, dass er nicht mehr hochkam. Alle dachten, die Wasserwalze hätte ihn gepackt und verschluckt, der Rücklauf vom Wehr. Als guter Schwimmer ist er da noch halb benommen rausgekommen. Aber sein Kopf war verletzt. Es gab mehrere Operationen, und er kam damals in Büngsbach in ein Heim.« Rabe seufzte mitfühlend. »Es ist eine lange, traurige Leidensgeschichte. Seine Ausbildung konnte er nicht fortsetzen. Als er im Frühsommer wieder hier auftauchte, haben wir ihm aber wenigstens sofort einen Job organisiert. Leider ist er in den vielen Jahren, die seit dem Unfall vergangen sind, nie ganz gesund geworden. Kopfschmerzen, Migräne.«

»Das tut mir leid«, sagte Bär aufrichtig.

»Ja, er ist ein armer Teufel. Zu schade, dass er gerade heute nicht hier ist.«

»Ach was, schon gut.« Bär winkte ab. Wenn der Mann die meiste Zeit gar nicht in der Firma beschäftigt gewesen war, konnte er ihm auch nicht viel erzählen.

Sie standen nun wieder vor dem riesigen Holzfass, in dem der Kellermeister sein Büro hatte. Vor dem Fass gab es einen langen Tisch, auf dem verschiedene halb volle Gläser standen, ganz wie bei einer Weinprobe. Bär betrachtete sie neugierig.

»Wir machen hier die Cuvée fertig.« Rabe war seinem Blick wohl gefolgt. »Die Äpfel werden so verarbeitet, wie sie hier angeliefert werden, alle Sorten kreuz und quer durcheinander. Daher schmeckt am Ende jeder Tank anders. Unsere Kunden erwarten aber, dass unsere Apfelweine immer gleich schmecken. Also verschneiden wir den Inhalt aus verschiedenen Fässern, um immer wieder dieselbe Geschmacksrichtung hinzubekommen. Für eine Cuvée werden bis zu achtzig Apfelweine verschnitten.«

»Das ist ja aufwendiger als beim Champagner«, bemerkte Bär amüsiert. »Verschneiden Sie etwa auch den Apfelsaft?«

Beim Wort Apfelsaft fiel ihm Amelie wieder ein. Instinktiv tastete er nach ihrer Hand, doch sie stand nicht mehr neben ihm. Er sah sich nach ihr um, lief schnellen Schrittes hinter das Bürofass. Da war sie auch nicht.

»Amelie?« Nicht schon wieder, du kleines Biest.

»Macht sie das öfter?«, fragte Rabe besorgt. Er war bereits auf dem Weg in den nächsten Gang, um dort nach ihr Ausschau zu halten. »Habt ihr ein kleines Mädchen gesehen?«, rief er ein paar Arbeitern zu, die an einer Abfüllanlage beschäftigt waren.

Bär verfluchte sich innerlich selbst. Er hätte Amelie nicht mitnehmen dürfen, es war falsch gewesen, und er hatte es gewusst. Lara würde ihm die Hölle heißmachen. Wenn die Kleine nur nicht auf dem nassen Boden ausglitt. Oder in eine Maschine griff. Ihr durfte nichts geschehen.

»Amelie?«

Bärs Atem ging schneller. Da war sie, die Wiederholung der Ereignisse. Nur anders, als er befürchtet hatte. Vor die Leiche aus dem Tank hatte er nicht noch einmal treten müssen, es war vielmehr Amelies Verschwinden, das er erneut erlebte.

Komm schon, damals war sie bei den Pinguinen, dachte er. Wo wird sie jetzt sein? Bei den Kisten mit dem Apfelsaft?

Er achtete nicht mehr auf den Kellermeister, sondern lief nun selbst an den Tanks entlang. Hier irgendwo musste er sie finden.

Da! An einem der großen Tanks stand die schmale Luke offen. Er schob seinen Kopf hinein.

»Amelie?«

Er bekam keine Antwort, konnte nichts erkennen. Erst nach ein paar Sekunden gewöhnten sich seine Augen an das Dunkel.

Dann sah er sie. Eine kleine, zusammengekauerte Gestalt hockte ganz weit hinten im Tank.

»Amelie, komm her!«

Ein leises Wimmern.

»Ist dir was? Hat dir jemand etwas getan?«

Er wollte zu ihr hin, drängte sich in den Tank, doch seine kräftigen Schultern stießen immer wieder gegen die schmale Luke, und er kam nicht hinein.

Verdammte Hacke. Wie war das noch gewesen?

Er hob die Arme wie zum Kopfsprung und hechtete in den Tank. Kam dumpf auf dem stählernen Boden auf, spürte schmerzhaft seinen Brustkorb und konnte kaum noch atmen. Seine Hände, mit denen er sich abgestützt hatte, brannten wie Feuer.

»Amelie!« Seine Stimme hallte durch den stählernen Koloss.

Er kam auf die Beine und taumelte auf sie zu. Über ihm ein gewölbter Himmel aus Stahl. Weiß und weit. Unter ihm eine glatte Schneelandschaft. Emaille-Beschichtung. Er befand sich auf einer Wanderung durch die Ewigkeit, so kam es ihm vor.

Endlich hatte er sie erreicht. Er hockte sich zu ihr und schlang beide Arme um sie. »Oh, meine Kleine. Es tut mir so leid. Was ist denn passiert? Bist du einfach hier hereingelaufen, um mal zu gucken?«

Amelie sah ihn stumm an und schluckte.

»Da war ein Mann«, sagte sie endlich, wobei sie verschwörerisch ihre Stimme senkte. »Mit Stiefeln und roter Zipfelmütze.«

»Was denn, der Weihnachtsmann?« Bär versuchte zu lachen, doch er bekam nur ein seltsames Krächzen heraus.

Amelie sah ihn mit großen Augen an. »Der nicht. Der Nikolaus.«

»Wo ist er denn jetzt?«

»Er ist fort«, wisperte Amelie so leise, dass er sie kaum verstehen konnte. »Er hat mich hier hereingeschickt und ist dann fortgegangen.«

***

Wenn der Weihnachtsmann kam, habt ihr euch gefreut. Ihr wusstet ja längst um die guten Gaben in seinem Rucksack. Nicht nur Nüsse und Apfelkern gab es darin, nicht nur neue warme Kleider. Auch all das Spielzeug, auf das ihr so sehnsüchtig gewartet habt. Der Weihnachtsmann kannte eure geheimsten Wünsche und erfüllte sie alle.

Auch für dich war die Bescherung stets reichlich. Selbst wenn du in deiner Seele wusstest, dass etwas falsch daran war. Dass er dir das alles nur brachte, um freundlich zu sein. Wie um zu verschleiern, dass er die anderen Kinder mehr liebte als dich.

Du ahntest noch nicht, dass es diese Feste für dich schon bald nicht mehr geben würde. Doch dass all die Geschenke an dich verlogene Versprechen waren, das konntest du spüren.

Sie fühlten sich kalt an.

***

»Herrje! Was für ein Mist.« Roberta beugte sich fluchend über ihre staubigen Umzugskartons. Sie beherbergten alte Arbeiten von ihr. Zeitungen, die etwas von ihr gedruckt hatten, aber auch Unterlagen für Artikel, die nie geschrieben worden waren. Flyer und Handzettel. Anzeigen, die sie heimlich beim Friseur aus der Zeitung gerissen hatte. Mit alldem hatte sie noch etwas anfangen wollen, daher war es nie auf dem Müll gelandet. Doch aus Mangel an Zeit, und auch weil manches Thema nicht auf Anhieb an eine Redaktion zu verkaufen gewesen war, waren die Unterlegen im Keller gelandet und verstaubten hier.

Robertas Keller war nur ein hölzerner Verschlag, der mit einem Vorhängeschloss gesichert war, etliche solcher Abteilungen waren hier unten eingebaut, für jede Mietpartei eine. Sie waren eng und ungemütlich, aber man konnte ein paar Sachen unterstellen, und für Menschen, die weniger chaotisch waren als sie, reichten sie vermutlich auch aus.

Doch Roberta hatte zu viel angesammelt.

Kiste für Kiste kramte sie hervor und lugte hinein. Wo war dieser Flyer über die Streuobstwiesen, an den sie sich dunkel erinnerte? Sie musste ihn unbedingt wiederfinden, vielleicht kam sie dann weiter.

Papier hatte ein erstaunliches Gewicht, das merkte sie jetzt, wo sie die Kisten hin und her wuchten musste. Kartons voller Dokumente ließen sich außerdem kaum durchsuchen. Die Unterlagen fielen immer wieder schwer aufeinander, sowie man versuchte, zwischen die einzelnen Seiten zu spinksen. Ganz rausnehmen war da schon besser, und bald saß Roberta inmitten von Papierstapeln.

Was hatte sie nicht alles aufbewahrt. Und worüber hatte sie alles schreiben wollen.

Doch nirgends war der Flyer, den sie suchte.

Dann hatte sie auf einmal Jacques' Briefe in der Hand. Sie wusste gar nicht mehr, dass sie sie mit einer rosa Schleife versehen hatte, und starrte einen Moment lang fast verschämt auf das romantisch verschnürte Päckchen.

Endlich zog sie einen der Briefe heraus. Sie erkannte seine Handschrift sofort wieder, begann zu lesen und glaubte, seine Stimme zu hören.

Ma Chérie!
Hier in Le Havre gibt es selten Regen, und wenn, dann immer nur kurz. Der Wind fegt die Wolken an der Küste rasch davon. Könnte ich deine Sorgenwolken doch auch so einfach davonfegen! Ich weiß gar nicht, warum du auf einmal so ängstlich bist, ich erkenne dich kaum wieder.
Komm her zu mir, meine Süße, du kannst die Schule auch hier abschließen. Wir werden gemeinsam studieren und die Welt des Geistes erforschen. Wir haben doch noch so viel vor uns. Bestimmt können wir uns mit irgendwelchen Jobs über Wasser halten. Es wird schon gehen, wenn wir nur zusammen sind. Wenn du nur bei mir bist.
Komm bald, beeil dich, ich warte auf dich.
Jacques

Roberta hatte zu zittern begonnen. Ihre Trennung damals erschien ihr nun in einem völlig anderen Licht. Es klang gar nicht so, als wäre Jacques von Studentinnen vereinnahmt gewesen, die klüger, erfahrener und reifer waren als sie. Jacques hatte sie gewollt. Hatte sie zu sich gesehnt. Und sie war ein Bündel Angst gewesen. Ein Kind, das lieber zu Hause geblieben war.

Die Glühbirne über ihr zuckte kurz auf. Flackerte. Auf dem Flur hörte sie Schritte.

»Hallo, ist da jemand?«

Keine Antwort. Die Schritte verhallten. Vermutlich ein Nachbar, der hier unten ebenfalls etwas suchte. Das Licht brannte jetzt wieder ganz ruhig. Nur hinten in der Ecke kruschelte nun etwas. Ein kleines, leises Scharren. Waren hier etwa Mäuse?

Es gab gemütlichere Orte zum Lesen.

Sie raffte Jacques' Briefe an sich und wollte schon wieder in ihre Dachstube gehen, da gab die Glühbirne doch noch den Geist auf.

Sie tastete sich an dem hölzernen Verschlag entlang und schrie heiser auf, als sie sich einen Splitter in den Finger zog.

Endlich hatte sie den Flur erreicht.

In ihrer Wohnung las sie weiter. Jacques' Briefe schnitten ihr ins Herz. Sie schämte sich, als sie an ihren Abschied von ihm in der Rechtsmedizin dachte. Wie hatte sie ihn bloß so herzlos auf diesem Seziertisch liegen lassen können?

Sie musste für eine anständige Beerdigung sorgen, musste Cathérine helfen, seine sterblichen Überreste in sein Heimatland zu überführen.

Dafür brauchte sie Geld, aber sie wusste, wo es zu finden war. Wenn sie die Bilder auf ihrem Mobiltelefon an Niermann verkaufte, konnte sie die Bestattung bezahlen. Oder zumindest einen Teil davon. Es war makaber, Jacques' Beerdigung mit einem Video von seiner Leiche zu begleichen, aber es würde funktionieren. Cathérines Seelenfrieden wäre gerettet. Jacques hätte in ihrer Nähe ein Grab, das sie besuchen konnte. Dass Roberta dafür die Bilder verkaufte, würde sie ihr irgendwann verzeihen. Vielleicht nicht sofort, aber eines Tages.

DREIZEHN

»Ihre Erinnerungen sind zurückgekommen.« Becker verzog hinter seinem Schreibtisch ein wenig skeptisch das Gesicht. »Meint sie jedenfalls.«

»So?« Bär, der Becker in dessen Büro im Polizeipräsidium gegenübersaß, wandte sich ab und schaute aus dem Fenster.

Der Himmel war mit grauen Wolken verhangen, aber für Schnee war es ein paar Grad zu warm. Wenn doch ein paar Flocken herabsegelten, blieben sie auf dem warmen Boden nicht liegen. Arme Amelie, sie wartete so dringend auf richtigen Schnee. Seit Wochen erzählte sie ihm, dass sie an Nikolaus mit ihm rodeln gehen wollte. Und heute war Nikolaus.

»Bär? Hören Sie mir überhaupt zu?«

»Hm.«

Roberta war vor zwei Stunden bei Becker im Präsidium erschienen, um ihm das Video vom Tatort zu bringen, nachdem sie damit gestern in der News Show gewesen war. Er konnte nicht einmal begreifen, wie sie das hatte filmen können. Geschweige denn die Ausstrahlung ertragen. Es nahm ihm den letzten Rest von Respekt vor Roberta. Zumindest vor der Roberta, die er noch vor Kurzem so gern gemocht hatte. Die Bilder, die gestern über den Bildschirm geflimmert waren, hatten ihm den Magen umgedreht. Verwackelte Smartphone-Aufnahmen von Robertas Jugendfreund, dessen blutiger Kopf in der Kelter steckte.

»Sie sagt, sie erinnert sich wieder, dass sie den Hof betreten und Jacques Toussaints in der Kelter eingeklemmt vorgefunden hat«, erläuterte Becker sachlich.

»Und dann hatte sie nichts Eiligeres zu tun, als ihn ... abzufilmen?« Bär konnte nicht verhindern, dass er zynisch klang, Enttäuschung schwang in seiner Stimme mit.

»Nein. Sie meint, sie sei erst zu ihm hingestürzt, um zu sehen, ob sie ihm noch irgendwie helfen könnte. Und sie hätte auch ein paar Minuten unter Schock gestanden, sei wie gelähmt gewesen.«

»Und dann ist sie wieder zu sich gekommen, hat ihr Smartphone gezückt und ihn gefilmt. Ihren toten Jugendfreund. Wie kaputt und verroht ist das denn? Sie muss doch mal was für ihn empfunden haben.«

»Mensch, Bär, genau das sagt sie doch selbst. Dass sie mal was für ihn empfunden hat. Und das tut sie vermutlich immer noch.« Becker streckte die Beine aus, legte beide Füße auf den Rand des Papierkorbs. »Rein zwischenmenschlich, meine ich«, fügte er mit einem raschen Seitenblick auf Bär hinzu.

»Wie kam sie denn dann darauf, ihn mit dem Smartphone aufzunehmen?« Die Vorstellung, dass ihm einmal etwas zustoßen könnte und Katja, seine Exfreundin, als Erstes daran dachte, wie sie die Bilder von seiner Leiche am besten vermarkten könnte … Nein, das war einfach nur abstoßend.

»Sie sagt, es war mehr so ein beruflicher Reflex. Sie glaubte, als Erste an einem Tatort zu sein, und wollte die Situation festhalten. Sie dachte, die Polizei könnte die Aufnahmen später noch gut verwerten.«

»Die Polizei!« Bär lachte laut auf, seine Faust donnerte auf den Schreibtisch. »Das ist ja toll.«

»Nun, sie ist Journalistin«, meinte Becker beschwichtigend, »da reagiert man vermutlich anders als normale Leute. Sie ist es ganz einfach gewohnt, eine Sache sofort zu dokumentieren. Es ging ihr darum, zur Aufklärung der Tat beizutragen, sagt sie.«

»Und das nehmen Sie ihr ab? Wenn sie zur Tataufklärung hätte beitragen wollen, dann hätte sie uns die Bilder sofort bringen müssen. Und nicht erst nachdem dieser Sender sie in die Welt hinausgeblasen hat.«

Becker beugte sich zu ihm vor, der Papierkorb kippte um, und ein Haufen zerrissener Zettel, Reste vom Bleistiftanspitzen und eine vertrocknete Bananenschale verteilten sich auf dem Boden. »Sie sagt, sie habe sich zunächst gar nicht mehr daran erinnern können, dass sie die Bilder überhaupt gemacht hat. Sie war selbst schockiert, als sie sie auf ihrem Smartphone fand.«

»Und als sie wieder denken konnte, hat sie das Video rasch ans Fernsehen verkloppt. Schon klar.«

Becker sammelte wie nebenbei die Zettel und die Bananenschale ein und legte sie in den Papierkorb zurück. »Dass sie uns das Video heute gebracht hat, gibt mildernde Umstände«, meinte er väterlich. »Allerdings wäscht es sie nicht von jedem Verdacht rein, das habe ich ihr auch gesagt.«

Bär betrachtete die Anspitzerreste, die Becker auf dem Boden hatte liegen lassen. Er musste Amelie unbedingt noch einen Schoko-Nikolaus besorgen. Der Gedanke an Schoko-Nikoläuse war tröstlich, der Gedanke an Amelies Lachen war es noch mehr. »Ich bin echt dankbar, dass *Sie* sie vernommen haben. Ich hätte ihren Anblick nicht ertragen.«

»So schlimm?« Bär hatte den Eindruck, als verkneife sein Chef sich gerade ein mitfühlendes Grinsen.

»Funktioniert das denn überhaupt, dass einem nach so einer Amnesie alles wieder einfällt?«, wollte er wissen. »Braucht es dazu nicht eine Therapie? Oder ein Schockereignis, das die Erinnerung wieder zurückbringt?«

Becker brummte etwas vor sich hin, dann sah er Bär nachdenklich an. »So genau kenne ich mich da auch nicht aus. Aber dass sie die Aufnahmen auf ihrem Mobiltelefon fand, war vermutlich Schock genug für sie.«

»Und ist denn ihre ganze Erinnerung wieder da, an den ganzen Abend? Oder fehlt ihr immer noch was?« Das interessierte Bär nun doch noch.

»Sie sagt, sie hätte Sie angerufen, nachdem sie die Aufnahmen mit dem Smartphone gemacht hatte, und auf Sie gewartet. Als sie so mit dem Toten allein war, konnte sie die Situation psychisch kaum mehr aushalten und hat zu der Flasche gegriffen, die auf dem Tisch stand.«

»Der Calvados.«

»Ja, genau. Der wird übrigens aus Apfelwein gebrannt, vielmehr aus Cidre. Aber das wissen Sie bestimmt.«

Bär nickte nur. Becker konnte das Besserwissen einfach nicht lassen.

»Der Teil der Erinnerung, der vom Alkohol vernebelt ist, der ist natürlich immer noch weg«, schloss Becker.

»Schade drum, vielleicht war das ja der Teil, wo der Mörder zurückgekommen ist und sich ihr freundlich vorgestellt hat«, spottete Bär. Er hatte alles so satt. Wollte nur noch raus hier und mit Amelie und Lara Nikolaus feiern. Und Schlitten fahren, wenn der verdammte Schnee nur endlich fiele. »Diese Roberta Hennig ist doch eine Märchenerzählerin.«

Genau wie Amelie.

Er musste wieder daran denken, wie er Amelie in der Apfelweinkelterei in dem großen Tank gefunden hatte. Der Nikolaus habe sie reingeschickt, hatte sie ihm zugeflüstert. Ein Mann mit Stiefeln und roter Zipfelmütze. Für den Bruchteil einer Sekunde fragte er sich, ob Amelie damit etwas Reales beschrieben hatte. Etwas, das sie nur mit einem Bild hatte ausdrücken können. Aber dann war der Gedanke auch schon wieder weg.

»Und wie wollen Sie weiter vorgehen?«, fragte er Becker. »Wir haben keine Spuren, die Nachbarn haben nichts gesehen. Der Sidra-Importeur, der das Haus angeblich ebenfalls kaufen wollte, ist nirgends aufzutreiben …«

»Wir könnten die Presse um Hilfe bitten und ihn suchen lassen«, schlug Becker vor. »Wir müssen wohl einfach geduldig sein. Irgendwann ergibt sich schon eine neue Spur. Oder bei Roberta Hennig setzen noch ein paar Erinnerungen ein.«

VIERZEHN

Am ersten Weihnachtstag begann es zu schneien.

»Rodeln, rodeln!«, bettelte Amelie.

Bär hatte sie und Lara zum Mittagessen eingeladen. Es gab Raclette, das einzige Festessen, das er zubereiten konnte. Während Amelie am Fenster hing und jede einzelne Schneeflocke zählte, erklärte er ihr, dass die Schneedecke zum Rodeln noch nicht hoch genug war.

Er wäre gern mit ihr zum Feldberg gefahren, aber er hatte Bereitschaftsdienst und musste jeden Moment damit rechnen, zu einer Familienfeier gerufen zu werden, die ein allzu unfriedliches Ende gefunden hatte. Damit Amelie dennoch den Schnee genießen konnte, steckte er nach dem Essen sein Diensthandy ein und ging mit ihr auf die menschenleere Straße, um einen Schneemann zu bauen. Lara hatte keine Lust auf Schnee, sie wollte lieber in der Wohnung bleiben.

»Ich kann euch durchs Fenster sehen«, winkte sie ab. »Ich bin gern mal einen Moment mit meinen Gedanken allein.«

Draußen formten Bär und Amelie kleine Kugeln und rollten sie durch den Schnee, bis sie dicker und dicker wurden. Amelie konnten sie nicht groß genug werden. Immer mehr dunkle Bahnen entstanden auf der Straße und dem Gehweg an den Stellen, wo der Schnee an den Kugeln haften geblieben war.

»Der Bauch muss ganz dick werden.« Amelies Wangen glühten.

»Das versteht sich doch von selbst«, stimmte Bär zu.

»So als hätte er ganz viel gegessen.«

»Ja, das schaffen wir schon.«

»Chrissi, hast du überhaupt eine Möhre?«

»Nein.«

Beim Raclette waren Möhren nicht dabei gewesen. Nur Pellkartoffeln, Gürkchen, Silberzwiebeln, Shrimps und Fleischhäppchen und natürlich Raclettekäse.

»Was?« Amelie ließ traurig die Arme hängen.
»Ach komm, wir finden etwas anderes«, tröstete er sie. »Wir können ja eine Silberzwiebel nehmen.«

»Die sind zu klein. Die gehen höchstens für die Augen.«

»Da hast du auch wieder recht. Dann nehmen wir halt ein Gürkchen für die Nase.«

Bär rief Lara in der Wohnung an und bestellte zwei Silberzwiebeln und ein Gürkchen. »Ist überhaupt noch eins da?«

»Du hast Glück, ein einziges ist noch übrig«, entgegnete Lara lachend.

Als sie nach einer Weile auf die Straße trat, balancierte sie in der einen Hand ein Schälchen mit dem Bestellten, in der anderen hielt sie einen Becher. »Da, trink, ein heißer Apfelwein wir dir in der Kälte guttun.«

»Danke.« Bär nahm vorsichtig den Becher entgegen. Seine Finger glühten schon vom kalten Schnee, unter dem heißen Becher schienen sie zu verbrennen. Der Apfelweinduft stieg ihm in die Nase, und er sah wieder Roberta vor sich. Dachte an ihren Abend im Apfelweinlokal. Wie nah waren sie sich da gewesen. Etwas wie Sehnsucht kroch ihn ihm hoch, und er hatte große Lust, die Regung mit dem Apfelwein herunterzuspülen, doch dazu war das Getränk zu heiß.

»Was machst du eigentlich oben in der Wohnung?«, fragte er Lara.

»Was wohl? Ich mache den Abwasch.«

»Aber ich habe doch eine Spülmaschine.«

»Die beiden großen Platten gehen da nicht rein. Und Gläser spüle ich grundsätzlich mit der Hand. An Gläsern ist Klarspüler eklig.«

»Wenn du meinst.« Bär zuckte mit den Schultern. Große Schwestern waren ein Kapitel für sich.

Er half Amelie, die Schneekugeln aufeinanderzusetzen, steckte die beiden Silberzwiebeln dorthin, wo der Schneemann seine Augen haben sollte, und drückte Amelie das Gürkchen in die Hand. Dann ging er ein paar Schritte die Straße hinunter, zog sein Handy aus der Tasche und wählte Robertas Nummer.

Er wusste selbst noch nicht, was er ihr mitteilen wollte, aber ein paar Worte mehr als »frohe Weihnachten« würden ihm schon einfallen.

»Roberta Hennig«, hörte er ihre Stimme sagen. »Ich kann gerade nicht ans Telefon gehen, aber wenn Sie mir Ihre Nummer hinterlassen, rufe ich gern zurück.«

»Roberta? Ich wollte dir nur frohe Weihnachten wünschen.«

Er wartete noch einen Moment, hoffte, dass sie doch in der Wohnung wäre und ranginge. Dann legte er auf.

Er lief zu Amelie zurück und sah zu, wie sie ihrem Schneemann das Gürkchen im Gesicht zurechtrückte. Zu seinem Silberzwiebelblick trug er nun eine winzige, verkümmerte grüne Nase.

»Findest du ihn gut geworden?«, fragte Amelie.

»Klar, große Klasse.«

Er hatte noch nie so einen seltsamen Schneemann gesehen.

***

Einen Tag nach Weihnachten traute sich Roberta wieder in ihren Keller. Egal, ob eine Maus oder eine Ratte in ihrem Verschlag lebte, sie musste dringend diesen Flyer über die Streuobstwiesen finden. Hier irgendwo musste er sein.

Sie hatte die Feiertage mehr oder weniger im Schlafanzug verbracht, sich ins Bett verkrochen und gelesen, zwischendrin ihren Kühlschrank ausgeräubert. Ihre Eltern waren dieses Weihnachten zu ihrem Bruder geflogen, der in Detroit ein Auslandsjahr als angehender Wirtschaftswissenschaftler absolvierte. Alle drei hatten abwechselnd »Merry Christmas« ins Telefon gesungen, als sie ihr frohe Weinachten gewünscht hatten. Die üblichen Familienfeiern waren ausgefallen, niemand hatte besucht werden müssen. Und kein Mensch hatte Roberta besucht.

Einmal hatte Bär durchgeklingelt, aber sie konnte sich nicht überwinden, ans Telefon zu gehen, und später hatte sie sich nicht mehr getraut, ihn zurückzurufen. Sie hätte schon gern mit ihm gesprochen, aber es gab zu vieles, was er ihr sicher noch nachtrug. Ihre alkoholschwangere Trauer um Jacques, den

Verkauf des Tatort-Videos an die News Show … Am besten, sie dachte einfach nicht mehr darüber nach.

Sie schraubte die kaputte Glühbirne heraus und ersetzte sie durch das Leuchtmittel, das sie vorhin in der Drogerie besorgt hatte. Heureka, es ward wieder Licht. Blinzelnd betrachtete sie den Papierwust um sich herum. Was für ein Müllberg. Sie nahm sich einen Moment und atmete tief durch, dann begann sie systematisch mit der Suche.

Ihre Hände kribbelten vor Aufregung, als sie den Flyer tatsächlich fand. Er war etwa zwei Jahre alt. Die Umweltgruppe, die für das Impressum verantwortlich zeichnete, hatte verhindern wollen, dass auf einer Apfelbaumplantage eine Ansammlung moderner Apartments entstand. Den Aktivisten ging es dabei um die Rettung der Apfelbäume auf dem Bauland mitsamt dem an die Wiesen angrenzenden Hof.

Dem Hof in Büngsbach, den Jacques' Onkel gekauft hatte!

Roberta erinnerte sich nun wieder. Jacques hatte erzählt, dass ein Investor den Hof kaufen und bebauen wollte. Nur von den Wiesen hatte er nichts gesagt.

Ein weiteres Mal überließ sie die Unordnung in ihrem Keller sich selbst und floh in ihre Dachwohnung. Sie wählte die Nummer, die im Impressum des Flyers angegeben war. Hoffentlich gab es diese Umweltgruppe noch. Oder wenigstens jemanden unter dieser Nummer, der dazugehört hatte.

Sie zählte die Freizeichen mit und atmete erlöst auf, als eine junge Frau das Gespräch annahm, im Hintergrund plärrte ein Kind.

»Roberta Hennig, freie Journalistin«, begann sie schwungvoll. »Sie haben da vor zwei Jahren einen Flyer zur Rettung von Streuobstwiesen herausgegeben …«

»Ja, das ist richtig.« Das Kind plärrte lauter. »Für wen schreiben Sie denn?«

»Für die ›Neue Presse‹«, improvisierte Roberta. »Erinnern Sie sich, wem die betroffenen Parzellen gehörten?«

»Warum wollen Sie das wissen?« Ihre Gesprächspartnerin zögerte.

»Ich recherchiere für einen Artikel, der nächste Woche erscheinen soll, es geht um diverse Bauvorhaben in der Gegend«, legte Roberta nach.

»Oje, wenn Sie etwas Neues zu den Streuobstwiesen erfahren, lassen Sie es mich wissen, ja?«

»Ja, sicher. Ist die Sache denn noch nicht ausgestanden?«

»Nun, die Wiesen gibt es noch, und sie gehören auch immer noch denselben Leuten, soweit ich weiß. Aber der Investor hat eine gewisse Lobby im Ort, und die Besitzer einiger Parzellen waren damals schon zum Verkauf bereit. Deshalb haben wir die Initiative ja überhaupt gegründet. Gott sei Dank gehören die meisten Anteile einem Geschwisterpaar. Und die wollen überhaupt nicht verkaufen. Die Frau war in der akuten Phase damals sogar so stur, dass ich gelegentlich den Verdacht hatte, sie wollte selbst was mit den Grundstücken anfangen.«

»Wie jetzt? Selbst verkaufen oder selbst drauf bauen?«

»Etwas in der Art. Das haben Sie jetzt aber nicht von mir, okay? Ich kann das gar nicht beweisen, es war halt mehr so ein Gefühl.«

»Erinnern Sie sich an den Namen der Frau?«

Das Kind im Hintergrund war dabei, sich in Rage zu schreien. »Entschuldigung, ich muss jetzt aufhören. Meine Kleine mag nicht, wenn ich telefoniere.«

»Der Name! Bitte.«

»Winkler. Die Frau heißt Ella Winkler.«

FÜNFZEHN

Roberta hatte den Corsa an der Tankstelle stehen lassen. Es führte nur ein etwas breiterer Feldweg zu der hell erleuchteten Hütte, die weiter hinten im Acker lag, und sie wusste nicht, ob sie den Wagen dort wenden konnte. Sie hatte keine Lust, hier irgendwo im Matsch stecken zu bleiben. Schon gar nicht so spät abends, an einem kalten Januartag. Es sah auch nicht danach aus, als würden in der Hütte oft Veranstaltungen stattfinden, es fehlten Hinweisschilder, Parkplätze an der Straße und was Ausflugslokale sonst noch zu bieten hatten. Doch es gab auch kein anderes Gebäude gegenüber der Tankstelle, eine Verwechslung war also kaum möglich.

Sie hatte schon gar nicht mehr an die Apfelweinverkostung in dem Vereinsheim gedacht, als der Termin bei dem Gespräch mit der Umweltaktivistin auf einmal wieder ungewöhnlich interessant geworden war. Gleich würde sie sich Ella Winkler endlich mal aus der Nähe ansehen.

Entschlossen marschierte sie los. Der Weg war vom Schneeregen der vergangenen Tage aufgeweicht, doch sie schob den Gedanken an ihre neuen Schuhe beiseite. Kleine Äste knackten unter ihren Sohlen, in der Ferne bellte ein Hund.

Sie ließ ein Dickicht links liegen, dann einen kleinen Bachlauf, der sich im Gestrüpp verlor. Für einen Moment verharrte sie und lauschte dem Plätschern des Wassers, das sie in der Dunkelheit zwischen den Büschen kaum ausmachen konnte. Schließlich strebte sie wieder auf die erleuchtete Hütte zu, während sie im Weitergehen ihre verworrenen Gedanken sortierte.

Die Bilder von Jacques in der Kelter verfolgten sie immer noch, und der Anblick seiner Füße unter dem Tuch auf dem Seziertisch der Rechtsmedizin hatte sich in ihr Gedächtnis eingebrannt. Immerhin war es ihr gelungen, Cathérine bei seiner Beerdigung zu helfen. Jacques' sterbliche Überreste waren vorgestern in Friedberg kremiert worden. Dass es eins der ältesten Krematorien Deutschlands war, gefiel Roberta. Das denkmalgeschützte Gebäude hatte Jacques' letztem Gang, wie sie fand, wenigstens noch ein bisschen Flair gegeben. Die Urne würde seine Schwester in wenigen Tagen in der Normandie auf einem Friedhof in der Nähe ihres Heimatortes beisetzen. Das Geld, das Roberta vom Sender für die Smartphone-Aufnahmen ausbezahlt worden war, hatte knapp für die Überführung gereicht. Cathérine hatte sie erzählt, sie habe unerwartet viel Geld von ihren Eltern zu Weihnachten geschenkt bekommen, ein kleiner Vorschuss auf ihr Erbe. Die Bilder von Jacques in der Kelter waren seiner Schwester erspart geblieben. Niermann hatte sie zum Glück nicht weiterverkauft, und in Frankreich wurde die News Show nicht ausgestrahlt.

An Silvester hatte Roberta an Bär gedacht, beinahe hätte sie ihn angerufen. Wie schön wäre es gewesen, mit ihm ins neue Jahr hineinzufeiern. Sie hatte sich an den Abend in dem Eckenheimer Apfelweinlokal erinnert, an den sortenreinen Boskoop und an seine traurige Geschichte von dem ausgesetzten Penner. Damals hatte sie gehofft, es sei der Beginn einer Freundschaft. Aber das Auftauchen von Jacques, sein Tod und all die Missverständnisse, die damit zusammenhingen, waren zu heftig gewesen, um sie nun mit einem einfachen Anruf zu überwinden.

Sie war sich mittlerweile sicher, dass sie Jacques nicht umgebracht hatte, auch wenn sie sich nicht mehr an alles erinnern konnte, was an jenem Abend vorgefallen war. Jacques war eine Seele von einem Menschen gewesen, und sie konnte sich einfach keinen Grund vorstellen, weswegen sie so mit ihm hätte aneinandergeraten können, dass es zu einem tödlichen Streit gekommen wäre. Aber ob das auch für die Polizei galt? Sie befürchtete, dass Becker da so seine eigenen Theorien hatte. Er hatte unmissverständlich angedeutet, sie würde von Jacques' Tod profitieren. Doch wie sollte sie ihn von ihrer Unschuld überzeugen? Vielmehr Bär. Das ging nur, wenn sie den wahren Mörder fand.

Sie lief nun schneller und kam ein wenig außer Atem. Ein Vogel flog dicht über sie hinweg. Unwillkürlich rannte sie gebückt weiter, die Augen fest auf das Licht am Ende des Weges gerichtet.

Sie wusste nicht, ob sie Ella Winkler tatsächlich in der Hütte antreffen würde, aber es drängte sie immer mehr, ihr ein paar entscheidende Fragen zu stellen. Roberta glaubte mittlerweile felsenfest an einen Zusammenhang zwischen den Besitzverhältnissen von Jacques' Cidre-Bistro und den angrenzenden Streuobstwiesen der Winklers, wenngleich ihr noch nicht so recht klar war, wie der aussehen könnte. Hatte Ella Winkler womöglich nicht nur ihren Bruder in den Wahnsinn getrieben und in den Tank geschickt, um an dessen Land zu kommen, wollte sie ihren Wiesen auch noch den Grund und Boden von dem kleinen Hof in Büngsbach zuschlagen? Hatte sie Jacques einen Unterhändler geschickt – und die Verhandlungen waren eskaliert? Oder steckte Ella gar mit dem Investor unter einer Decke? Und was für Pläne hatte sie mit dem Areal?

Jacques war in etwas hineingeraten, das er nicht hatte überblicken können. Er hatte die Gefahr nicht gesehen. Es war jetzt an Roberta, ihm Gerechtigkeit zuteilwerden zu lassen.

Nun lag die Hütte vor ihr. Schwungvoll zog sie die hölzerne Eingangstür auf und war überrascht, einen komplett eingerichteten Gastraum vorzufinden. Der kräftige Wirt hinter dem Tresen zog mit einer bedächtigen Geste seine bequeme Strickjacke enger um sich und schaute sie neugierig an, die schlanke blonde Frau neben ihm hob fragend die Brauen.

Sie ging direkt auf die beiden zu. »Ella Winkler«, sagte sie leise. »Ich will zu Ella.«

Der Wirt machte eine Kopfbewegung in den Raum hinein.

Jetzt erst sah Roberta, dass an die fünfzig Leute hier hockten. An engen Tischen drängten sie sich, Gläser, Schreibblöcke und Stifte hielten sie griffbereit. Ella Winkler saß mitten unter ihnen. Es herrschte eine gespannte, fast feierliche Stimmung.

»Sechs Punkte für Geruch. Sechs Punkte für Geschmack und drei für Farbe.« Die schlanke Blonde hob eine Flasche in die Höhe und trat damit hinter dem Tresen vor. »Wer will die Nummer 17 probieren?«

Etliche Anwesende hoben den Arm, und die Blonde ging herum und schenkte allen ein paar Finger breit ein.

»Nicht zu viel, nicht zu viel, wir müssen ja noch mehr probieren«, protestierte jemand.

Sie winkte ab. »Es sind fünfundzwanzig Weine zu verkosten. Keiner schafft die alle, also bitte.«

Auf einem langen Tisch standen fünfundzwanzig Gläser, vor jedes war eine Nummer auf das Papiertischtuch geschrieben worden. Die Frau goss nun etwas Apfelwein in ein Glas, das hinter der Nummer siebzehn stand. »Für die Farbe, damit ihr sie besser beurteilen könnt. Wollen Sie auch?« Die letzten Worte galten Roberta.

Sie nickte, bekam ein Glas in die Hand gedrückt und eingeschenkt. »Probieren Sie ruhig, so viel Sie wollen. Sie sind eine Freundin von Ella?«

Das Glas schon an den Lippen, machte Roberta eine unbestimmte Handbewegung, die alles und nichts bedeuten konnte, und die Frau war damit zufrieden. Sie hatte heute Abend wohl genug um die Ohren.

»Die 18. Wer will die 18?«

Wieder schossen etliche Hände in die Luft, und die Frau rannte los, um alle zu bedienen.

Roberta warf einen Blick auf die Gläser, die auf dem Tisch standen. Es war verblüffend. Die Farben reichten vom Weiß einer Mittagssonne über Dottergelb bis zu einem kräftigen Safranton. Einige Gläser enthielten klaren Inhalt, bei anderen war er trüb.

»Gell, da staunen Sie? Nicht alle filtern die Trübstoffe raus.« Die Frau, Roberta nannte sie bei sich der Einfachheit halber »die Kellnerin«, stand wieder hinter ihr. »Hat Ella Ihnen das noch nie gezeigt? Ihr Glas ist ja leer.«

Schneller, als sie antworten konnte, war Robertas Glas wieder voll.

Ella Winkler saß ganz weit hinten im Raum, eingekeilt von anderen, und lachte mit ihren Tischnachbarn. Roberta sah keine Chance, ohne Aufhebens an sie heranzukommen, geschweige denn, sie hier und jetzt auszufragen. Also konnte sie die Gelegenheit auch nutzen, um sich in Sachen Apfelwein schlau zu machen. Die Apfelweinkelterei würde am Ende noch zu ihrem neuen Hobby werden. Die Vorstellung ließ sie schmunzeln.

Bei dem gemütlichen Wirt an der Theke kaufte sie sich einen Handkäs mit Musik, dann balancierte sie ihren Teller durch die Menge und setzte sich am Fenster an den einzigen freien Tisch. Von hier aus hatte sie einen guten Überblick. Die Kellnerin kam immer mal wieder vorbei und schenkte ihr nach. Die Zeit verging. Nach der fünften Kostprobe wusste Roberta, dass der Sortenreine in Eckenheim nur die Spitze des Apfelbergs gewesen war, wenn es um die Erkundung von Apfelweinen ging. Einige der Proben schmeckten herber, andere süßer. Einige prickelten mehr auf der Zunge, andere fast gar nicht. Bei manchen hatte sie das Gefühl, in einen Apfel gebissen zu haben, und bei wieder anderen fiel ihr das Apfelmus aus der Kindheit ein, das ihre Mutter ihr so oft zubereitet hatte.

»Der hier ist mit Quitte.« Die Kellnerin füllte erneut ihr Glas.

»Mit Quitte?«

»Ja, manche setzen auch Speierling zu. Oder Schlehe, aber davon nur eine Handvoll auf ein ganzes Fass. Das klärt den Wein, machen aber nicht alle.« Sie wies mit dem Kopf zu den aufgestellten Proben. »Wie man leicht sieht. Aber wie kommt es, dass Sie das alles nicht wissen? Als Ellas Freundin? Ich glaube, ich muss mal mit Ella reden.«

»Hallo, Frau Kollegin!« Roberta zuckte zusammen. Vor ihr stand Peter Mannheimer, der für die »Wetterauer« schrieb. »Berichten Sie auch über die Apfelweinverkostung?«

»Hm, ja«, meinte Roberta vage.

»Ach, das ist ja schön. Für die ›Neue Presse‹? Ich darf doch.« Mit einer raschen Bewegung ließ er sich auf einen Stuhl an ihrem Tisch gleiten und legte seine Kamera vor sich hin. »Ich bin etwas spät dran, war noch auf einer goldenen Hochzeit. Hab ich was verpasst?«

»Nein, eher nicht«, wich Roberta aus.

»Ich mag diesen Termin und sehe immer zu, dass ich ihn kriege. Die Apfelweinprobe findet ja jedes Jahr statt. All die Leute, die im Nebengeschäft oder privat Apfelwein keltern, können hier ihren Wein verkosten und bewerten lassen. Es gibt sechs Punkte für Geruch, sechs für Geschmack …«

»… und drei für Farbe«, ergänzte Roberta. Und mit diesen vier Worten war sie auch schon zur Expertin avanciert. Zumindest in den Augen ihres Kollegen.

»Ich sag's ja. Es ist immer wieder schön. Und erst die Preisverleihung nachher!« Mannheimer lächelte glücklich. »Sagen Sie, woher haben Sie eigentlich das volle Glas?«

»Von der Kellnerin.«

»Sehr witzig, die Vorsitzende des örtlichen Naturschutzbunds so zu betiteln.« Mannheimer lachte schallend. »Diese ganze Apfelweinkelterei hat sich ja eh nur aus den Streuobstwiesen entwickelt. Die Naturschützer und andere verwandte Seelen haben sie angelegt und gepflegt, und später wussten sie mit den Äpfeln nicht mehr wohin.«

So geht Recherche, dachte Roberta belustigt. Man muss nur lange genug auf einem Stuhl sitzen bleiben, mit den Leuten trinken und immer gut zuhören, dann finden die Geschichten wie von selbst zu einem.

»Nummer 25.« Die Kellnerin brachte Mannheimer ein volles Glas, und er nahm einen tiefen Schluck.

»Haha, ich kann ja einfach trinken, ich muss ja keine Noten geben«, witzelte er. »Ah, dieser schmeckt nach Speierling. Obwohl, den Geschmack kriegen die Firmen heutzutage auch schon ohne echten Speierling hin, einfach mit sauren Äpfeln. Wo Speierling draufsteht, muss nach dem Gesetz keiner drin sein.«

Roberta schwirrte der Kopf, viel schlimmer noch: Die Gaststube begann sich um sie zu drehen. Auf dem Tisch mit den Proben standen fünfzig Gläser, und die Anwesenden hatten alle zwei Gesichter. Sie begafften sie höhnisch, mit ihren doppelten Mienen grinsten sie sie wissend an. Und der Mann dort ganz hinten, war das nicht einer der Arbeiter, die bei Ellas totem Bruder am Tank gestanden hatten? Direkt neben seiner Leiche?

Nein, Roberta, das träumst du jetzt nur. Reiß dich zusammen.

»Ich muss langsam mal heim«, verabschiedete sie sich mit schwerer Zunge von Mannheimer und stand vorsichtig auf. »Ich hatte einen langen Tag.« Soweit ihr Gleichgewichtssinn das zuließ, sah sie sich noch einmal in der Gaststube um. Ella Winkler hockte nach wie vor zwischen ihren Bekannten, auch sie nun janusköpfig. »Auf Wiedersehen.«

»Schreiben Sie was Schönes«, rief Mannheimer ihr nach.

Die Kellnerin nickte ihr freundlich zu, vermutlich hatte sie schon mehr Leute aus der Tür wanken sehen.

Draußen schnappte Roberta nach Luft. Sie blieb einen Moment stehen, um ihr Gleichgewicht auszutarieren, und sah sich um. Himmel, da parkte ja eine ganze Kolonne von Autos auf dem Gras neben dem Feldweg. War es denn zu fassen? Die waren alle mit dem Auto hier und mussten nachher noch etliche Dörfer weiter. Aber wie Roberta die örtliche Polizei einschätzte, hatten die Beamten sich heute zum gemeinsamen Fernsehabend verabredet, und nicht einer der Apfelweinverkoster würde von ihnen behelligt werden.

Und sie? Durfte sie überhaupt noch in ihr Auto steigen?

Erst mal zurück zur Tankstelle, sagte sie sich, von da aus rufe ich mir ein Taxi.

Sie lief los, zumindest versuchte sie es. Was war sie nur für ein Vollpfosten? Musste sie denn immer alles bis zum bitteren Ende ausreizen? Hatte ihr die Trunkenheit an Jacques' Sterbetag denn nicht gereicht?

Sie musste sich unbedingt ändern.

Komisch, wie staksig man ging, wenn man einen im Tee hatte. War Nebel aufgezogen? Und wo war hier überhaupt der Weg?

Sie streckte Arme und Hände weit von sich, um nicht gegen einen Baum zu laufen. Wer sie so sah, konnte meinen, dass sie sich bis zur Blindenschule nach Friedberg vortasten wollte. Ein Zweig wuschte durch ihr Gesicht, ihr Fuß blieb an einer Wurzel hängen, sie stolperte und fing sich wieder. Neben ihr rauschte der Bach. Nur nicht reinfallen.

»Na, war es nett?« Sie spürte eine Hand in ihrem Nacken, einen festen Griff, roch den Atem eines Mannes. Ihr Hilferuf war mehr ein Röcheln als ein Schreien.

Panisch schlug sie um sich, machte ein paar Schritte von

ihrem Verfolger weg. Ihr rechter Fuß rutschte in den flachen Bach, versank im modrigen Grund und blieb dort stecken. Mit aller Kraft versuchte sie, ihn aus dem Matsch zu ziehen, doch das erzeugte nur ein quatschendes Geräusch. Ihr Fuß hingegen schien schwer wie Blei und sackte immer tiefer ein. Ihr Nacken brannte, und sie glaubte, die Hand ihres Peinigers noch dort zu spüren. Dann verlor sie das Gleichgewicht und kippte vornüber in die eiskalte Nässe.

»Hallo! So kommen Sie doch.« Das war die Stimme einer Frau, sie kam von weit her. Roberta spürte, wie an ihr herumgezerrt wurde. »Hoch mit Ihnen.«

Die Frau half ihr auf und zog auch ihren Fuß aus dem matschigen Flussbett. Wenig später saß Roberta am Bachufer. Sie schlotterte vor Kälte, und ihre Zähne klapperten aufeinander.

»Einen Moment, ich bin gleich wieder da.« Die Frau verschwand aus ihrem Blickfeld, kam aber bald mit einer Wolldecke wieder und legte sie ihr um die Schultern. »Hier, Sie erkälten sich noch.«

»Danke.« Roberta hustete, spukte und rang nach Atem. Sie hatte nicht viel Wasser geschluckt, aber die eiskalten Tropfen hatten ihren Schlund zusammengezogen und brachten ihn nun zum Brennen.

»Wir werden Sie bei mir zu Hause trocknen«, sagte die Frau. »Ich bin übrigens Ella Winkler.«

SECHZEHN

Das Haus sah ziemlich neu aus, ein großes Gebäude mit Pultdach. In der tief stehenden Morgensonne warfen verwaiste Spielgeräte lange Schatten. Eine Schaukel, die man abzuhängen vergessen hatte, pendelte sachte im Wind. Der Winter hatte alles mit Raureif überzogen. Die hellen Birken standen kahl, nur der Bambus trotzte mit seinen grünen Blättern der Jahreszeit und reckte seine langen Stängel stolz in den Himmel.

Schön hier, dachte Bär. Ein Ort, an dem man sich wiederfinden kann. Solange man nicht allzu traumatisiert ist, schränkte er in Gedanken ein.

Er konnte sich kaum vorstellen, was den Kindern und Jugendlichen wohl passiert war, dass sie hier gelandet waren. Vernachlässigung, Misshandlung … Im Fall von Martin Ott war es Hilflosigkeit gewesen. Hilflosigkeit aufgrund einer schweren Verletzung, die er sich vor Jahrzehnten durch einen dummen, lächerlichen Sprung in die Nidda zugezogen hatte. Danach hatte er nicht mehr arbeiten können. Doch was war weiter mit ihm geschehen? Wie war es ihm ergangen bis zu dem Zeitpunkt, an dem er wieder in der Apfelweinkelterei aufgetaucht war? Der Kellermeister hatte gesagt, Clemens Winkler habe sich rührend um den Mann gekümmert. War ihm eine gewisse Hilflosigkeit geblieben, hatte er deshalb in Clemens Winkler einen Bruder sehen wollen und dieser in ihm seinen Schützling? Oder sollte diese verwandtschaftliche Bezeichnung eine heimliche Rivalität verdecken? Bär hoffte, in Otts früher Jugend den Schlüssel zu all dem zu finden.

Er erreichte das Portal und wollte schellen, doch die Tür war nur angelehnt, und so trat er in das Haus ein. Im Flur traf er auf einen jungen Mann in Cordhosen und Kapuzenpullover, den er für einen Erzieher hielt.

»Kann ich Ihnen helfen?«

»Ich hoffe es.« Bär zeigte seinen Ausweis, und der Mann betrachtete ihn prüfend, bevor ihre Blicke sich trafen. »Hier hat vor circa dreißig Jahren ein junger Mann gewohnt, der eine schwere Kopfverletzung überlebt hatte. Martin Ott. Er hatte gerade eine Lehre in einer Frankfurter Apfelweinkelterei angefangen, die er daraufhin abbrechen musste. Ich hätte gern ein paar Informationen über ihn.«

»Aber das ist doch ewig her!«

»Sagte ich ja.« Bär lächelte entschuldigend.

Durch den Flur liefen ein paar Jugendliche, zwei Mädchen hielten Händchen und teilten sich die Ohrstöpsel eines MP3-Players. Sie sahen ganz so aus, wie junge Leute sein sollten: unbeschwert und ein bisschen übermütig.

»Das war vor meiner Zeit.« Der Erzieher zögerte. »Aber womöglich finden wir etwas in den Akten. Kommen Sie mal mit.«

Er warf noch einen sichernden Blick in den Flur, dann zog er einen Schlüssel an einer Kette aus der Hosentasche und öffnete die Tür zu einem Büro.

Sie traten ein, und der Mann in der Cordhose machte sich an den Ausziehschubladen eines Aktenschranks zu schaffen. Es dauerte eine Weile, und Bärs Geduld wurde auf die Probe gestellt, doch dann hielt der Erzieher eine Akte in der Hand.

»Die alten Fälle haben wir noch auf Papier. Der Computer war vor dreißig Jahren noch nicht überall Usus.«

»Schon klar.« Bär nahm die Akte entgegen. Als er sie aufschlug, blickte ihm von einem leicht vergilbten Schwarz-Weiß-Foto ein Junge im Norwegerpulli entgegen. Er konnte keine Ähnlichkeit mit dem Mann feststellen, den er als Martin Ott kennengelernt hatte. Aber er sah auf dem Foto auch nichts, was auf irgendeine Versehrtheit des Jugendlichen hinwies, keine Narbe, die an den Unfall erinnerte, und auch keinen depressiven Blick, der eine posttraumatische Belastung hätte erahnen lassen. »Wissen Sie, was ihm fehlte?«, fragte er.

»Sie meinen, warum er hier war?« Der Erzieher nahm ihm die Unterlagen wieder ab, begann selbst zu lesen und runzelte die Stirn. »Darf ich Ihnen das wirklich sagen?«

»Aber ja doch. Wollen Sie meinen Ausweis noch einmal sehen?«

»Nein, danke, den haben Sie mir ja schon gezeigt. Es ist nur ziemlich ungewöhnlich, dass sich die Polizei nach so alten Fällen erkundigt. Normalerweise haben unsere derzeitigen Bewohner etwas ausgefressen, wenn ein Bullenauto vorfährt.« Er hob in einer entschuldigenden Geste die Hand. »Also … Martin Ott war hochbegabt. Aber er kam aus einer einfachen Familie, und sein Vater wollte ihn nicht aufs Gymnasium lassen.«

»So was kam früher öfter vor«, sagte Bär. Seine eigenen Eltern hatten einen Malerbetrieb gehabt und erwartet, dass er dort mit vierzehn anfing und glücklich wurde. Das Gymnasium war ihnen fremd gewesen, und als er nach dem Abi bei der Polizei anfing, hatten sie den Betrieb mit gekränkten Mienen verkauft. Bär hatte ihre Vorstellungen lange als Egoismus abgetan, doch ihm war mittlerweile klar, dass sie es nur gut mit ihm gemeint hatten. Und womöglich stünde er mit einem eigenen Malerbetrieb heute sogar besser da als bei der Kripo.

»Martin Ott wurde also zur Hauptschule geschickt«, fuhr der Erzieher fort. »Danach vermittelte der Vater den Jungen an eine Kelterei, damit er Geld verdiente. Anfangs arbeitete Martin Ott als Hilfskraft, aber man bot ihm bald eine Lehrstelle an. Anscheinend hatten seine Arbeitgeber erkannt, was für ein helles Köpfchen er war. Der Junge fühlte sich an seinem Ausbildungsplatz auch sehr wohl, aber er litt dennoch darunter, dass sein Vater ihn nicht fördern wollte. Er hatte den Eindruck, von ihm nicht für voll genommen zu werden, und ihm fehlte dessen Anerkennung. Das hat jedenfalls der Psychologe hier damals in knappen Stichworten notiert.«

Der Erzieher machte eine Pause und blätterte weiter in der Akte herum. »Martin Ott kam, wie Sie schon sagten, nach einem Unfall hierher ins Heim. Er war von einer Brücke ins Wasser gesprungen, am Eschersheimer Wehr, hatte eine OP hinter sich und ständig migräneartige Kopfschmerzen. Er war nicht fähig, die Ausbildung fortzusetzen. Der Vater weigerte sich aber, ihn zu Hause zu versorgen, weil er meinte, der Junge habe den Unfall selbst verschuldet.« Er hob in einer Geste des hilflosen Mitgefühls die Schultern. »Armer Kerl.«

»Wie lange war er hier?«

»Mal sehen. So knapp zwei Jahre.« Er kratzte sich am Kinn. »Das ist im Großen und Ganzen das, was hier so steht. Gekannt habe ich den Jungen selbst nicht. Wie ich schon sagte, so lange bin ich noch nicht hier. Als Ott hier wohnte, trug ich noch Windeln.«

»Verstehe. Aber wieso war er nur so kurz hier?«

»Tja.« Wieder vertiefte sich der Erzieher in die Akte, und Bär spürte, wie er nervös wurde. Ihn überkam eine große Lust, dem Mann die Unterlagen abzunehmen und selbst zu lesen, es kribbelte ihm in den Fingern. »Er hat das Heim eines Tages ohne Ankündigung verlassen. Es wurde eine Weile nach ihm gesucht, aber die Suche wurde irgendwann abgebrochen, weil Martin Ott inzwischen volljährig geworden war.« Er hob den Kopf und sah Bär an. »Vermutlich wurde ein Treber aus ihm.«

»Ein Treber. Ein Penner also?« Bär schluckte.

»Na ja, auf Trebe sein, Platte machen … So sagt man, wenn Menschen obdachlos sind und auf der Straße leben.«

»Schon klar. Wie lange mag das gegangen sein?«

Von all dem hatte Martin Ott bei seiner Vernehmung nichts gesagt. Andererseits hatte Bär ihn auch nicht explizit danach gefragt. Und wer erzählte schon von sich aus gern von lebensbedrohlichen Unfällen, Heimaufenthalten und Obdachlosigkeit?

»Ich habe hier nichts weiter in den Akten. Wie bereits erwähnt, war er dann ja volljährig und konnte selbst entscheiden, wo und wie er leben wollte.«

Draußen auf dem Flur gab es einen Tumult, und der Erzieher steckte die Akte rasch an ihren Platz zwischen die anderen. Er zog Bär aus dem Büro und schloss die Tür wieder ab.

»Was ist denn hier los?«, rief er über die Schulter. Die Mädels, die sich vorhin die Ohrstöpsel geteilt hatten, standen mitten im Flur, die Hände abwehrend vors Gesicht gehalten, und kreischten um die Wette. »Hört ihr wohl auf?«

Ein Junge beschoss sie mit einer Wasserpistole und zielte abwechselnd auf ihren Busen und in ihre Gesichter, sodass das Wasser ihr Make-up davonschwemmte.

»Bin ich froh, dass am Montag die Schule wieder anfängt«, vertraute der Erzieher Bär lakonisch an. »Kai, was soll das?«, rief er wesentlich lauter einem der Jungen zu, der auch sofort mit dem Unsinn aufhörte – und stutzte, als er Bär sah.

»Kai?« Jetzt erst erkannte Bär den Jungen. »Bist du nicht der Messdiener aus Engelthal? Der mit dem Apfelwein statt Messwein?«

»Könnte mein Motto sein.« Der Junge versuchte ein zaghaftes Grinsen und ließ die Wasserpistole sinken, die nun den Flur nass tropfte. Die Mädchen hatten aufgehört zu quietschen und kamen neugierig näher.

»Hauptkommissar Christian Bär. Erkennst du mich wieder?«

Kai atmete so tief durch, dass sein Brustkorb sich wölbte, und nickte.

»Wohnst du hier?«

»Ja.«

»Und wie kamst du nach Engelthal?«

»Mit dem Auto.«

»Nun werd nicht frech«, ging der Erzieher dazwischen.

»Stimmt doch. Der Pfarrer holt uns immer ab, wenn wir ihm bei der Messe assistieren sollen. Mit dem Auto.«

»Das ist schon richtig. Dieser Priester kümmert sich sehr um unsere Jugendlichen«, pflichtete ihm der Erzieher nun bei. »Er macht sogar Ausflüge mit den Jungs. Aber das war doch nicht Ihre Frage, oder?«

»Nein, schon gut.« Bär war bemüht, jede Eskalation zu vermeiden. Er fand es sehr interessant, Kai hier anzutreffen, und er hätte liebend gern gewusst, weswegen der Junge im Heim lebte. Und seit wann. Bei der Vernehmung wegen des Messweinstreichs hatte er die Adresse seiner Mutter angegeben, bei der er angeblich wohnte. Aber vielleicht hatte das damals ja auch noch gestimmt. Oder es stimmte zum Teil, und er wohnte an den Wochenenden bei ihr und hatte sich geschämt, das Heim als Adresse anzugeben. Im Beisein der anderen Jugendlichen mochte Bär ihn nicht danach fragen. Kais Fall war abgeschlossen, der Pfarrer hatte keine Anzeige erstattet. Und Bär mochte seinen Job nicht ausnutzen, nur um seine private Wissbegier zu befriedigen.

Er verabschiedete sich von dem Mann in der Cordhose und nickte den Mädchen und dem Jungen zu.

»Okay, Kai. Wir sehen uns.«
»Lieber nicht«, gab Kai schlagfertig zurück.

***

Als die Morgensonne durchs Fenster fiel und Roberta weckte, brauchte sie eine Weile, um zu realisieren, wo sie war. Sie lag auf einem bequemen Sofa unter einer warmen Decke. Der Raum um sie herum sah gemütlich aus. Bauernmöbel, kombiniert mit modernen Polstersesseln. Blumenstöcke in alten Übertöpfen vor den rustikalen Fensterkreuzen, vermutlich aus Familienbesitz oder vom Flohmarkt. Und ein Fußboden aus warmem dunklen Holz. Es roch nach erloschenem Kaminfeuer, und als sie sich weiter umschaute, konnte sie sehen, dass tatsächlich ein Kamin da war, in dem wohl auch bis vor Kurzem die Glut eines Feuers geschwelt hatte.

Nun erinnerte sie sich. Das war Ella Winklers Kamin. Ella hatte sie gestern Abend aus dem Bach gezogen, sie in ihrem Auto mit zu sich nach Hause genommen und ihr zum Aufwärmen ein heißes Bad eingelassen. Sie hatte ihr Handtücher und ein paar Sachen von sich zum Anziehen gegeben, ladenneue Unterwäsche, die Preisschilder hingen noch dran, und einen frisch gewaschenen Jogginganzug, der nach Weichspüler duftete. Dann hatte sie ihr einen heißen Apfelwein gebracht.

»Damit Sie mir nicht krank werden«, hatte sie freundlich gemeint.

Roberta hatte protestiert und sich gewundert, wieso sie noch mehr Apfelwein trinken sollte, wo sie doch bereits genug verkostet hatte. Aber Ella hatte darauf bestanden, dass sie den Becher leerte. Der Heiße habe noch einmal eine ganz andere Wirkung, hatte sie beteuert, und würde vor allem einer Erkältung vorbeugen.

Roberta war nicht mehr fähig gewesen, sich zur Wehr zu setzen, so erschöpft und verfroren, wie sie war, hatte sie einfach schweigend gehorcht. Wenig später war sie auf dem Sofa eingeschlafen.

Nun fuhr sie von ihrem Schlafplatz hoch, schwang die Beine

über den Rand der Couch, und ihre Gedanken begannen, sich schwerfällig wie ein Mühlrad in Bewegung zu setzen. Sie hatte Ella Winkler im Vereinsheim aufgesucht, um sie nach dem Verhältnis zu ihrem Bruder zu befragen. Weil sie Ella für seine Mörderin hielt. Für eine Komplizin des Investors, der Jacques' Cidre-Hof in Büngsbach mitsamt Ellas Streuobstwiesen bebauen wollte. Und dann hatte sie nicht einmal mit ihr reden können, umzingelt, wie sie von den Apfelweinverkostern gewesen war. Stattdessen hatte Roberta sich auf dem Heimweg in den Bach stoßen lassen. Oder hatte sie Gespenster gesehen? Die Männerhand in ihrem Nacken, der fremde Atem – am Ende hatte sie sich das alles vielleicht nur eingebildet. Ein Glas hatte zum nächsten geführt. Sie musste unbedingt besser auf sich aufpassen.

Unsicher stand sie vom Sofa auf und lauschte ins Haus hinein. In der Küche schien sich etwas zu regen, sie hörte Geschirr klappern. Sie überlegte noch, was nun zu tun sei, da öffnete sich auch schon die Tür, und Ella kam mit einem Tablett herein. Gedecke für zwei befanden sich darauf, eine Kanne Kaffee, eine Tüte Milch. Ein Korb mit Brötchen und ein Glas Honig.

»Ich denke, wir frühstücken mal, hm?« Sie trug das Tablett in die Nähe des Fensters. Jetzt erst sah Roberta, dass dort ein kleiner, gemütlicher Tisch und zwei Stühle standen. »Nun kommen Sie schon.«

Artig ging Roberta zu dem Tischchen hinüber und ließ sich auf einen der Stühle fallen.

Ihre Gastgeberin stellte das Geschirr auf und goss ihr Kaffee ein. »Und? Gut geschlafen?«

»Ja, danke«, murmelte sie schuldbewusst. Diese Frau nötigte ihr Respekt ab. Stets schien sie Herrin der Lage zu sein. Roberta hatte sie aushorchen wollen, doch stattdessen saß sie nun bei ihr in der Falle. Spielerisch leicht war es ihr gelungen, den Spieß umzudrehen. Wobei Roberta zugeben musste, dass sie daran wohl nicht ganz unschuldig war. Sie hätte gestern nicht so viel trinken dürfen.

Jetzt wurde ihr der Brotkorb gereicht, und sie griff hungrig zu einem Vollkornbrötchen.

»Das sieht lecker aus. Danke. Tut mir leid wegen gestern Abend.«

»Sie hatten verdammtes Glück, dass ich Sie überhaupt gefunden habe. Ich hatte an der Straße geparkt und die Siegerurkunden für die besten Schoppen im Handschuhfach liegen lassen. Als ich zum Auto lief, habe ich Sie im Dunklen wimmern hören. Der Wirt war dann so freundlich, die Preise zu verleihen.« Sie unterbrach sich und trank einen Schluck Kaffee. »Jedenfalls haben Sie heute Morgen wieder etwas Farbe im Gesicht. Ich glaube, Ihr unfreiwilliges Bad im winterlichen Bach haben Sie noch mal gesund überstanden. Da haben Sie Glück gehabt. Wieso sind Sie eigentlich gestern in die Hütte gekommen?« Ellas Tonfall war nun etwas strenger. »Sie sind doch die Journalistin, die auf der Beerdigung meines Bruders war, oder?«

»Ich wollte Sie sprechen«, gab Roberta unumwunden zu. »Dass Sie bei der Apfelweinverkostung dabei sein würden, hat mir Ihre Nachbarin erzählt. Eine ältere Dame.«

»Meine Nachbarin? Sie meinen wohl die alte Frau Butte. Wilhelmine Butte.«

»Ihren Namen hat sie mir nicht genannt.« Roberta bestrich ihr Vollkornbrötchen mit Butter, der Duft der frischen Körner ließ ihr das Wasser im Mund zusammenlaufen. »Aber sie schien noch sehr an allem interessiert zu sein. Und sie hat anscheinend ein gutes Gedächtnis. Lebt sie allein?«

»Ja. Sie wird nächstes Jahr neunzig und ist dafür erstaunlich selbstständig und rüstig.« Ella Winkler sah Roberta über ihre Tasse hinweg prüfend an. »Aber ich würde ihr nicht jedes Wort glauben. Dafür ist sie dann doch schon zu dement.« Sie lächelte mitfühlend und fügte ein »Leider« hinzu. »Was wollten Sie mich denn fragen?«

Roberta überlegte. Wo fing sie am besten an?

Sie zupfte ihre Jogginghose über dem Knie zurecht, und eine seltsame Befangenheit überkam sie, als ihr bewusst wurde, dass es Ellas Hose war, die sie am Leib trug.

»Ich wollte etwas über Ihre Streuobstwiesen erfahren«, begann sie.

»Über die in Rendel oder in Büngsbach?«

»Na ja, eher über die in Büngsbach. Sollten die nicht vor einer Weile an einen Investor verkauft werden? Da waren Flugblätter im Umlauf, vor etwa zwei Jahren …«

»›Rettet die Streuobstwiesen‹, ja.« Ella lachte. »Dieser Initiative ist es zu verdanken, dass es die Wiesen noch gibt. Ich bin sehr froh darüber.«

Roberta, die gerade die Tasse an die Lippen gesetzt hatte, verschluckte sich beinahe an ihrem Kaffee. »Was? Sie wollten gar nicht verkaufen?«

»Verkaufen? Wo denken Sie hin? Ich habe diese Streuobstwiesen mühsam aufgebaut und über Jahre hinweg gepflegt. Glauben Sie etwa, ich lasse zu, dass dieses wunderbare Biotop für ein paar Apartments zerstört wird?«

»Wow«, rutschte es Roberta heraus. »Aber wieso Biotop? Ehrlich gesagt, ich weiß gar nicht so recht, was Streuobstwiesen so genau sind.«

Ella rückte ihren Stuhl ein wenig zurecht. »Eine Streuobstwiese ist das artenreichste Biotop, das es gibt. Die Obstbäume stehen so darauf, dass sie viel Luft haben. Wussten Sie, dass ein Apfelbaum bis zu zwölf Quadratmeter Platz braucht? Wenn er den hat, kann er fünfzig Jahre alt werden.«

Roberta dachte an Máel Dúin und den Apfelbaum, dessen Laub der Sage nach eine ganze Insel beschattet hatte, und sie nickte.

»Wenn zwischen den Bäumen genug Platz ist, wächst auf der Wiese alles, was es gibt. Skabiosen, Kletten, Flockenblumen, Sauerampfer. Ein Paradies für Fledermäuse, Steinkäuze, Igel, Mäuse, Vögel. Abgestorbene dicke Äste lässt man einfach auf der Wiese liegen, in diesem Totholz leben dann Ohrenkneifer und fressen die Schädlinge.« Sie lächelte zufrieden, während sie Kaffee nachschenkte. »Wenn Sie noch ein wenig Zeit haben, zeige ich Ihnen nachher meine Wiese in Rendel. Dann wissen Sie, was ich meine.«

»Das wäre nett«, nahm Roberta das Angebot an. Bei ihren Eltern auf dem Bauernhof hatte es auch Wiesen und Obstbäume gegeben, aber ihre Eltern hatten nie so eine Wissenschaft daraus gemacht. Ihr Vater hatte seine Energie eher darauf verwandt, den richtigen Dünger zu bekommen, damit die Maisernte genug Ertrag einbrachte. Und sie selbst hatte sich nie so sehr für Landwirtschaft interessiert. Nicht von ungefähr lebte sie nun mitten in der Stadt, in Sachsenhausen.

»Dann wollten Sie die Streuobstwiesen also nicht verkaufen, sondern retten«, nahm sie den Faden wieder auf. »War es nicht ohnehin an Ihnen, zu entscheiden, was mit Ihrem Grund und Boden geschehen würde? Wem gehörten die Wiesen denn vor zwei Jahren?«

»Ach, das waren und sind mehrere Parteien, mir gehört beileibe nicht alles. Einige wollten auch durchaus ihr Geschäft mit dem Investor machen, da mussten wir Überzeugungsarbeit leisten. Glücklicherweise blieb der alte Herr standhaft, der den angrenzenden Hof besaß. Torsten Schröder, der Investor, brauchte das Grundstück, um einen Zugang zur Straße zu haben. Auf die Wiesen kommt man sonst nämlich nur über einen Feldweg, sie liegen quasi hinter dem Hof. Und der Alte hielt durch. Als er letztes Frühjahr erfuhr, dass er ins Heim gehen und dort an Krebs sterben würde, hat er verkaufen müssen, sich aber jemanden gesucht, der dort wieder eine Straußwirtschaft aufmacht, einen Ausländer. Leider ist der vor Kurzem unter grausamen Umständen ums Leben gekommen, eine schreckliche Geschichte. Würde mich nicht wundern, wenn der Investor davon hört und glaubt, er könne sein Bauvorhaben doch noch verwirklichen.«

»Und Ihr Bruder?«, lenkte Roberta rasch ab. »Wollte der verkaufen?«

»Clemens? Aber nein! Der arbeitete aus Überzeugung in einer Apfelweinkelterei. Das hängt nämlich alles zusammen, müssen Sie wissen. Die Streuobstwiesen sind herrliche Biotope, und aus den Äpfeln, die darauf wachsen, kann man wunderbaren Apfelwein herstellen. Den haben die Leute früher immer selbst gemacht. Man verarbeitet all die Äpfelchen von der Streuobstwiese zu Maische, hackt sie also in kleine Stücke, und dann presst man sie mit der Kelter aus.«

Roberta schluckte, als sie den blutigen toten Jacques vor

ihrem inneren Auge sah. Seine Kelter, dieses Marterinstrument, würde sie wohl noch ewig verfolgen.

»Anschließend gibt man den Saft – oder wie wir sagen: den Most – in ein Fass oder in ein Glasgefäß mit einem Gäraufsatz. Und dann überlässt man die Sache einfach sich selbst. Na ja, ein bisschen Schwefel kann später eine zweite Gärung verhindern«, räumte sie ein. »Aber ansonsten ist das alles ein vollkommen natürlicher Vorgang. Die Bakterien tun ihre Arbeit, und aus dem Most wird der Rauscher, den kann man dann schon trinken. Aus dem Rauscher wird danach der Junge, also der neue Apfelwein. Immer wieder verändert er sich und schmeckt anders.«

»Die Fraa Rauscher aus de Klappergass«, fiel Roberta dazu ein, das alte Apfelweinlied. Die Klappergasse lag im Frankfurter Brückenviertel, fast parallel zum Mainufer, und Roberta war schon das eine oder andere Mal hindurchgelaufen. Sie hieß so, weil dort im Mittelalter die Leprakranken wohnten, die mit Klappern auf sich aufmerksam machen mussten, damit die Leute ihnen ausweichen konnten, um sich nicht anzustecken.

»Die Frau Rauscher …«, nahm Ella Winkler das Stichwort amüsiert auf und fiel in den Dialekt: »›Die Fraa Rauscher aus de Klappergass, die hot e Beul am Ei, ob's vom Rauscher, ob's vom Alde kimmt, des klärt die Polizei.‹ Darauf muss man erst mal kommen. Der Alte kann hier ihr Mann sein, aber eben auch der Apfelwein vom Vorjahr. Das ist schließlich für uns der Alte.«

Die beiden Frauen lachten einvernehmlich, und Roberta fragte sich, was sie eigentlich hier machte. Sich amüsieren oder recherchieren? Wenn beide Geschwister die Streuobstwiesen erhalten wollten, hatten sie ein gemeinsames Ziel verfolgt. Und Ella Winkler hatte wohl kaum einen Grund gehabt, dafür zu sorgen, dass sie ihren Bruder beerbte.

»Wenn Sie und Ihr Bruder gar nicht verkaufen wollten – hatte der Investor dann überhaupt eine Chance?«, hakte sie nach.

Ella sah sie nachdenklich an. »Wenn er irgendwann genügend Leute rumkriegt, hat er die immer noch. Dann baut er eben kleiner, was trotzdem sehr schade wäre, weil dann auch das Biotop kleiner wird. Das Nadelöhr ist nach wie vor der Hof, der Zugang zur Straße. Vor zwei Jahren hat Schröder dem damaligen Besitzer mächtig Druck gemacht. Und wenn dann noch jemand von uns nachgegeben hätte …«

Dein Bruder zum Beispiel, dachte Roberta.

»Da sind wir.« Ella Winkler zwinkerte Roberta zu, als sie ihren Wagen am Ortsausgang von Rendel parkte. Ohne lange Vorrede stieg sie aus und bog in einen Feldweg ein. Roberta folgte ihr, und bald standen sie inmitten von Wiesen.

Die Bäume waren jetzt im Januar nackt und kahl, und die Grasbüschel, die im Sommer noch sattgrün gewesen sein mochten, sahen grau und verdorrt aus. Dennoch hatte die Landschaft Charme.

Was sie vor sich sah, erinnerte Roberta an ein mittelalterliches Wintergemälde in Beige- und Grautönen. Raureif hatte eine glitzernde Lasur über die Gräser gezogen. In der Ferne reckte sich eine hohe Stange mit einem verwaisten Storchennest in den klaren Himmel, und am Horizont konnte sie die Skyline von Frankfurt ausmachen.

»Natürlich ist es hier im Frühjahr am schönsten«, sagte Ella fest. »Dann, wenn die Bäume blühen.«

Roberta nickte nur.

»Es gibt zwei Philosophien für Streuobstwiesen«, erzählte Ella weiter. »Die Obstbauern lieben es niederstämmig und halbstämmig. Das ist praktisch für sie, denn dann kommen sie mit kurzen Leitern zurecht. Sie bevorzugen auch schmale Spindelbäume, das schafft mehr Platz. Kräuterwiesen legen sie nicht an, sie pflügen stattdessen um.«

»So sah es bei meinem Vater immer aus«, gestand Roberta. Jetzt war ihr endlich klar, warum sie so wenig über Streuobstwiesen wusste. Sie hatte sie nie als solche angesehen.

»Die andere Möglichkeit sind die hochstämmigen Bäume. Sie erlauben eine doppelte Nutzung. In der oberen Etage wachsen die Früchte, und unten am Boden hat man Platz für Ziegen- und Schafhaltung.« Ella Winkler sah sich um und beschrieb mit dem Arm einen Bogen über die Landschaft. »Hier sehen Sie unterschiedliche Parzellen von verschiedenen Besitzern. Aber alle haben sich darauf geeinigt, ökologische Streuobstwiesen anzulegen.«

»Und das sind jetzt alles Apfelbäume?« Obwohl sie auf einem Hof aufgewachsen war, konnte Roberta die einzelnen Bäume nicht gut unterscheiden, solange sie keine Blätter und Blüten trugen. Sie hatte sich einfach nie genug dafür interessiert.

»Nein, da ist auch anderes Obst darunter. Da hinten, das ist eine Quetsche, und hier vorne steht eine Kirsche. Dort drüben, das ist ein Speierling. So ein Speierlingbaum kann locker vierhundert Jahre alt werden und sogar älter, er wächst ganz langsam, hat sehr enge Baumringe, und sein Holz ist ganz fest. Seine kleinen unreifen Früchte hat man dem Apfelwein früher gern zum Klären und Konservieren beigesetzt, heute ist vielen der Geschmack zu herb. Den Jungen kann es ja nicht süß genug sein.« Sie schmunzelte wissend und suchte etwas in den Taschen ihres Anoraks. »Halten Sie mal Ihre Handtasche auf.«

Roberta gehorchte, und ehe sie sich's versah, warf Ella Winkler ihr zwei Hände voll kleiner, fester Früchte in die Tasche. Sie waren winzig, grün und hatten unterschiedliche Formen, manche waren rund, andere sahen wie kleine Birnen aus.

»Kein Angst, es sind getrocknete«, sagte Ella. »Wenn sie reif sind, werden sie matschig und braun. Man nennt sie deshalb auch Drecksäcke.«

»Tja, danke«, meine Roberta etwas verwirrt. Was sollte sie nun mit den Früchten anstellen?

»Um auf die Apfelbäume zurückzukommen ... Hier stehen natürlich verschiedene Sorten. Da sind Äpfel zum Keltern dabei, aber auch Tafeläpfel. Wussten Sie übrigens, dass man Mitte des 19. Jahrhunderts noch an die achthundertsiebzig Apfelsorten kannte?«

»Was, so viele?«

»In den Läden finden Sie heute nur noch drei, vier Sorten. Und die kommen dann auch noch aus Übersee und haben viel Kerosin verbraucht, bis sie hier waren. Suchen Sie doch mal einen Kaiser Wilhelm oder eine Renette im Supermarkt! Man weiß die Vielfalt der hiesigen Äpfel einfach nicht mehr zu schätzen.«

Roberta dachte darüber nach. »Ja, es ist schade. Äpfel sind sicherlich auch sehr gesund.«

»Und ob. Im Zweiten Weltkrieg war die Produktion von Apfelwein verboten, weil die Äpfel als Nahrungsmittel viel zu wertvoll waren. Sie sollten als Apfelmus oder als getrocknete Apfelschnitze verzehrt werden.« Sie zuckte mit den Schultern. »Die Leute haben natürlich trotzdem heimlich gekeltert. Einen guten Schoppen konnten die in all dem Kriegselend auch vertragen.«

»Was hat Ihnen Ihr Bruder bedeutet?«, fragte Roberta. Solche unvermittelten Konfrontationen hatten ihr als Journalistin schon die überraschendsten Antworten eingebracht. Die Interviewpartner hatten keine Zeit, sich eine Lüge zurechtzulegen, und in ihrer Verwirrung sagten sie nicht selten die Wahrheit.

Ella nagte an ihrer Unterlippe. »Ich vermisse ihn«, sagte sie leise. »Ich habe sehr an ihm gehangen. Wir hatten … wie soll ich sagen? … denselben Herzschlag. Interessierten uns für dieselben Dinge, verfolgten dieselben Ziele. Ich hier auf meinen Streuobstwiesen und er in der Kelterei, direkt beim Produkt. Ich kann immer noch nicht fassen, dass er in diesem Tank ertrunken ist. Vor allem verstehe ich nicht, wie ihm das passieren konnte. Er war irgendwie … in dem Tank zu Hause. Er kannte ihn wie seine Westentasche. Wie oft hat er ihn nicht schon gereinigt. Das will mir alles nicht in den Kopf.« Sie schlang die Arme um ihren Körper, als würde sie mit einem Mal frösteln.

»Die Polizei geht von einem Unfall aus.«

Ella Winkler nickte. »Sicher, ich auch. Wer hätte Clemens schon etwas antun wollen? Er war gemütvoll und immer hilfsbereit, eine Seele von Mensch.«

Roberta zuckte unwillkürlich zusammen, weil sie Jacques in Gedanken auch schon so bezeichnet hatte. Als Seele von einem Menschen. Trotzdem gab es Leute, die es selbst auf

Gutmenschen abgesehen hatten und nicht zögerten, sie aus der Welt zu schaffen.

»Er hat sich immer um alle gekümmert. Um Martin Ott zum Beispiel. Der hatte als Lehrling einen schlimmen Unfall, unter dem er bis heute leidet. Deshalb hat er seine Ausbildung abbrechen müssen. Jahrzehnte später tauchte er als Erwachsener plötzlich wieder in der Firma auf. Das ist noch gar nicht so lange her. Clemens hat ihn gleich unter seine Fittiche genommen. Hat dafür gesorgt, dass die Firma ihn als Hilfskraft anstellte, obwohl sie gar keinen weiteren Mann brauchten. Ott hat dann halt gefegt und sauber gemacht.«

»Ach ja?« Roberta hörte aufmerksam zu. Ob Bär das auch schon alles wusste? Sie dachte daran, wie sie Martin Ott vor der Apfelweinkelterei abgefangen hatte. Sah ihn wieder vor dem Tor stehen, die Mütze über die Ohren gezogen und die Kippe im Mundwinkel. Jetzt verstand sie, dass Clemens Winklers Tod ihn schwer erschüttert haben musste. »Was hat er denn in der Zwischenzeit gemacht? Ich meine, zwischen dem Unfall als Lehrling und dem erneuten Auftauchen in der Firma?«

Ella zuckte die Schultern. »Das weiß ich nicht. Das hab ich Clemens nie gefragt.«

»Aha.« Offensichtlich gab es auch für Ella Winkler Dinge, für die sie sich nicht genug interessierte, obwohl sie sich direkt vor ihren Augen abspielten.

»Wenn die Bäume belaubt sind, sieht es hier natürlich ganz anders aus«, kam Ella nun wieder auf ihre Wiesen zu sprechen. »Je nach Sonnenstand hat man dann verschiedene Lebensräume am Boden. Da, wo Sonne ist, wachsen andere Pflanzen und leben andere Insekten als im Schatten.« Sie lächelte versonnen. »Ganz wie im richtigen Leben, da gibt es ja schließlich auch Sonne und Schatten.«

»War Ihr Bruder eigentlich älter oder jünger als Sie?«

»Clemens? Fünf Jahre jünger.«

»Mein Bruder ist auch jünger als ich«, erzählte Roberta. »Und mein Jugendfreund hatte eine ältere Schwester. Ist Ihnen schon mal aufgefallen, dass das Verhältnis von älteren Schwestern und jüngeren Brüdern ein ganz besonderes ist?«

»Das ist doch kein Wunder.« Ella lachte spöttisch auf. »Meistens werden die Jungen immer noch als Stammhalter angesehen, jedenfalls war es früher so. Sie sind die kleinen Prinzen, denen Zucker in den Popo geblasen wird. Die älteren Schwestern fühlen sich dann veräppelt, weil sie doch schon so viel mehr wissen und können und dennoch weniger beachtet werden. Das führt dazu, dass sie extra Gas geben und sich mächtig anstrengen, den nicht vorhandenen älteren Sohn zu ersetzen.«

»Und wenn sie es schaffen, den jüngeren Bruder zu überflügeln, hat der die große Schwester stets vor der Nase, nicht wahr?«

»Ja, das ist dann sehr lästig für den jüngeren Bruder. Aber ich denke, so ist es halt.«

»Als er starb, trug Ihr Bruder ein T-Shirt mit der Aufschrift ›Johnny Appleseed‹. Wissen Sie, ob das eine tiefere Bedeutung für ihn hatte?«

»Ach, das T-Shirt habe ich ihm mal geschenkt. Wir hatten als Kinder so ein frühes Disney-Video über Appleseed. Eine Cousine meiner Mutter hatte es uns aus den USA geschickt. Es war auf Englisch, und wir haben nur die Bilder aufnehmen können, aber wir liebten die Abenteuerlust, die einen beim Ansehen überfiel. Und wir malten uns aus, wie es gewesen wäre, im Wilden Westen zu leben und uns von Äpfeln zu ernähren.« Sie lachte. »Er mochte es, wenn ich ihn Johnny Appleseed nannte.«

»Und hatten Sie selbst … Ich meine, hatten Sie als Kind auch einen Kosenamen?«

»Ja, schon, wer hat das nicht? Im engeren Familienkreis nannte man mich Schneewittchen. Wie das zustande kam, weiß ich gar nicht mehr, das wurde in der Verwandtschaft nie thematisiert. Es war eben so. Wir sollten übrigens langsam zurückkehren.« Sie sah zur Straße hoch und machte ungeduldig eine Bewegung, so als wollte sie sofort loslaufen. »Ich weiß nicht, wie es Ihnen geht, aber ich habe heute noch eine Menge zu tun.«

»Sie hatten noch einen Bruder«, sagte Roberta rasch. »War der älter oder jünger?«

Ella Winkler schien etwas erwidern zu wollen, doch stattdessen fasste sie sich an den Hals, würgte und röchelte.

Sie hat etwas verschluckt, dachte Roberta bestürzt. Aber was? Das Frühstück lag schon eine Weile zurück, und sie hatten nichts Essbares bei sich. Sollte sie ihrer Begleiterin auf den Rücken klopfen? Oder wurde es dann nur schlimmer? Ihr fiel so rasch nicht ein, was zu tun war. Verwirrt sah sie zu, wie die Arme nach Luft rang und sich mit starrem Blick den Hals massierte.

Dann war es vorbei, und Ella Winkler sah Roberta an, als sei sie eine Weile unter Wasser gewesen und erst kurz vor dem Ersticken wieder an die Oberfläche gekommen.

»Markus«, flüsterte sie.

»Was war mit ihm?«

»Er war nicht mein Bruder.« Ella schüttelte entschieden den Kopf. »Und ich kann mich auch kaum an ihn erinnern.«

»Frau Butte sagte, er sei verstorben oder im Heim.«

»Frau Butte ist dement«, gab Ella schroff zurück. Sie hatte bereits den Weg zu ihrem Wagen eingeschlagen. Schweigend und schweren Schrittes marschierte sie den Hang hoch, und Roberta blieb nichts anderes übrig, als ihr zu folgen.

***

Hänsel und Gretel, Brüderchen und Schwesterchen. Ausgesetzt von den Eltern, wärmen sie einander und stehen sich bei.

Bei euch war es nicht anders, ihr nahmt einander an die Hand und standet füreinander ein. Berietet gemeinsam, ob ihr die Brosamen essen müsstest, um nicht zu verhungern, oder ob ihr sie ausstreuen solltet, um den Weg zurück zu finden.

Welche Entscheidung!

Mal war der eine stärker, tröstete, zog den anderen mit weiter. Mal war es umgekehrt.

Diese Sorge füreinander. Erstaunlich, wie man so viel Mitgefühl aufbringen kann. Aber vielleicht hat auch nur die gleiche Wut in euch getobt und euch zusammengeschweißt. Die Wut auf die ewig bestimmenden, alles besser wissenden Älteren.

Allein in eurer Phantasie wart ihr frei, da konntet ihr euch jeden Himmel ausmalen. Und so erschuft ihr ganze Welten, eigens für euch. Du wusstest immer, dass alles ein falsches Spiel war. Ein Spiel auf Zeit, zu dem du nicht wirklich eingeladen warst.

SIEBZEHN

»Wie viel möchten Sie denn anlegen? Die Zinsen sind immer noch günstig, aber in Frankfurt ist der Boden nicht gerade billig. Je näher Sie an den Main herangehen, desto teurer wird es. Am Mainufer selbst müssen Sie mit drei- bis fünftausend für den Quadratmeter rechnen.« Torsten Schröder schenkte Hauptkommissar Christian Bär ein geschäftsmäßig verbindliches Lächeln.

Bär räusperte sich. Er hatte sich noch gar nicht vorgestellt, geschweige denn seinen Ausweis gezückt. Die junge Dame am Empfangstresen war bei seinem Eintreten in ein angeregtes Privattelefonat vertieft gewesen und hatte ihn unbürokratisch durchgewinkt, nachdem er ihr mitgeteilt hatte, er müsse in einer dringenden Angelegenheit ihren Chef sprechen. Der wiederum hatte wohl einen Kunden erwartet, und so fand sich Bär nun in einem Verkaufsgespräch wieder.

Das alles amüsierte ihn.

Unauffällig taxierte er sein Gegenüber, einen Mann um die sechzig, dem man die Zufriedenheit über seinen Erfolg ansah. Er wusste, dass Torsten Schröder seit dreißig Jahren im Baugeschäft tätig war, so viel hatte er bereits dessen Website entnommen. Dass er in Büngsbach ein Vorhaben geplant und wieder aufgegeben hatte, das den Hof, auf dem Jacques Toussaints ums Leben gekommen war, betraf, war Bär bei seiner weiteren Suche nach dem abgetauchten Sidra-Importeur von ein paar Dorfbewohnern zugeflüstert worden.

»Ich hatte weniger an Sachsenhausen oder Bockenheim gedacht als an den Speckgürtel.« Bär machte sich einen Spaß daraus, seine Rolle noch ein bisschen weiterzuspielen.

»Gute Idee.« Schröder nickte zustimmend. »Wir haben inzwischen über siebenhunderttausend Einwohner in der Stadt, aber bis 2030 kommen bestimmt noch einmal zweihundertfünfundzwanzigtausend Bürger dazu. Pro Jahr müssten an die sechstausend Wohnungen entstehen, um die Nachfrage zu befriedigen. Ihr Gedanke, im Speckgürtel zu investieren, ist daher am Puls der Zeit. Da wird noch so mancher Ort gentrifiziert werden, ob den Dorfbewohnern das nun gefällt oder nicht. Die Stadt wächst immer weiter. Irgendwo müssen ja auch diejenigen leben, die sich kein Loft im Westhafenviertel leisten können.«

Bär ahnte, dass der Geschäftsmann ihn längst dieser traurigen Klientel zugeordnet hatte, die »außerhalb« wohnen musste, weil sie die Preise in den angesagten Vierteln nicht bezahlen konnte. Dabei besaß er selbst ein – wenn auch fast nur schuhschachtelgroßes – Apartment auf dem Gelände des alten Güterbahnhofs. Er hatte es seiner Oma zu verdanken, die, ohne ihm etwas davon zu sagen, zwei Jahrzehnte lang in einen Bausparvertrag für ihn eingezahlt hatte. Dasselbe hatte sie auch für seine Schwester Lara getan. Bär hatte es dazu verholfen, sich in Frankfurt ein paar Quadratmeter Wohnung kaufen zu können. Wenngleich der größte Teil seiner Schuhschachtel immer noch der Bank gehörte, er konnte den Kredit mit seinem Polizeigehalt gerade so abstottern. Dennoch: So richtig schlecht war das alles nicht. Für die Leute, die für gewöhnlich dieses Büro betraten, galten aber wohl ganz andere Spielregeln.

Er sagte nichts und wartete ab, was der Baufirmeninhaber als Nächstes erzählen würde. Derweil sah er sich in dessen Büro um. Alles war gradlinig, aufgeräumt und hell. Designermöbel wie vom Frankfurter Einrichtungshaus Leptien 3, Panoramafenster. Auf Augenhöhe erblickte er beim Hinausschauen den neuen Henninger Turm.

»Sie sehen nach dem Turm.« Schröder war ein aufmerksamer Beobachter. »Hochhäuser sind gerade wieder schwer angesagt. Falls Sie sich also in einen Wolkenkratzer einkaufen wollen …«

»Tatsächlich?«

»Ja, sicher, der Geschmack wechselt halt mit den Jahren, genau wie in der Mode. Mal ist es schick, am Hang zu wohnen, dann zählt wieder die Ebene am Fluss. Früher war eine abgelegene Villa gefragt, momentan ist es das Hochhaus in der quirligen Stadt.« Schröder beugte sich ein wenig zu ihm vor, und seine Stimme nahm einen vertraulichen Ton an. »Man hat bei den neuen Projekten ja außerdem immer eine Tiefgarage und einen Aufzug, da kommen auch ältere Leute zurecht. Die Senioren aus den bislang sehr gefragten Taunusorten strömen bereits wieder in die Stadt zurück. Kronberg, Bad Homburg, Oberursel, Sie wissen schon. Im Alter wird es denen da draußen nun doch zu langweilig, da hat man gern kurze Wege. Man will ja abends mal ausgehen, nicht wahr?«

»Schon.« Bär dachte daran, wie unterschiedlich so ein Ausgehen sein konnte. Alte Oper oder Kino, »Tigerpalast« oder die kleine Kneipe um die Ecke.

»Also, wo soll Ihre neue Immobilie denn liegen?« Torsten Schröder sah ihn aufmunternd an. »Und wie viele Wohneinheiten wollen Sie erwerben? Ich kann Ihnen zunächst einmal ganz grob sagen, wo wir noch was planen, alles Weitere machen dann unsere Makler. Der Verkauf ist nicht meine Sache.«

»Ich dachte an Büngsbach«, sagte Bär trocken.

»Büngsbach?« Torsten Schröder fuhr sich mit beiden Händen durch die Frisur, und Bär überlegte, ob er wohl ein Toupet trug, so voll und dicht, wie sein Haar noch war. »Sehr schade. Da hatten wir ein Projekt geplant, aber das haben wir aufgegeben. Es wurde nicht verwirklicht.«

»Nein? Aber wieso nicht?«

»Wir hatten den Eindruck, dass es sich einfach nicht rechnet«, sagte Schröder. »Da wäre aber vermutlich etwas für Sie dabei gewesen. Einundzwanzig Wohneinheiten auf einem schönen Wiesengrund. Und das ganz nah am Dorfzentrum, ein Traum.«

»Auf der Wiese und am Dorfzentrum. Wie geht das denn?«, entfuhr es Bär.

Schröder griff zu einem Kuli und malte die Form einer Niere auf die Rückseite eines Briefumschlags. »Sehen Sie. Der Ort hat einen ganz eigenartigen Grundriss. Der Dorfkern liegt hier.« Er tupfte mit der Kulispitze ganz sanft in die Delle der aufgezeichneten Niere.

»So genau hab ich mir das noch nie angesehen«, musste Bär verblüfft zugeben.

»Nun ja, vergossene Milch.« Schröder winkte ab. Er steigerte sein Sprechtempo, wohl um anzuzeigen, dass ihm die Zeit weglief und Bär sich beeilen möge. »Das Projekt haben wir, wie gesagt, aufgegeben. Es bildete sich damals eine Initiative, die den Wiesengrund – warum auch immer – erhalten wollte. Und der Eigentümer, dessen Grund wir als Zufahrt genutzt hätten, wollte seinen Hof aus Sentimentalität an keinen Unbekannten verkaufen.« Schröder lehnte sich in seinem Sessel zurück und spielte mit dem Kuli in seiner Hand, knipste die Mine raus und wieder rein. Ein schnelles, rhythmisches Klicken. »Wenn man solche Widerstände hat, lohnt es sich nicht, dagegen anzugehen. Man verliert dabei zu viel Zeit und Kraft. Und am Ende natürlich auch Geld!« Er lachte. »Wir haben stattdessen ein Projekt auf dem Riedberg forciert.«

»Das ist wirklich schade.« Bär legte etwas mehr Dramatik als nötig in einen Seufzer. »Büngsbach hätte mir total gefallen. Ich glaube, ich habe mich in den Ort verguckt.«

Schröder lupfte die Manschette seines weißen Hemdes und warf demonstrativ einen Blick auf seine Uhr, Bär glaubte, ein Model von Lange und Söhne zu erkennen. »Kann ich verstehen, auch das gibt es. Kommen Sie einfach wieder vorbei, dann aber bitte gleich in der Verkaufsabteilung. Wir haben sicherlich auch mal wieder etwas auf dem Lande.« Er griff in eine Schublade und reichte ihm ein Prospekt seiner Firma über den Schreibtisch. »Anruf genügt.«

Bär drehte das Hochglanzpapier in den Händen. »Danke, sehr nett von Ihnen. Sie wissen nicht zufällig noch den Namen von dem Hofbesitzer?«

»Tja, der Hofbesitzer …« Schröder wiegte bedauernd den Kopf. »Nein, ich erinnere mich nicht an seinen Namen. Aber er hat kürzlich an einen Franzosen verkauft. An einen Hubert Toussaints, der hatte sich auch ein paar unserer Objekte angesehen, daher erinnere ich mich an ihn. Dessen Neffe sollte in dem Hof in Büngsbach eine Apfelweinkneipe aufmachen.« Sein Finger schwebte für einen Moment über der Telefonanlage, wahrscheinlich drängte es ihn, seine Sekretärin darum zu bitten, dass sie den nächsten Kunden hereinließ. »Ich habe ihm damals dringend abgeraten. Wohnen kann man ja auf dem Land, solange die Verkehrsanbindung gut ist, aber ein französisches

Bistro aufmachen … Da braucht man schon ein paar Sterne, um die Leute von weither anzuziehen. Das geht in Richtung Anlassgastronomie und muss was hermachen. Das Objekt muss dann auch danach sein, da heißt es, investieren.«

»Na denn.« Bär erhob sich von seinem Freischwinger. »Auf ein andermal. Und danke für die Beratung.«

Es war ihm noch nie passiert, dass er an alle Informationen gekommen war, ohne seinen Ausweis auch nur ein einziges Mal zu zeigen. Vielleicht sollte er sich diesen Tag im Kalender rot anstreichen.

In der Tür drehte er sich noch einmal um.

»Jacques Toussaints ist übrigens tot«, sagte er in die Stille des Büros hinein. »Sein Kopf wurde in einer Kelter zerquetscht.«

***

Roberta parkte den Wagen so, dass man ihn von Ella Winklers Bungalow aus nicht sehen konnte. Die letzten Meter bis zu Wilhelmine Buttes Haus legte sie zu Fuß zurück. Hoffentlich war die alte Dame überhaupt daheim.

Im Vorbeigehen warf sie einen raschen Blick in Ellas Garten. Der Wildwuchs darin wunderte sie nun nicht mehr. Ella ließ ganz einfach der Natur freien Lauf. Die vertrockneten Gräser und Stauden boten bestimmt zahlreichen Insekten ein Winterquartier, und auch den halb verfaulten Baumstamm am Rande der Wiese hatte Ella sicherlich mit Bedacht platziert. Das Totholz war eine gemütliche Wohnstatt für Ohrenkneifer und anderes Getier. Roberta hatte der Naturschützerin vor zwei Tagen gut zugehört, und sie verstand nun besser, worauf es ihr ankam. Irgendwie war ihr die Frau sympathisch, wenngleich sie das Gefühl hatte, dass sich in ihrer Seele dunkle Abgründe auftaten. Vieles von dem, was sie inzwischen über Ella Winklers Familie wusste, verstörte sie zu sehr.

Hatte Ella nun einen Bruder gehabt oder zwei? Diesen Markus umgab ein dunkles Geheimnis, doch was mochte das sein? Und wie echt war ihre Trauer um den jüngeren Clemens? Ihrer Aussage nach hatte sie ja sehr an ihm gehangen. Konnte sie dennoch etwas getan haben, was ihn dazu getrieben hatte, sein Leben zu beenden? Im Tank?

Gefühle waren oft ambivalent, man konnte jemanden die meiste Zeit lieben und dennoch gelegentlich hassen. Und ihm in einer kurzen Phase des Hasses etwas Fürchterliches antun. Womöglich hatte Ella ihren jüngeren Bruder ja auch unter Stress gesetzt, ohne absehen zu können, dass er dem Druck nicht standhalten würde. Hatte ihn in unsichere Geschäfte verwickelt, ihn einer Art Burn-out ausgesetzt. Und Markus? Irgendein Drama, ein Unglück, war zwischen den Geschwistern vorgefallen und hatte Ella in Verzweiflung gestürzt. Wieso sonst hatte sie diesen erschreckenden Würgeanfall bekommen, als Roberta sie nach ihm gefragt hatte?

Sie betätigte Frau Buttes Klingel und musste eine Weile warten, dann hörte sie die Stimme der alten Dame hinter der Tür.

»Ja? Wer ist da, bitte?«

»Roberta Hennig. Ich bin Journalistin und würde mich gern kurz mit Ihnen unterhalten.«

»Ich lasse grundsätzlich keine Reporter rein.«

»Nein? Aber warum denn nicht?« Es kam keine Antwort, und Roberta betrachtete resigniert die verschlossene Haustür.

»Vielleicht ist das ja nur ein Enkeltrick, den Sie da planen«, sagte die alte Dame bestimmt. »Es gibt jetzt einen neuen, habe ich gelesen. Die Leute sagen, ihre Katze sei in den Garten gelaufen. Dann wollen sie, dass man sie durchs Haus in den Garten lässt.«

»Wir haben schon einmal miteinander gesprochen, Frau Butte, auf der Straße. Sie haben mir von Markus Winkler erzählt.«

»So?« Die Tür öffnete sich noch immer nicht.

Roberta ging in die Hocke und hob die Briefklappe an, durch die die Post direkt in den Flur geworfen wurde. »Frau Butte, schauen Sie, ich bin hier unten. Wenn Sie wollen, werfe ich Ihnen meinen Ausweis hinein.«

»Nein, danke. Ich habe meine Brille nicht auf.«

Himmel, wie albern war das jetzt? Roberta verfluchte sich

innerlich selbst, da ging die Tür einen Spalt weit auf, und Frau Butte streckte ihren weißhaarigen Kopf heraus.

»Besser zu vorsichtig als zu vertrauensselig«, sprach Roberta aus, was ihr gerade durch den Kopf ging.

Frau Butte lächelte sie freundlich an und tat, als habe sie nichts gehört. »Na, dann kommen Sie mal herein.«

Die alte Dame führte sie durch den Flur und dann in ein Wohnzimmer, das für Robertas Geschmack ziemlich plüschig war. Ein Sofa, ein Fernsehsessel, zahllose Kissen, alles sah weich gepolstert aus. Selbst der Teppich fühlte sich so an, als könnte man knöcheltief darin versinken.

»Setzen Sie sich, bitte.« Frau Butte ließ sich in dem einzigen Sessel nieder, und für Roberta blieb nur das Sofa übrig. Aber dort schliefen drei Katzen. Eine getigerte, eine schwarze und eine rotbraune.

»Ach, wie süß.« Um den unglücklichen Einstieg in ihr Interview wettzumachen, war Roberta bemüht, etwas Nettes zu sagen. »Wie heißen die denn?«

»Katzi«, gab Frau Butte lakonisch zur Antwort.

»Wie? Alle drei?«

»Es ist sehr praktisch. Ich rufe einfach ›Katzi‹, und dann kommen sie alle.«

Roberta wusste nicht so recht, was sie davon halten sollte. Die drei Miezen hatten derweil ihre Ohren aufgestellt und fixierten sie mit schläfrigen Blicken.

»Ach, kommen Sie, die haben keine Namen«, drang die resolute Stimme von Frau Butte an ihr Ohr. »Das ist doch alles nur aufgesetzte Tierliebe. Ich kann sie auch so auseinanderhalten.«

»Wenn Sie meinen.« Roberta schob die Getigerte ein bisschen zur Seite und quetschte sich neben sie an den Rand des Sofas.

»Die Leute haben keine Ahnung von Katzen«, fuhr Frau Butte energisch fort. »Gerade die Katzenliebhaber nicht. Sie glauben, die Tiere würden eine Bindung zu ihnen aufbauen. Dabei suchen sie nur Futter und einen warmen Platz, ein Nest für ihre Jungen. Sie gehen mit jedem mit, der ihnen das bietet.«

»Tatsächlich?« Roberta hatte schon oft von »angefütterten Katzen« gehört, aber noch nie darüber nachgedacht.

»Aber ja. Katzen haben oft zwei, drei Familien, von denen sie sich füttern und verwöhnen lassen. Aber ihre Besitzer wollen das nicht wahrhaben. Und wenn eine Katze mal woanders bleibt, erwarten sie, dass die Polizei nach dem Tier fahndet.« Sie machte eine Pause und schöpfte Atem. Währenddessen schien sie sich darauf zu besinnen, dass Roberta nicht wegen der Katzen hier war. »Also, was wollen Sie wissen? Es scheint ja sehr wichtig zu sein«, setzte sie mit einem amüsierten Lächeln hinzu.

Roberta zuckte ein wenig zusammen. Nahm Wilhelmine Butte sie etwa hoch? »Sie haben mir doch von Markus Winkler erzählt ...«, begann sie zögernd. Sie durfte es jetzt nicht versauen. Außerdem hoffte sie inständig, dass Ella Winkler unrecht hatte und die alte Dame nicht dement war.

»Ja, der Markus. Der war nicht lange bei der Familie.«

»Und was ist aus ihm geworden? Ist er verstorben? Oder wo lebt er jetzt?«

»Das weiß niemand.«

»Niemand?«

»Nein, er verschwand eines Tages einfach aus dem Heim.«

»Aus welchem Heim?«

»Aus dem Heim in Büngsbach, da hatten sie ihn schließlich auch her.«

»Ach was.«

»Ellas Eltern waren fromme Christen, sie wollten unbedingt etwas Gutes tun. Daher haben sie als drittes Kind eins aus dem Heim adoptiert.«

Die Getigerte begann, mit ihrer rauen Zunge Robertas Finger abzuschlecken. Es kitzelte unangenehm, und sie zog ihre Hand ganz vorsichtig ein Stück zurück, was das Tier aber nicht weiter abschreckte. Der Stubentiger reckte einfach nur seinen Kopf weiter vor.

»Markus konnte sehr freundlich sein, und er wusste sich stets gut zu benehmen«, erzählte Wilhelmine Butte weiter. »Er war immer hilfsbereit und höflich. Beinahe schon zu höflich, zu angepasst. Vielleicht hatte er von Anfang an Angst, dass man ihn wieder wegschicken könnte.« Sie räusperte sich. »Jedenfalls schien er bei den Winklers sehr glücklich zu sein. Dummerweise war er älter als die beiden anderen, die leiblichen Kinder.«

»Wieso dummerweise? Was meinen Sie damit?«

»Wenn er der Jüngste gewesen wäre, hätte er sich bestimmt untergeordnet. Aber da er nun mal der Älteste war, gab es für die beiden anderen plötzlich jemanden, der erfahrener und stärker war als sie. Das veränderte die Rangfolge der Geschwister.«

»Hm.« Roberta blies unschlüssig die Wangen auf. Sie dachte an ihren eigenen jüngeren Bruder und daran, wie oft sie ihn herumkommandiert hatte. Ihre Mutter hatte den kleinen Stammhalter vergöttert und ihm alles erlaubt, und wenn Roberta etwas wollte, hatte sie ihn vorgeschickt. Er kam einfach viel schneller zum Zuge als sie, das hatte sie schnell spitzgekriegt. Und wenn etwas kaputt gegangen war, hatte sie es dem Bruder in die Schuhe geschoben. Im Gegensatz zu ihr war er nie bestraft worden, er war ja noch so klein.

Bis auf ein einziges Mal, da war ihre Rechnung nicht aufgegangen. Sie hatte eine teure Vase zerbrochen und ihre Unschuld beteuert. Der Vater hatte daraus geschlossen, dass nur der kleine Bruder der Missetäter gewesen sein konnte, und ehe Roberta reagieren konnte, hatte er ihn geschnappt und verdroschen. Roberta hatte wie gelähmt zugesehen, während ihr die Tränen die Wangen herabliefen.

Sie war in Gedanken noch bei ihrer eigenen Kindheit, als Frau Butte sie mit einem Seufzer in die Gegenwart zurückholte. »Es ist immer schwierig, ein fremdes Kind anzunehmen, dessen Herkunft und Vergangenheit man ja nicht kennt«, meinte sie mitfühlend.

In Robertas Ohren klang das wie eine weitere Bestätigung dafür, dass in der Familie Winkler etwas Unheimliches passiert war. Sie sah wieder vor sich, wie Ella Winkler auf ihren Streuobstwiesen nach Luft rang, die Augen weit geöffnet, und sich den Hals massierte.

»Hat der adoptierte Junge … hat Markus der kleinen Ella etwas angetan?«, fragte sie zögernd.

Wilhelmine Butte wischte sich über die Augen. »Nun, er hatte sie wohl auf dem Kieker. Betrachtete sie stundenlang, lief ihr nach. Mein Mann ist sehr früh verstorben, ein Arbeitsunfall auf dem Bau, und ich lebe schon viele Jahre allein. Ich hatte immer viel Zeit, Menschen zu beobachten.«

So kann man es auch ausdrücken, dachte Roberta. Aber in diesem Fall war sie froh, dass Frau Butte nicht nur so eine aufmerksame Nachbarin, sondern auch noch bereit war, mit ihr darüber zu sprechen. Dennoch kam ihr die nächste Frage nur schwer über die Lippen.

»Denken Sie, Markus hat seine Schwester missbraucht?«

Im Zimmer war es nun ganz still, und Roberta glaubte, die Katzen schnurren zu hören.

»Ach was!«, rief Frau Butte halblaut aus. »Vielleicht hat er mal Doktorspiele mit ihr gemacht oder sie zu küssen versucht, schon möglich. Er war damals zehn, eindeutig frühreif, und die Kleine erst fünf. Aber wenn es so wäre, ist nie darüber geredet worden.«

»Umso schlimmer für das kleine Mädchen«, wandte Roberta ein.

Frau Butte winkte ab. »Zu meiner Zeit wurde so etwas grundsätzlich unter den Teppich gekehrt. Dass man das alles so psychologisch betrachtet, das gibt es erst seit Kurzem. Früher hat man dem nicht so viel Aufmerksamkeit gewidmet. Man hatte genug damit zu tun, seinen Alltag durchzustehen, die Kinder liefen so mit. Und wenn sich mal jemand vergriff, dann spielte man das herunter, und dem Täter wurde verschämt verziehen. Wegsehen war schon immer einfacher. Außerdem glaubte man, das betroffene Kind auf diese Weise zu schonen. Kinder mussten unschuldig sein, ansonsten galten sie als verführerisch. Glauben Sie mir, in fast jeder Familie gibt es so eine kleine Geschichte von einem angeblich harmlosen Übergriff. Der Onkel betatscht die Nichte. Der Priester streichelt dem Messdiener übers Knie. Und der Bruder übt das Küssen mit der Schwester.«

Roberta fröstelte, als sie sich das alles vorstellte. Die Getigerte bestieg nun mit Samtpfoten ihren Schoß, und sie ließ sie gewähren.

»Es ist aber etwas anderes passiert, vor dem niemand mehr die Augen verschließen konnte«, redete Frau Butte weiter.

»Und was?«

»Markus hat Ella mit einem Stück Apfel beinahe erstickt. Sie war schon blau angelaufen, als der Notarzt eintraf.«

Roberta riss überrascht die Augen auf. »Deshalb heißt sie also Schneewittchen.«

Frau Butte nickte bedächtig. »Ich weiß nicht, wie der Junge dazu kam. Das Stück, das er ihr in den Schlund geschoben hat, muss er wohl selbst aus einem Apfel herausgebissen haben. Er hat immer wieder beteuert, er habe seine kleine Schwester nur mit dem leckeren Apfel füttern wollen. Geschrien und geweint hat er dabei und mit den Füßen gestrampelt. Aber es hat wirklich nicht viel gefehlt, und Ella wäre tot gewesen.« Sie machte eine Pause und knetete nervös ihre Hände. »Ich habe damals selbst den Notarzt gerufen. Das Ganze spielte sich im Garten der Winklers ab, direkt hinter dem Jägerzaun. Das Gebrüll von Clemens hat mich auf das Drama aufmerksam gemacht. Er war noch ein Baby, saß in seinem Wagen und schrie die Straße zusammen. Die beiden anderen hätten eigentlich auf ihn aufpassen sollen. Die Eltern waren nur eben etwas besorgen.«

»Wie schlimm.« Roberta fiel kaum etwas ein, was sie darauf antworten konnte. Die schwarze Katze kam nun auch zu ihr und rieb den Kopf an ihrem Schenkel.

»Ja, das war alles sehr schlimm damals«, bestätigte Frau Butte.

»Glauben Sie, dass Ella sich noch daran erinnert? Ich habe sie vorgestern auf ihren Kosenamen angesprochen, und sie sagte, sie wüsste nicht, woher sie ihn hat.«

»Nun, die Familie hat in der Öffentlichkeit niemals über den Vorfall geredet, und im Dorf sprach man nur hinter vorgehaltener Hand darüber. Um die Eltern nicht zu brüskieren. Das Ganze wurde zu so einer Art Dorfgeheimnis.«

»An das sich alle erinnern bis auf Ella?«

»Sie war damals fünf, und das menschliche Gedächtnis reicht nur bis zum Alter von etwa vier, fünf Jahren zurück. Gut möglich, dass sie es einfach nicht mehr weiß. Kann aber auch sein, dass sie alles verdrängt hat. Das ist ja eine Methode, um mit

Traumata fertigzuwerden. Ella findet ihren Frieden seit Langem in ihren Wiesen. Und in der Natur.«

»Das ist eine furchtbare Geschichte«, murmelte Roberta. Die Getigerte hatte sich inzwischen auf ihrem Schoß zusammengerollt. Das Pelztier heizte ihr mächtig ein, dabei war ihr schon allein vom Zuhören warm. »Was ist anschließend mit Markus passiert?«

Frau Butte sah sie lange an. »Sie haben ihn ins Heim zurückgebracht.«

»Und das war so einfach möglich?« Roberta erschrak.

»Ja, das ist durchaus möglich. Wenn ein Adoptivkind etwas anstellt, was Leib und Leben anderer Familienmitglieder gefährdet, lässt sich eine Adoption rückgängig machen. Man kann sie annullieren.«

»Aber ... wie mag das für den Jungen gewesen sein?«

»Das haben wir uns damals alle gefragt.« Frau Butte hob in einer hilflosen Geste die Hände und ließ sie kraftlos wieder in den Schoß fallen. »Kurz nach seinem achtzehnten Geburtstag ist er aus dem Heim ausgezogen. Und wo er dann hin ist ... Nun, das weiß keiner so genau.«

»Denken Sie, dass er noch lebt?« Roberta hatte diese Frage zwar schon einmal gestellt, doch sie ließ sie nicht los.

»Warum nicht? Schlechten Menschen stößt selten etwas zu. Immer nur den guten.«

»Meinen Sie das ernst?« Roberta war überrascht, bislang hatte sie Frau Butte nicht als abergläubisch eingeschätzt.

»Nun ja, das ist halt so eine Redensart. Markus war vielleicht nicht willentlich böse. Aber etwas Absonderliches hatte er schon an sich. So, wie er Ella immer nachstellte. Ihr andauernd hinterhersah. Und dann dieses zwanghafte Füttern ...«

»Hat er das denn öfter gemacht?«

»Die Familie wollte nie darüber reden. Aber ich habe gelegentlich gesehen, dass er ihr ein Bonbon, ein Stück Schokolade oder einen Bissen von seinem Brötchen regelrecht aufzwang. Ich habe mir oft gesagt, er fühlt sich vernachlässigt, nicht wirklich angenommen. Zurückgesetzt gegenüber den anderen beiden. Das gibt es ja, dass ein Kind sich mit einem fürsorglichen Elternteil identifiziert und ein jüngeres Geschwister bemuttert, weil es nur so seine eigene Eifersucht in den Griff kriegen kann.«

»Sie wissen ziemlich gut Bescheid.«

»Ich war früher mal Erzieherin.« Frau Butte lächelte, dann wischte sie die Vergangenheit mit einer Handbewegung fort. »Entschuldigung, ich habe Ihnen gar nichts angeboten. Mögen Sie ein Glas Wasser? Einen Keks? Ich habe leckere Schokokekse da.«

»Nein, danke«, sagte Roberta rau. Jeder Bissen würde ihr jetzt im Hals stecken bleiben.

Wenn Markus noch lebte … War etwa er derjenige, der Clemens Winkler umgebracht hatte? Weil er den Geschwistern nach dem Leben trachtete? Der beide tot sehen wollte, um sich zu rächen? Weil er sich verletzt und zurückgesetzt fühlte. Betrogen und bestohlen. Immerhin hatte er durch die Annullierung der Adoption sein Zuhause, jedwede elterliche Fürsorge und ein beträchtliches Erbe verloren.

»Ich muss langsam mal heim.« Sie schob die Katzen von sich, die sich das nur widerwillig gefallen ließen, und stand auf. Die Getigerte maunzte sie klagend an. Vor dem Fenster blieb sie einen Moment stehen. Durch die geklöppelte Gardine hindurch hätte sie die verdorrten Stauden in Ellas Garten zählen können. Ganz friedlich lag das Grundstück der Winklers auf der anderen Seite der Straße hinter dem Jägerzaun.

»Kommen Sie ruhig wieder, wenn Ihnen danach ist«, sagte Frau Butte in ihrem Rücken. »Ein bisschen Gesellschaft tut manchmal ganz gut, auch wenn Sie mich nur ausfragen wollen.«

»Das mache ich«, versprach Roberta. »Tschüss, Katzi, Katzi und Katzi.«

»Nun seien Sie nicht albern«, tadelte Frau Butte Roberta streng. »Ich habe Ihnen doch erklärt, dass sie keine Namen haben.«

Dass die alte Dame dement war, konnte Roberta niemand mehr erzählen.

Zu Hause angekommen, fühlte sie sich wie erschlagen. Sie fragte sich, was Bär inzwischen von all dem wusste. Seit Jacques'

Tod hatten sie nichts voneinander gehört, und auch Becker hatte sie, seit sie das Video ins Polizeipräsidium gebracht hatte, nicht mehr gesehen. Ob die Polizei bei der Suche nach dem Mörder inzwischen vergleichbare Fortschritte gemacht hatte wie sie? Andererseits waren die Ermittlungen kein Wettlauf zwischen ihnen, dafür war alles viel zu besorgniserregend und bedrohlich.

Sie ließ sich in ihrer Dachkammer auf ihr Sofa fallen, geradewegs auf die Stelle, an der Bär seinerzeit gesessen hatte, und fuhr mit beiden Händen langsam über das Polster. Damals, nach seinem Besuch, hatte sie seine Wärme im Bezugsstoff spüren können, nun war alles klamm und kalt.

Sie zog ihr Mobiltelefon hervor und sah nach ihren Nachrichten. Die Mail von Mike Niermann las sie sofort.

Hallo, Robby,
hätten Sie mal wieder Lust, in unsere Sendung zu kommen? An was sind Sie dran, was gibt es für News? Ist der Mord an Ihrem französischen Freund endlich aufgeklärt beziehungsweise wissen Sie da mehr als wir?
LG Mike

ACHTZEHN

»Was machen Sie denn hier?« Bär war überrascht, die blassblonde Verkäuferin aus dem kleinen Supermarkt in Büngsbach vor sich zu sehen. Der Kollege an der Pforte hatte gemeldet, dass Besuch für ihn da sei, und er war aus seinem Büro hierhergelaufen, um die Person abzuholen. Er hatte mit allem gerechnet, nur nicht mit dieser Verkäuferin.

»Ist das bei euch immer so streng, mit Personalausweis abgeben und so?«, wollte sie wissen.

»Ja, natürlich. Wo kämen wir sonst hin? Dies ist immerhin das Polizeipräsidium.«

»War eine halbe Weltreise von Büngsbach hierher. So ganz ohne Auto.«

»Kann ich mir vorstellen.« Sehr oft kam die Kleine wohl nicht heraus aus ihrem Dorf. Er betrachtete möglichst unauffällig ihr Erscheinungsbild. Ihre Haare fielen so dünn und zerzaust in ihr Gesicht wie schon damals im Supermarkt. Die Beine steckten in engen Röhrenjeans, und auf der Vorderseite ihres T-Shirts prangten in Brusthöhe die Worte »Love and Hope«. Eine Steilvorlage für jeden Macho, zu fragen: »Welche heißt wie?« Natürlich würde er sich hüten, so etwas auszusprechen. Es war schon schäbig genug, dass er es dachte. Ein Grinsen unterdrückend erkundigte er sich höflich: »Was führt Sie denn zu mir?«

Sie fummelte etwas aus ihrer Hosentasche und reichte es ihm mit einem strahlenden Lächeln auf der ausgestreckten flachen Hand. »Das wollte ich Ihnen bringen.«

Bär starrte auf ihren Handteller. Sie hielt ihm ein Päckchen Kaugummi hin. Genau die Sorte, die er damals im Laden bei ihr gekauft hatte. Sie hatte sich seine Marke gemerkt.

Vorsichtig nahm er das bereits leicht verknitterte Päckchen von ihrer verschwitzten Handfläche. »Aber deswegen sind Sie nicht hergekommen, oder?«

Sie lachte unbefangen. »Nein. Ich wollte Ihnen etwas sagen.«

»Nur zu. Oder wollen wir lieber in die Kantine gehen? Ich lade Sie auf einen Kaffee ein.«

»Wenn ich nicht schon wieder meinen Ausweis zeigen muss.«

»Nein, einmal reicht.«

Beim Passieren des Drehkreuzes schob er sie vor sich her, dann liefen sie nebeneinander durch den langen verglasten Gang zur Kantine. Dort angekommen, wollte sie sich sogleich auf den erstbesten Stuhl setzen, doch er schüttelte den Kopf. »Eins höher.«

Eine Wendeltreppe führte in die Cafeteria auf der Empore. Hier rückte Bär der Verkäuferin einen Stuhl zurecht. »Also Kaffee?«

»Mit Milch.«

Er nickte und ging in den kleinen Nebenraum. Als er mit dem Kaffee zu ihr zurückkam, lächelte sie ihn dankbar an. »Ist eine tolle Aussicht von hier oben.«

Er folgte ihrem Blick und überlegte, was sie wohl meinte. Da waren nur endlose Reihen von Tischen und Stühlen. Tische mit roten Stühlen in der Kantine unter ihnen und wetterfeste Garnituren draußen auf dem gepflasterten Hof. Nun gut, es gab da draußen auch noch ein paar Bäume, aber die waren um diese Jahreszeit langweilig kahl.

»Sie recken ihre Äste in den Himmel, als würden sie frieren. So ohne ihr Blätterkleid.« Sie zog die Stirn nachdenklich kraus.

Aha. Eine Poetin. »Hauptsache, uns ist nicht kalt.«

Hoffentlich kam sie bald aufs Thema. Oder musste er nachhelfen? Auf seinem Schreibtisch lag noch ein Stapel Akten, den er bis zum Feierabend abarbeiten wollte.

»Ich habe ihn gefunden«, sagte sie nun.

»Wen?« Bär versuchte vergebens, ihren Gedankengängen zu folgen.

»Den Toten in der Kelter.«

»Wie bitte? Sie?«

»Hmm. Er hatte die Sahne vergessen. Am Vormittag hatte er einen Großeinkauf bei mir gemacht, meine letzte tiefgefrorene Lammkeule hat er gekauft. Ich wohne über dem Supermarkt, bei mir können die Kunden auch mal am Abend schellen, wenn sie etwas vergessen haben. Das habe ich ihm auch gleich angeboten. Wir waren ja schon alle sehr gespannt auf den neuen Besitzer vom Hof gegenüber, und ich war echt froh, dass er so nett war. Er hat mir gleich erzählt, dass er eine Freundin erwartete, für die er kochen wollte.«

»Ach ja? Wie muss ich mir das genau vorstellen … mit der Sahne?« Bär sah wieder den liebevoll hergerichteten Tisch vor sich. Die zwei Gedecke, die Kerzen, Champagnergläser. Ihm lief jetzt noch das Wasser im Mund zusammen, wenn er an den Duft nach Braten und Kräutern dachte, als er den Topfdeckel in der Küche des Franzosen gelupft hatte. »Hat er die Sahne noch an die Soße geben wollen?«

»Nein, er wollte sie zum Nachtisch aufschlagen. Er hatte bei mir Eis gekauft, dazu wollte er Sahne reichen. Aber die hatte er eben zu kaufen vergessen. Und da hat er mich kurz angerufen, ob er noch mal rüberkommen könnte, sein Gast sei jeden Moment da. Und ich hab gesagt: ›Kein Problem, ich bringe Ihnen die Sahne schnell vorbei und schreibe sie an.‹« Sie machte eine Pause und atmete mehrmals tief durch.

»Das war aber sehr freundlich von Ihnen.« Dass sie sich seine Kaugummimarke gemerkt hatte, war dann wohl doch eher Dienst am Kunden als Sympathiebekundung.

»Das war doch selbstverständlich. Wir leben auf dem Dorf, und da kennt man sich.«

»Ja, sicher.« Die Vorteile des Landlebens. »Erzählen Sie ruhig weiter.«

»Ich mache also das Hoftor auf, die Sahne in der Hand. Und da sehe ich, wie sich ein Kerl an der Kelter zu schaffen macht. Und darin, in der Kelter, steckte Monsieur Toussaints, vielmehr sein Kopf. Der war da eingequetscht.« Ein Schluchzen stieg in ihr auf, und sie verbarg ihr Gesicht für einen Moment in den Händen. Als sie wieder zu ihm aufsah, war ihr Make-up verschmiert.

»Was haben Sie dann gemacht?«

»Ich bin rückwärts wieder raus, ganz leise«, flüsterte sie. »Vor Angst hätte ich beinahe den Becher mit der Sahne zerdrückt.«

»Warum haben Sie nicht die Polizei gerufen? Oder mir das

wenigstens schon viel eher erzählt? Als ich bei Ihnen im Supermarkt war?«

»Ich hatte Angst, der Täter könnte mich vielleicht gesehen haben. Im Laden bin ich leicht zu finden.« Sie weinte nun.

»Ist ja schon gut. Noch einen Kaffee?«

Sie schüttelte stumm den Kopf.

»Haben Sie den Mann erkannt?«

Sie hob ratlos die Schultern und sah ihn groß an. »Nicht wirklich. Ich habe ihn ja im Grunde nur von hinten gesehen. Aber … als Sie mich nach dem Sidra-Verkäufer gefragt haben, nach diesem Juan Perez, da habe ich gedacht, dass er das gut gewesen sein könnte. Von der Statur und den dunklen Haaren her. An den hatte ich nämlich schon gar nicht mehr gedacht, der war ja weggezogen.«

Je länger sie redete, desto ungemütlicher wurde Bär zumute. Die Zeugin hatte einen Mann gesehen, der bei dem toten Franzosen an der Kelter gestanden hatte. Das könnte sein Mörder gewesen sein. Es könnte aber auch jemand gewesen sein, der den Toten lediglich in der Kelter positioniert hatte. Oder sogar ein zufälliger Besucher wie die Verkäuferin und später Roberta. Dass sie ihm nicht gleich alles erzählt hatte, fand er nicht schlimm, sie hatte wohl nicht sofort Vertrauen zu ihm gefasst. Aber dass sie nun glaubte, Juan Perez gesehen zu haben … Sollte er ihr das abnehmen?

Womöglich hatte das Gespräch, das er mit ihr im Laden über den Sidra-Importeur geführt hatte, ihre vermeintliche Erinnerung erst hervorgerufen. Er wusste nur zu gut, wie unsicher die Wahrnehmung der meisten Zeugen war. Sie wollten der Polizei helfen, zur Aufklärung beitragen. Doch Wunschdenken und Phantasie spielten den Beobachtern nur allzu gern einen Streich. Und viele wussten am Ende nicht mehr, was sie gesehen oder gehört hatten.

Nur eins war nun für Bär bewiesen: Roberta hatte ihren Jugendfreund nicht in die Kelter gespannt. Das hatte jemand besorgt, der vor ihr dagewesen war. Er war selbst überrascht, wie sehr der Gedanke ihn erleichterte.

»Ich finde es toll, dass Sie hergekommen sind, um uns das

alles mitzuteilen, vielen Dank dafür.« Er meinte aufrichtig, was er sagte. »Wenn Sie jetzt noch den Nerv haben, in meinem Büro ein Protokoll mit mir aufzusetzen, lasse ich Sie anschließend von einem Kollegen nach Büngsbach fahren, im Streifenwagen.«

»Ehrlich? Das würden Sie machen?« Ihre Augen strahlten, als sähe sie zum ersten Mal den Weihnachtsmann.

»Klar, dafür sorge ich persönlich«, bestätigte Bär.

Sie überlegte einen Moment. »Nein«, sagte sie dann entschieden, »das geht nicht. Ich kann doch in Büngsbach nicht aus einem Polizeiauto aussteigen. Die Leute denken doch, ich hätte was ausgefressen und sei zur Vernehmung mitgenommen worden.«

»Auch gut«, gab sich Bär geschlagen. So beliebt waren er und seine Kollegen also auf dem Dorf. Die Polizei, dein Freund und Helfer. Er konnte nicht verhindern, dass seine Blicke noch einmal auf ihren Brüsten landeten. *Love and Hope.*

***

Eine vollkommen veränderte Ella Winkler öffnete Roberta am nächsten Tag die Tür. »Kommen Sie rein. Und erschrecken Sie nicht, wenn Sie die Unordnung im Wohnzimmer sehen.«

Sie sah matt und übermüdet aus, hatte Ringe unter den Augen, und ihre Haut wirkte fahl. Die Haare hatte sie nachlässig zu einem Zopf zusammengebunden. Es war, als sei sie über Nacht um Jahre gealtert.

Mit schlurfenden Schritten ging sie Roberta voraus.

Das Wohnzimmer sah aus, als sei es von Einbrechern auf der Suche nach Wertgegenständen verwüstet worden. Das Sofa, auf dem Roberta so gemütlich geschlafen hatte, war mit Kartons und Fotoalben übersät, und auf dem Couchtisch stapelten sich verblasste Polaroidfotos.

»Ich hab Sie gewarnt.« Ella zog die beiden Stühle heran, die links und rechts an dem kleinen Tischchen am Fenster standen, und gab Roberta mit einer Geste zu verstehen, dass sie sich setzen sollte. Dann machte sie eine fahrige Handbewegung über die Fotos hinweg. »Meine Vergangenheit«, murmelte sie. »Nur dass ich mich an das meiste gar nicht mehr erinnere.«

»Wie das?« Roberta ließ sich auf den Stuhl sinken, den Ella ihr hingestellt hatte.

»Ich weiß nicht. In meiner Erinnerung kommt so viel hoch, und doch ist es, als wären es alles nur Nebelschwaden.« Sie griff sich an den Hals und atmete hörbar.

Roberta stand wieder die Szene auf der Wiese vor Augen, als Ella sich an ihrem Speichel verschluckt hatte. Sie wartete ruhig ab, gab ihr Zeit und ließ ihren Blick derweil über die Fotos auf dem Couchtisch gleiten. Kinder in unterschiedlichem Alter waren darauf zu sehen, mal zwei, mal drei. Auf einigen Bildern hatten alle dicke weiße Fellmützen auf dem Kopf, die sie wie kleine Eisbären aussehen ließen, auf anderen trugen sie knappe T-Shirts in grellen Farben und weit ausgestellte Jeans. Die Haare waren bei allen Kindern ungewöhnlich lang, man konnte kaum erkennen, ob es sich um Jungen oder Mädchen handelte.

Roberta nahm eins der Bilder auf. Es zeigte eine Familie vor einem mit Lametta behangenen Weihnachtsbaum. Die etwas übergewichtige Mutter hatte sich in ein ärmelloses schwarzes Kleid gezwängt, das eine ausgeprägte Cellulite auf ihren Oberarmen preisgab. Ihre halblange Lockenfrisur wurde aller Wahrscheinlichkeit nach mit einer ordentlichen Portion Haarspray in Form gehalten. Der Vater schaute ernst drein, die silberne Krawatte war wohl dem weihnachtlichen Anlass geschuldet. In seinem Nacken kräuselten sich längere Haare, die Stirn war freigeschnitten. Zwischen den beiden stand ein kleines Mädchen in einem bunt geringelten ärmellosen Hängerchen, unter dem ein gerippter weißer Pulli hervorlugte.

Die Mutter hatte ein Neugeborenes auf dem Arm.

»Eine seltsame Mode war das damals«, murmelte Roberta, nur um etwas zu sagen.

»Schlaghosen, Neonfarben und Föhnwelle«, ergänzte Ella und lieferte so die passenden Vokabeln. »Trägerkleid, Rippenpulli und Vokuhila nicht zu vergessen.«

»Vokuhila?«

»Vorne kurz und hinten lang. Die Frisur von Rudi Völler.

Mein Vater war ein Fan von ihm. Überhaupt liebte er Fußball.« Ella tippte mit dem Zeigefinger auf das Foto, das Roberta in der Hand hielt. »Das da ist unsere Familie kurz nach Clemens' Geburt. Und das hier ...« Sie griff zu einem anderen Foto und verfiel in Schweigen.

Roberta sah sich das zweite Foto genauer an. Der Vater trug nun einen Schnurrbart, die Nackenhaare waren kürzer geschnitten. Die Mutter hatte ihr Haar mit einer Schleife zusammengebunden. Das kleine Mädchen und das Baby sahen nur unwesentlich anders aus als auf dem Weihnachtsfoto. Dafür stand jetzt ein etwa zehnjähriger Bub neben dem Vater. Unter einem Pullover mit V-Ausschnitt trug er Hemd und Krawatte, und mit der dicken dunklen Brille auf seiner Nase sah er aus wie einem englischen Elite-Internat entsprungen. Der quer über die Stirn gekämmte lange Pony gab ihm etwas leicht Rebellisches. Und irgendwie schien der Junge glücklich zu sein. Den Mund halb geöffnet, lachte er den Betrachter an, als habe er das große Los gezogen. Ein Siegerlachen.

»Das ist Markus«, sagte Ella leise.

»Markus?«

Sie nickte. »Sie hatten recht. Ich hatte noch einen Bruder.«

Eine Moment lang schwiegen sie beide.

»Meine Eltern hatten Markus ganz offiziell und rechtskräftig adoptiert. Ich habe Unterlagen darüber gefunden.« Sie zeigte auf die Kartons auf dem Sofa. »Dokumente und Briefe.«

»Können Sie sich denn an die Zeit mit Ihrem Bruder erinnern?«

Ella schüttelte den Kopf. »Ich war ja noch so klein. Vier, fünf vielleicht. Und er kann auch nur ganz kurz bei uns gewesen sein.«

Roberta betrachtete wieder das erste Foto, das nun auf dem Couchtisch lag. Alles deckte sich mit dem, was Frau Butte ihr erzählt hatte.

Schon seltsam, dass man sich damals so wenig Gedanken über die Befindlichkeit von Kindern gemacht hatte. Dem Baby war es sicherlich noch gleichgültig gewesen, dass ein weiteres Geschwister in die Familie kam. Aber Ella hatte Konkurrenz von oben und unten bekommen: ein neugeborener kleiner Prinz als leiblicher Stammhalter und ein willensstarker großer Bruder, der seine Rolle als ältester Sohn der Familie in Anspruch nahm. Wie die Rollenverteilung zwischen den beiden Brüdern im späteren Leben verlaufen wäre, stand auf einem ganz anderen Blatt.

Ellas Eltern hatten helfen wollen, hatte Frau Butte gesagt. Etwas Gutes tun. Und sie hatten es ganz bestimmt gut gemeint. Aber … hatten sie es auch gut gemacht?

»Wissen Sie, wo Markus jetzt sein könnte?«, fragte Roberta.

Wieder schüttelte Ella den Kopf. »Ich habe überhaupt keine Idee. Sie müssen ihn für mich finden.«

»Ich?« Roberta schluckte.

»Deswegen habe ich Sie angerufen und hergebeten. Ich weiß nicht, wie ich mich bei der Suche anstellen soll. Aber Sie … Sie sind Journalistin. Sie wissen, wie man Leute befragt. Wie man Dinge herausfindet, bei Ämtern und Behörden. Das machen Sie in Ihrem Beruf doch täglich.«

»Nun ja …« Roberta verspürte ein schlechtes Gewissen. Schließlich hatte sie längst angefangen, Ella Winklers Vergangenheit zu durchforsten. Womöglich wusste sie über ihre Familie jetzt schon mehr als sie.

»Bitte helfen Sie mir«, bat Ella. »Ich überlasse Ihnen auch alle Dokumente, die ich habe, dann geht es schneller und ist einfacher für Sie.« Sie machte eine Pause und sammelte sich. »Meine Eltern müssen Markus ins Heim zurückgegeben haben. Wenn ich nur wüsste, warum!«

»Haben Sie denn so gar keine Vorstellung davon, was passiert sein könnte?«, tastete Roberta sich vor. »Nicht einen Anhaltspunkt?«

»Es gibt hier einen Brief …« Ella zog zwischen den Fotos auf dem Couchtisch ein Schreiben hervor. Roberta konnte es gar nicht schnell genug in die Finger kriegen, sie spürte förmlich, wie ihr Adrenalinspiegel anstieg. Gierig griff sie nach dem linierten Papier, das aus einem Schulheft herausgerissen worden war, betrachtete die kindlich runde Schrift und überflog die Zeilen.

Für meine Eltern!
Ich hasse das Heim und will hier nicht bleiben. Wenn ihr mich nicht abholt, laufe ich weg. Ich wollte Ella nicht wehtun. Es war alles nur ein blöder Unfall. Bitte, bitte glaubt mir. Wenn ihr mich zurückholt, werde ich euer braver Sohn sein und euch stolz machen. Lasst mich nur nicht im Stich! Ich gehöre doch zu euch.
Euer Sohn Markus

Roberta lief ein Frösteln über den Rücken. Der Brief bezeugte mehr als nur ein paar seltsame Beobachtungen einer Nachbarin, er wies auf ein Familiendrama hin.

»Markus wollte wohl unbedingt raus aus dem Heim, zurück in unsere Familie.« Ella zog aus ihrer Hose ein Taschentuch hervor und wischte sich fahrig über die Augen. »Es war das Heim in Büngsbach, ich habe noch einen anderen Brief gefunden. Darin teilt ein Anwalt meinem Vater mit, dass er sich um die Annullierung der Adoption kümmern wird.« Ella machte eine Kopfbewegung zu den Kartons auf dem Sofa hin, und diesmal verlangte Roberta nicht, das Schreiben zu sehen. Die alte Frau Butte hatte ihr ja bereits davon erzählt.

»Was genau möchten Sie denn herausfinden?«, fragte sie vorsichtig.

»Ich will wissen, was Markus mir angetan hat.« Ellas Stimme war nun ganz leise, aber sie klang entschieden. »Ich kann mich einfach nicht erinnern, was damals vorgefallen ist. In meiner Familie wurde, so weit ich zurückdenken kann, nie über diese Adoption geredet. Markus war kurz dagewesen und dann einfach nicht mehr existent.«

»Und wenn Sie anstelle Ihres Bruders jemanden finden, der sich noch erinnern kann? Bekannte, ältere Nachbarn von früher? Der eine oder die andere hat ja vielleicht doch etwas mitgekriegt.« Einen deutlicheren Hinweis auf die alte Frau Butte konnte sie Ella nun wirklich kaum geben.

»Wem soll ich denn da vertrauen?«, flüsterte Ella. »Die Leute reden doch nur. Jeder schmückt aus und fügt hinzu. Und so entstehen Märchen. Geschichten, die am Ende gar nicht wahr sind.« Sie schaute Roberta offen an. »Außerdem schäme ich mich zu sehr. Oder würden Sie Ihre Nachbarin gern fragen, ob Ihr Bruder Sie als Kind ins Gebüsch gezerrt hat?«

»Nein, natürlich nicht.« Roberta strich Ella tröstend über den Arm, und sie ließ es sich gefallen. »Aber vielleicht kann man die Frage ja auch anders stellen.«

»Sie können sie anders stellen!«

»Mag sein. Aber wir sollten das nicht allein in Angriff nehmen. Womöglich wäre es ganz gut, einen Psychologen hinzuzuziehen. Für den Fall, dass die Entdeckungen, die wir machen, etwas mit Ihnen bewirken. Sie erschrecken oder verändern.«

»Einen Psychologen? Ein Polizist wäre wohl besser.«

»Wieso? Wie meinen Sie das?«

»Kommen Sie mal mit.« Ella sprang auf und zog sie fast ruppig vom Stuhl hoch. Sekunden später stand Roberta draußen im Kalten und starrte auf das Fensterbrett vor Ellas Küche.

»Da!«, stieß Ella atemlos hervor. »Sehen Sie das?«

Auf dem Fensterbrett lagen ordentlich nebeneinander drei kleine Äpfel. Prall und rot leuchteten sie in der Wintersonne. Aus jedem hatte ein großer Mund ein Stück herausgebissen, die Zahnspuren waren in der Schale und am Fruchtfleisch noch deutlich zu sehen.

»Ich glaube, dass er noch hier ist«, flüsterte Ella heiser. »Er ist ganz in meiner Nähe. Lungert um mein Haus herum. Er beobachtet mich. Weiß immer, was ich tue und wo ich bin. Diese Äpfel hat Markus mir dahin gelegt.«

»Sind Sie sicher?« Der Anblick der angebissenen Äpfel hatte für Roberta etwas seltsam Befremdliches an sich. Sie rieb sich frierend über ihre Arme.

»Ich wette, Markus hat nie verwunden, dass meine Eltern ihn ins Heim zurückgeschickt haben«, fuhr Ella hastig fort. »Er ist eifersüchtig auf mich. Er hasst mich. Hasst unsere Familie. Sicher hat er Clemens in den Tank geschickt.«

»Aber … wie sollte er das angestellt haben?«

»Vielleicht hat er ihn über längere Zeit hinweg beeinflusst, ihm zugesetzt, gedroht. Denselben Psychoterror betrieben, den er jetzt mit mir durchzieht.« Sie deutete wieder auf die Äpfel.

Roberta dachte darüber nach. »Ist gut«, sagte sie knapp. »Ich werde Ihnen helfen.«

Als Roberta ging, blieb sie noch einen Moment im Flur stehen, um ihre dicke Wolljacke zuzuknöpfen. Jetzt erst sah sie, dass hier ein schmaler Waffenschrank stand. Durch das dicke Sicherheitsglas hindurch konnte sie drei Gewehre erkennen.

»Huch, das ist ja wie im Wilden Westen«, rang sie sich einen Scherz ab.

Ella zuckte mit den Schultern. »Hier gehen viele zur Jagd. Ich bin schon als Kind mitgelaufen, als Treiberin.« Sie klatschte laut in die Hände. »›Hopp, hopp, hopp!‹, ruft man da, und schon springen die Hasen auf und laufen einem vor die Flinte.«

»Und was sind das für Gewehre?« Roberta war nun neugierig geworden.

»Ein Drilling, zwei Schrotflinten. Nichts Besonderes.«

Roberta wartete ab, ob Ella noch etwas sagte.

»Wir haben heute so ein abartiges Verhältnis zu Tieren. Unsere Hunde verhätscheln wir, lassen sie Arthrose und Operationen erdulden und gönnen ihnen den Tod nicht. Die Kühe schlachten wir, selbst wenn sie schwanger sind, nur um sie aufzuessen. Glauben Sie mir, eine waidgerechte Jagd ist dagegen viel natürlicher.«

»Das mag wohl sein«, räumte Roberta ein. »Also dann, ich melde mich wieder bei Ihnen.«

NEUNZEHN

Das Haus unter dem schweren Pultdach wirkte auf den ersten Blick anheimelnd. Die weite Außenanlage bot viel Platz zum Spielen. Schaukeln und Klettergeräte luden zum Toben ein, und auf der großen Wiese konnte man im Sommer bestimmt wunderbar schmökern und sich entspannen.

Roberta sah sich aufmerksam um, während sie den gepflasterten Weg zum Eingang nahm. Sie fragte sich, was so furchtbar daran sein mochte, hier leben zu müssen. Aber vermutlich war es etwas anderes, ein Heim von außen zu betrachten, als auf Gedeih und Verderb darin verbannt zu sein.

Markus hatte sich hier weggesperrt gefühlt. Seine Wut hatte sich dabei vermutlich weniger gegen das Heim gerichtet als gegen die Familie, die ihn in ein Paradies aufgenommen hatte, um ihn dann daraus zu verstoßen. Was für eine Zurücksetzung musste das für ihn gewesen sein. Was für ein Schmerz.

Sie hatte die Eingangstür nun erreicht und klingelte. Als ihr niemand aufmachte, drückte sie vorsichtig gegen die Tür und stellte fest, dass sie sich ohne Weiteres aufschieben ließ. Roberta stand jetzt in einem geräumigen Flur.

»Hallo?«, rief sie halblaut.

Schritte und Stimmen näherten sich. Sie verharrte und lauschte in den Gang hinein.

Wenig später stand ein Mann in Cordhosen vor ihr.

»Roberta Hennig«, stellte sie sich vor. »Ich schreibe für die ›Neue Presse‹ und hätte ein paar Fragen zu einem früheren Heimbewohner an Sie. Er muss in den achtziger Jahren hier gelebt haben.«

»Tatsächlich? Da war doch neulich schon mal jemand hier. Geht es wieder um diesen …« Er kratzte sich im Nacken. »Ach, den Namen hab ich jetzt vergessen.« Er winkte ab, schritt rasch voraus durch den Gang und schloss ein paar Meter weiter eine Tür auf. »Hier herein, bitte.«

Schweigend betrat sie sein Büro.

Er setzte sich hinter seinen Schreibtisch, und Roberta nahm auf einem Stuhl ihm gegenüber Platz.

»Sie haben sicherlich irgendeine Legitimation«, begann er, »eine Vollmacht?«

Roberta zog das Schreiben aus ihrer Tasche, das Ella für sie aufgesetzt hatte. Darin bestätigte sie, dass Roberta in ihrem Auftrag ihre Familienangelegenheiten recherchierte. Sehr weise von Ella, an so etwas zu denken, Roberta wäre das nie eingefallen. Sie war einfach zu sehr daran gewöhnt, dass ihr ein paar Zeitungsnamen als »Sesam, öffne dich« dienten.

»Kann ich Ihren Personalausweis mal sehen?«

»Selbstverständlich.«

Nachdem er auch Robertas Personalausweis begutachtet hatte, faltete er die Hände auf dem Schreibtisch. »Also, was möchten Sie wissen?«

»Frau Winkler möchte mehr über die Vergangenheit ihrer Familie erfahren.« Roberta wählte diesen Gesprächsanfang, nachdem Ellas Schreiben sie nun mal als deren verlängerten Arm ausgewiesen hatte. »Sie sucht nach ihrem Adoptivbruder Markus. Der muss hier im Heim gewesen sein. Vermutlich zunächst unter dem Namen Markus Groß.« Das war der Familienname, den Ella in den Papieren gefunden hatte.

»Können Sie sich an das Jahr erinnern?«

»Das muss ziemlich genau vor fünfunddreißig Jahren gewesen sein. Für wie lange, weiß ich allerdings nicht.«

Der Erzieher stand schweigend auf und schaute in einen der Aktenschränke an der Wand. Dann suchte er in einem zweiten Register und wandte sich ihr wieder zu. »Unterlagen über einen Markus Groß kann ich nicht finden, auch nicht unter dem Namen Winkler. Die Akten aus der Zeit sind nicht mehr komplett.«

»Was soll das heißen?«

»Ich war damals noch nicht hier, aber ich weiß, dass es einen verheerenden Brand gab. Etliche Dokumente wurden vom Feuer vernichtet.«

»Und die hat man nicht neu erstellt?«

»Nur was man dringend brauchte und rekonstruieren konnte.

Die Papiere von den Kindern und Jugendlichen, die auch danach noch hier wohnten, die hat man schon wiederbeschafft. Aber wenn inzwischen jemand ausgezogen war, hat man das ruhen lassen. Derjenige musste dann allein zusehen, wie er an einen neuen Personalausweis kam oder was sonst so fehlte.« Er hob entschuldigend die Schultern, und Roberta sah ihn ratlos an. »Ich hätte da aber noch eine Idee«, meinte er. »Warten Sie mal.«

Er verließ das Büro, und Roberta kribbelte es schon in den Fingern, selbst in den Aktenschränken zu suchen. Sie wollte gerade von ihrem Stuhl aufstehen und die ersten Dokumente einsehen, da kam der Erzieher mit einem alten Herrn zurück.

»Herr Schnur lebt schon sehr lange bei uns«, erklärte er, als er seinen Begleiter vorstellte. »Er ist sozusagen unser Faktotum. Viele Jahre war er unser Hausmeister, und bis heute pflegt er unseren Garten. Im Gegenzug erhält er freie Kost und Logis.« Er lächelte dem Alten freundlich zu. »Frau Hennig möchte etwas über Markus Groß wissen. Können Sie helfen?«

»Markus?« Das Gesicht des alten Mannes verfinsterte sich. »Das war doch der, der immer um sich schlug, biss und sich die Haare ausriss. Manchmal haben sie ihn zu mehreren festhalten müssen, und wenn die Erzieher es nicht schafften, musste ich mit ran.«

»War es so schlimm?«, fragte Roberta. »Meine Klientin Ella Winkler hat herausgefunden, dass er von ihrer Familie für kurze Zeit adoptiert worden war.«

Herr Schnur nickte. »Als er von denen wiederkam, war er zu gar nichts mehr zu gebrauchen. Er ist von einem Apfelbaum gesprungen, sagte, er wolle sich umbringen, um die Familie zu bestrafen. Er hat eine Narbe von diesem Sprung zurückbehalten, quer über der Stirn.«

Roberta fühlte sich mit einem Mal beklommen, eine dunkle Wolke schien über sie hinwegzuschwappen und drohte, sie einzuhüllen und zu ersticken. »Er soll sehr gut erzogen gewesen sein«, wandte sie ein.

»Ja, er konnte charmant sein, fast unterwürfig, und die Leute einschleimen.«

»In seiner Adoptivfamilie war er anscheinend sehr glücklich. Hat es ihm deshalb so viel ausgemacht, hierher zurückzumüssen?«

Herr Schnur schien darüber nachzudenken. »Ich glaube, da war schon vorher alles schiefgelaufen. Als Kind ist Markus von seinem Vater geschlagen worden. Seine Mutter hat ihn dann verspottet: ›Das tut doch nicht weh, du Memme, nun stell dich doch nicht so an!‹ Das Ehepaar Winkler hat ihn gerade deshalb aufgenommen, er tat ihnen leid. Er war ja schon zehn und konnte darüber reden. Aber dass sie ihn dann nicht behalten haben, hat alles nur noch schlimmer gemacht. Er hat ihnen das nie verziehen, keinem von der Familie.«

»Und wie hat sich das geäußert?«, fragte Roberta.

Der alte Schnur zögerte, als sei er unsicher, wie viel er einer Fremden erzählen konnte. »Als Teenager besorgte er sich Alkohol, wo er nur konnte, lieh sich Autos aus, obwohl er noch nicht mal einen Führerschein besaß, und fuhr damit wie wild durch die Gegend. Am liebsten Rennen. Den Bus vom Heim ist er auch mal gefahren, und er hat einen Unfall damit gebaut. Danach war er dann wie vom Erdboden verschluckt. Hat einfach den Bus am Unfallort stehen lassen und ist verschwunden.«

»Und niemand hat ihn gesucht?«

»Doch, schon, aber er war da bereits volljährig. Herr Winkler ist dann für ihn geradegestanden, er hat dem Heim einen neuen Bus gespendet. Da hat man die Sache vergessen.«

»Aber wieso, die Adoption wurde doch annulliert, oder nicht?«

Schnur schüttelte heftig den Kopf. »Ein Anwalt hatte die Sache in Angriff genommen, aber die Annullierung wurde nie rechtskräftig. Das ging von dem Vater aus. Der hatte wohl auf einmal kalte Füße bekommen. Das war kurz nach dem Brand und dem Unfall.«

Roberta spürte, wie ihr das Atmen schwerer fiel. Hatte Markus Herrn Winkler etwa bedroht? Oder war der Vater zu weich gewesen, um sein Vorhaben durchzuziehen? Womöglich hatte er ja ein schlechtes Gewissen gehabt, weil er dem Jungen erst Hoffnungen auf ein besseres Leben gemacht hatte und dann nicht mehr dazu stehen wollte.

»Aber dann ist Markus immer noch …«

Der Alte sah sie durchdringend an. »Richtig. Markus müsste immer noch ein Winkler sein. Rechtlich gesehen ein Bruder Ihrer Klientin.«

»Und damit auch erbberechtigt?«

»Ganz genau. Bei einer Adoption nimmt man den Betreffenden an Kindes statt an. Die Rechte des Adoptierten sind dann die gleichen wie die der leiblichen Kinder.«

»Aber das hätte doch herauskommen müssen, als Ella und Clemens ihr Erbe antraten?«

Der Alte zuckte mit den Schultern. »Womöglich gab es ein Testament, das die ehelichen Nachkommen bedachte. Und niemand hat mehr nach einem weiteren Erben gesucht.«

***

Roberta hatte weiche Knie, als sie am Schweizer Platz das Treppenhaus hochlief. Die Geschichte der Winkler-Geschwister lastete wie ein Albdruck auf ihr, und sie konnte ihre dunklen Gedanken kaum verscheuchen.

Nach allem, was der alte Schnur ihr erzählt hatte, war Markus ziemlich unberechenbar gewesen. Mal angepasst lieb, mal unkontrolliert in seinem Zorn. Und womöglich befand er sich gerade auf einem tödlichen Rachefeldzug gegen seine Geschwister. Clemens hatte er vielleicht schon erwischt. Dann wäre Ella als Nächste dran.

Sie schnappte nach Luft, als sie die oberste Treppenstufe erklommen hatte. Im selben Moment stellten sich die Haare auf ihren Unterarmen auf, und ihre Augen weiteten sich voller Entsetzen.

Auf ihrer Fußmatte lagen drei kleine Apfelstücke. Fein säuberlich waren sie nebeneinander aufgereiht. Sie waren ein wenig braun angelaufen und der Größe nach von einem erwachsenen Menschen aus einem Apfel herausgebissen, die Spuren der Zähne waren am Rand noch zu erkennen. Ohne sie aufzuheben und näher zu betrachten, wusste Roberta, dass sie genau in die angebissenen Äpfelchen auf Ella Winklers Fensterbank passten.

Er ist hier, durchfuhr es sie. Er weiß, wo ich wohne.

Panik stieg heiß in ihr hoch, ihre Hände wurden feucht. Zitternd schloss sie die Tür auf, schaute vorsichtig in ihre Dachkammer.

Wo steckte er? Stand er etwa schon hinter ihr? Über ihren Rücken lief ein Schauer.

Mit einem großen Schritt stieg sie über die Apfelbissen hinweg, darauf bedacht, sie nur ja nicht zu berühren. Nicht einmal die Matte wagte sie zu streifen. Im Zimmer schmiss sie sich von innen gegen die Tür. Ihr Herz wummerte. Sie hatte sich zu weit aus dem Fenster gelehnt und mit all ihren Recherchen und Berichten zu viel Staub aufgewirbelt. Dass sie für Ella nun auch noch die Detektivin spielte, riss sie wohl erst recht mit rein.

Fieberhaft überlegte sie, wie sie aus der Nummer wieder rauskäme. Doch vermutlich war schon alles zu spät. Sie wusste inzwischen zu viel über Markus, war zur Mitwisserin geworden. Er würde sie nicht mehr vom Kanthaken lassen.

Als sie draußen auf der Treppe Schritte hörte, hielt sie den Atem an. Was nun? Sie musste sich unsichtbar machen, dann gab es sie nicht mehr. Und wenn es sie nicht gab, konnte man sie auch nicht fangen.

»Roberta?« Jemand wummerte kräftig gegen die Tür.

»Nein«, schrie sie hysterisch auf. »Lassen Sie mich in Ruhe! Gehen Sie weg!«

»Roberta, mach auf!«

Das war die Stimme von Bär. Vorsichtig öffnete sie die Tür einen Spalt, und Bär drängte herein.

»Roberta, ich muss mit dir reden.«

Sie nickte schwer. Die Worte fehlten ihr noch, ihr Atem ging stoßweise, und die Anspannung fiel nur langsam von ihr ab.

»Roberta, es gibt eine Vermutung, wer Jacques' Mörder sein könnte. Es ist noch vage, aber … Wir müssen miteinander reden.« Er ließ ihr nicht einmal die Zeit, ihn ordentlich zu begrüßen, seine Stimme klang fast flehentlich. »Ich habe nie geglaubt, dass du deinen Jugendfreund auf dem Gewissen hast. Ich habe nicht einmal geglaubt, dass du ihn in die Kelter eingespannt hast, nur um einen schicken Bericht zu haben.« Er schwieg und wartete auf ihre Antwort.

»Ich dachte schon selbst, ich hätte ihn umgebracht«, sagte Roberta leise. »Ich konnte mich eine Weile an gar nichts mehr erinnern. Ich hatte große Angst, nicht normal zu sein und etwas Schlimmes getan zu haben.« Sie sah ihn groß an. »Ich hätte jemanden gebraucht, der an mich glaubt.«

»Das habe ich, Roberta. Ich habe an dich geglaubt.« Die Haare fielen ihm in die Stirn, und sie verspürte große Lust, sie zurückzustreichen. »Aber ich habe nicht verstanden, warum du das Smartphone-Video an die Presse gegeben hast. Er war doch dein Freund. Du warst einmal in ihn verliebt.«

»Das stimmt«, sagte Roberta. »Ich habe Jacques gemocht, solange er lebte, als Freund. Aber ich brauchte das Geld.«

»Wozu? Ich … Du hättest damit zu mir kommen können. Ich hätte dir etwas geliehen.«

»Für seine Beerdigung.«

Sie sah, wie er schluckte. »Warum hast du mir das nicht gesagt?«

»Wie denn – und wann? Wir haben uns ja gar nicht mehr gesehen.«

»Wir müssen einander jetzt helfen«, bat Bär eindringlich. »Du musst einen Beitrag über Jacques lancieren. Vielmehr über seinen Tod. Es gab da jemanden, der seinen Hof auch kaufen wollte, einen Sidra-Händler. Wir müssen nach ihm fahnden, und das kannst du über die News Show am besten. Wenn du da einen ausführlichen Bericht platzierst und wir ein Phantombild von dem Sidra-Händler anfertigen …«

»Ach, das willst du von mir, deswegen bist du hier!«

»Roberta, vorgestern ist eine Zeugin aufgetaucht, die den Mann mit Jacques an der Kelter gesehen haben will. Das muss gewesen sein, kurz bevor du in den Hof kamst.«

»Aha, und nur deshalb bin ich in deinen Augen nun unschuldig, was? Nicht etwa, weil du mir vertraust und an mich glaubst …« Roberta schnaubte durch die Nase. »Wenn du Jacques' Mörder gefunden hast, kannst du mir eine SMS schicken.«

Bär sah sie betreten an, und ihre Gefühle fuhren Achterbahn. Himmel, sie mochte diesen Kerl. Aber sie hatte keine Lust, sich alles von ihm gefallen zu lassen. Mal war sie eine überaus lästige Reporterin für ihn, dann wieder die Hauptverdächtige seines Chefs, ohne dass er für sie eintrat. Und nun sollte sie einen ihrer Fernsehauftritte für ihn hinlegen, über die er sich ansonsten nur ärgerte oder lustig machte.

So ging das nicht.

Sie öffnete die Tür und schob ihn unsanft hinaus. »Mach's gut, Bär«, sagte sie leise. Sie konnte selbst hören, wie traurig sie klang.

Für den Bruchteil einer Sekunde leistete er Widerstand und lehnte sich gegen sie, dann fügte er sich. Sie sah ihm nach, wie er kopfschüttelnd die Treppe hinunterging.

Als sie die Tür schloss, fiel ihr Blick auf ihre Fußmatte. Die drei Apfelbissen waren verschwunden.

Bär konnte sie nicht aufgehoben haben.

ZWANZIG

»Schauen Sie sich das an.« Ella Winkler reichte ihr ein weiteres Blatt, das aus einem Schulheft herausgerissen zu sein schien. »Das habe ich auch noch gefunden.«

Roberta saß ihr in ihrem Wohnzimmer gegenüber, wieder an dem kleinen Tischchen vorm Fenster. Sie hatte eine unruhige Nacht hinter sich. Bär war durch ihre Träume gegeistert, und die Angst vor Markus Winkler saß ihr kalt im Nacken. Jederzeit konnte er ihr irgendwo auflauern. Bei ihrer Ankunft hier hatte sie nach den angebissenen Äpfeln gesehen, sie waren braun geworden, aber alle drei behaupteten noch ihren Platz auf der Fensterbank. Ella hatte sie nicht weggeworfen, sie schien sie nicht einmal angerührt zu haben.

Sie beugte sich über den Brief.

An meinen Vater und meine Mutter!
Ihr werdet immer meine Eltern bleiben, so schnell entkommt ihr mir nicht. Wenn ihr mich nicht zu euch zurückholt, bringe ich mich um, und dann werden alle sagen: Ihr seid schuld. Ihr habt es so weit kommen lassen.
Wollt ihr das?
Es ist ganz leicht, sich umzubringen. Zur Probe bin ich schon einmal von einem Apfelbaum gesprungen. Nur um zu sehen, wie es sein wird. Am Kopf habe ich nun eine Narbe, die ist dabei zurückgeblieben. Ihr könnt sie auf dem Foto sehen.
Und wisst ihr was? Es war alles ganz leicht. Ein Sprung vom Apfelbaum ist wie ein Flug ins Nichts.
Euer Sohn Markus

Roberta fühlte, wie sich ihr Hals verengte. »Wo ist das Foto?«, fragte sie rau.

Diesmal musste Ella nicht zum Couchtisch laufen, um es zu suchen, sie zog es mit einem Handgriff aus der Tasche ihrer Joggingjacke. »Hier.«

Auf dem Foto war Markus vielleicht zwei Jahre älter als auf dem Weihnachtsfoto der Familie. Der kindliche Schmelz und der Ausdruck der Freude fehlten ihm nun. Stattdessen schienen seine Brauen tiefer gerutscht zu sein, seine Augen waren schmal zusammengezogen, und er sah den Betrachter mit einem fast bezwingenden Blick an.

»Das war nach dem Sprung«, sagte Roberta. »Quer über Markus' Stirn verläuft tatsächlich eine lange Narbe. Wir müssen davon ausgehen, dass Ihr Adoptivbruder psychisch gestört war.« Sie konnte sich in diesem Moment kaum etwas Schrecklicheres vorstellen, als ihn zum Widersacher zu haben. »Sein leiblicher Vater hat ihn geschlagen, seine Mutter hat ihn verhöhnt. Er war wohl schon krank, als er hierherkam. Ihre Eltern haben ein psychisches Wrack aufgenommen, so jung Markus damals auch noch war. Sie wussten nicht, worauf sie sich einließen.«

»Ja, und was hat er mir angetan?« Ella schrie die Worte angstvoll heraus.

Roberta hob beide Hände, als könnte sie sie so beruhigen. »Er hat Sie umsorgt und immer wieder gefüttert. Hat Ihnen alles Mögliche in den Mund gesteckt. Einmal war es ein abgebissenes Stück von einem Apfel. Es ist Ihnen im Schlund stecken geblieben.«

Ellas Augen weiteten sich, und ihre Hand fuhr wieder einmal an ihren Hals. Roberta befürchtete schon, dass sie den nächsten Erstickungsanfall bekommen könnte. Doch sie röchelte nur kurz und fragte dann heiser: »Woher wissen Sie das alles?«

»Aus der Nachbarschaft«, sagte Roberta wahrheitsgemäß.

»Und die wissen jetzt alle …« Ella sah sie erschrocken an. »Oh mein Gott!«

»Sie wussten es die ganze Zeit«, gab Roberta ruhig zurück. Vielleicht war es ja gut, dass nun alles herauskam. Dass alles offen verhandelt wurde. Es würde eine Weile brauchen, bis Ella ihre Vergangenheit verarbeitet hatte, aber irgendwann würde sie damit leben können. Besser als mit all den Geheimnissen.

»Hat er mir sonst noch etwas getan?«

Roberta schüttelte den Kopf. »Nein, allem Anschein nach

nicht. Ich denke nicht einmal, dass er Ihnen bewusst wehtun wollte, als er Ihnen den Apfelbissen in den Mund steckte. Vermutlich wollte er Sie nur füttern, so wie Ihre Mutter das mit dem Baby tat. Und womöglich haben Sie Widerstand geleistet. Da hat er nachgeholfen.«

»Aber jetzt will er mir ans Leder. Ans Erbe und ans Leben.«

»Davon müssen wir ausgehen. Dass er Ihre Familie wieder verlassen musste, hat ihn psychisch wohl schwer zurückgeworfen. Bei den Voraussetzungen, die er hatte, ist seine weitere Entwicklung dann erst recht ins Negative verlaufen.«

»Und was machen wir jetzt?«

»Wir werden allein nicht mit ihm fertig werden«, schloss Roberta. »Wir sollten die Polizei einschalten und nach ihm fahnden lassen. Mögen Sie mir das Foto mitgeben?«

Ella reichte es ihr mit einem Nicken, und sie steckte es in ihre Handtasche. »Ich werde mit Hauptkommissar Christian Bär reden. Oder noch besser mit seinem Chef, Heinz Becker. Er ist ein Neunmalkluger, aber ganz nett. Er hat mich vernommen in der Sache mit …« Sie stockte. Mit Jacques, hatte sie sagen wollen, doch der beim Gedanken an ihren toten Freund aufs Neue aufkommende Schmerz ließ sie nicht weiterreden. »In der Sache mit dem Hof in Büngsbach.«

»Tja, schade. Eine leidige Geschichte, das mit dem Hof.« Ella sprach nun mehr zu sich selbst. »Wenn die Umweltgruppe den damals hätte kaufen können, wäre das ein tolles Projekt geworden.«

»Himmel, es fängt an zu regnen!«, rief Roberta, die aufgestanden und ans Fenster getreten war. »Und ich habe nur meine Wolljacke an.«

»Kein Problem«, murmelte Ella. »Ich gebe Ihnen was von mir. Bringen Sie es einfach das nächste Mal wieder mit.« Sie fischte eine Barbourjacke aus dem Garderobenschrank und ließ Roberta hineinschlüpfen.

Vornehm geht die Welt zugrunde, dachte Roberta, als sie den Reißverschluss der teuren Jacke hochzog.

Beim Hinausgehen sah sie noch einmal nach den angebissenen Äpfeln auf der Fensterbank. Die braunen Stellen glichen nun den Umrissen kleiner Gesichter, die sie höhnisch auslachten.

Kaum stand sie draußen, hatte der Regen nachgelassen. Die Luft war nun frisch und kühl, und Roberta sog sie in tiefen Zügen ein. Sie zog die wärmende Kapuze über den Kopf und sah in Ellas Garten hinunter. Wie friedlich er dalag. Sie verstand Ella nun besser, konnte nachempfinden, dass Natur und Landschaft ihr Kraft spendeten. Ihr Garten, ihre Streuobstwiesen. Ehe sie sich's versah, war Roberta tiefer in Ellas Garten hineingelaufen. Hier standen auch ein paar Obstbäume. Waren Apfelsorten darunter? Sie betrachtete die Form der Stämme und Äste und versuchte, sich an die Bäume im Garten ihres Vaters zu erinnern. Warum hatte sie sich bislang nur so wenig für all das interessiert?

Regentropfen waren an den Spitzen der eiskalten Zweige hängen geblieben und gefroren, nun spiegelten sie das Licht der matten Wintersonne wider und ließen die Bäume glänzen.

Die Natur weiß sich zu schmücken, dachte Roberta belustigt.

Sie wollte sich gerade umdrehen, als ein ohrenbetäubender Knall die Stille zerriss. Erschrocken fuhr sie zusammen, die Hände auf die vom Lärm noch tauben Ohren gepresst. Die Erkenntnis drang erst mit einer gewissen Verzögerung zu ihr durch.

Das war ein Schuss gewesen.

Sie drehte sich um, sah aber niemanden.

Auf einmal rannten vor ihr ein paar junge Männer durch den Garten. Gebückt liefen sie unter den Bäumen hindurch, zischten sich etwas zu und gaben einander hektisch Zeichen.

Roberta suchte geistesgegenwärtig Schutz hinter einer kleinen Tanne.

Erneut fielen Schüsse, und sie spürte, wie ihr Hals rau und trocken wurde. Zu trocken, um zu schreien. Ihre Nerven vibrierten bis in ihre Fingerspitzen. Sie kniff unwillkürlich die Augen zu, als könnte nicht sein, was sie nicht sah. Ein stechender Schmerz bohrte sich über ihrer Nasenwurzel in ihre Stirn und drang von da aus tief in ihr Hirn.

Weitere Schüsse dröhnten durch den Garten und ließen die Bäume erzittern. Einer der Kerle sprang jetzt in einen Baum und riss einen Ast herunter, krachend ging er zu Boden. Und weiter ging die wilde Jagd über die Wiese.

Wie lange noch? Wann hauten sie endlich ab?

Die Zeit schien stehen geblieben zu sein.

Dann schlug etwas gegen Robertas Seite, mit einer Wucht, als habe ein Pferd sie getreten. Sie griff an ihre Taille, und als sie ihre Hände wieder vor die Augen nahm, waren sie rot von Blut. Ein stechend brennender Schmerz raste nun durch ihren Körper, und sie bekam kaum noch Luft.

Sie war angeschossen worden.

Zitternd und mit letzter Kraft schleppte sie sich hinter einen Komposthaufen, den Deckel einer nahen Regentonne als Schutzschild nutzend. Der Schmerz übermannte sie erneut. Sie presste die Lippen fest zusammen, verbat sich, laut zu weinen, um nicht auf sich aufmerksam zu machen, und die heißen Tränen rannen lautlos über ihr Gesicht.

Ich muss bei Bewusstsein bleiben, bläute sie sich ein. Ich muss.

Vor ihr ging die Schießerei weiter. Ella. Wo war Ella Winkler? Hatten die Täter sie schon aus dem Haus gezerrt?

Sie kam nur mit Mühe an ihre Handtasche heran, schmerzverzerrt zog sie das Smartphone hervor. Ihre Augen waren fast blind vor Tränen, und sie konnte es kaum bedienen, doch dann gelang es ihr endlich, und Bär war in der Leitung.

»Schießerei«, raunte sie halblaut. »Bei Ella Winkler in Karben.« Die genaue Adresse musste Bär selbst herausfinden. Sie konnte nicht weitersprechen. Die Schützen durften sie nicht hören, und sie hatte auch kaum noch Kraft.

Bär reagierte völlig ruhig. Er fragte nicht weiter, sagte nur: »Halt durch.«

Wenigstens ist er ein guter Bulle, dachte Roberta erleichtert. Sie musste ausharren, bis er kam. Auf ihn warten.

Dann blies ihr die Angst nur noch Nebel ins Hirn, und sie hatte das Gefühl, keinen klaren Gedanken mehr fassen zu können. Ihr Hirn hatte sich aufgelöst und war in das Rückenmark gerutscht. Jedenfalls schien es ihr so. Von dort jagte es ihr kalte Schauer über den ganzen Körper.

Instinktiv zog sie den Deckel der Regentonne dichter über sich.

Die Schützen skandierten nun immer wieder ein Wort, das wie »Wessel« klang. *Wiewesselju.* Sie wiederholten es im Chor. Jetzt stürmten sie an ihrer Deckung vorbei, und ein paar Schüsse wurden direkt neben Roberta abgefeuert. Ihr Trommelfell schien zu explodieren, durch ihren Kopf zuckte ein Blitz.

Nun komm schon, Bär, dachte Roberta. Noch nie hatte sie ihn so sehr herbeigewünscht.

Auf dem Gehweg schepperte es rhythmisch, etwas Blechernes war auf die Steinplatten gefallen. Eine Emailleschüssel oder ein Topf.

Der Schmerz in ihrer Seite breitete sich nun wellenartig aus. In Ellas teure Jacke sickerte immer mehr Blut. Sie musste Druck auf die Wunde ausüben, wenn sie nicht verbluten wollte. Aber womit? Immer noch in ihrer Deckung kauernd, zog sie mit klammen Fingern den Gürtel ihrer Jeans aus den Schlaufen, presste ihre weiche Lederhandtasche gegen die Wunde und zerrte sie mit dem Gürtel fest.

Ein schwarzes Meer tat sich vor ihr auf, gewaltig, dunkel und unergründlich. Sie konnte es rauschen hören. »Komm zu uns«, raunten ihr die rauen Wellen zu, »tritt ein in unsere feuchte Welt.«

Wiewesselju.

EINUNDZWANZIG

»Roberta?« Bärs Stimme drang wie durch Watte gedämpft zu ihr durch. »Kannst du schon reden?«

Sie blinzelte und erkannte sein besorgtes Gesicht vor sich.

»Hm.« Vorsichtig sah sie sich weiter um. Sie lag im Krankenhaus. Ein Zweibettzimmer, das Bett neben ihr war abgezogen und leer. Draußen war es noch dunkel, aber auf dem Gang war geschäftiges Treiben zu hören, und ein Frühstückstablett mit dampfendem Pfefferminztee stand auf dem Nachtschrank neben ihr. Den mochte sie nicht, schon der Geruch ließ eine leichte Übelkeit in ihr aufkommen.

Sie tastete mit einer Hand nach ihrem Schlafanzug, aber sie trug nur ein weißes Hemdchen, das im Nacken mit einem Bändel geschlossen wurde. Etwas stach sie, als sie mit der anderen Hand die Bettdecke höher ziehen wollte. Sie war an einen Tropf angeschlossen, den Zugang hatten sie ihr auf dem Handrücken gelegt und die Kanüle mit durchsichtigem Pflaster fixiert. Ein grüner Verschluss wartete auf weitere Medikamente, die in ihre Venen dringen sollten.

Sie verlagerte ihr Gewicht ein wenig, um Bär besser sehen zu können, und zuckte unter Schmerzen zusammen. Ihre rechte Seite vertrug keine Bewegung.

»Du bist angeschossen worden«, sagte Bär ernst. »Zum Glück war es nur ein Streifschuss.«

»Was ist mit Ella? Hat Markus sie … erwischt?«

»Ella Winkler ist nichts passiert. Sie konnte sich im Haus verbarrikadieren.«

»Wann war das?«

»Gestern.«

Ein flaues Gefühl überkam sie, als sie an die Ereignisse in Ellas Garten zurückdachte. Wie lange hatte sie reglos hinter dem Komposthaufen gekauert, während ihr die Kugeln um die Ohren flogen? Sie hatte gezittert und gefroren, sich aber nicht mehr zu bewegen gewagt.

»Du warst bewusstlos, als ich dich fand«, sagte Bär. »Hier im Unfallkrankenhaus haben sie dich sediert, geröntgt, deine Wunde gereinigt. Und dir was zum Schlafen verpasst.«

»Konntet ihr Markus festnehmen? Was war überhaupt los?«

Ein paar junge Männer hatten sich aufgeführt, als seien sie im Krieg. Aber warum?

»Ella Winklers Bruder ist uns entwischt.« Bärs Stimme war schwer. »Der Fall liegt ganz seltsam, Roberta. Das war nur ein halbes Dutzend Jugendliche, die sich in Ella Winklers Garten eine Schießerei geliefert haben. Mit Schreckschusspistolen. Freunde von diesem Kai, dem Messdiener, der in Büngsbach im Heim lebt, wir konnten sie alle identifizieren.«

»Und meine Verletzung?« Roberta tastete nach ihrer schmerzenden Seite.

»Eben. Dich hat eine echte Kugel getroffen.« Bär strich gedankenverloren mit der Hand über ihre Bettdecke. »Es hat wieder einmal jemand die Jungs zu Blödsinn animiert, via soziale Netzwerke. Vermutlich derselbe, der sie schon zu dem Messweinstreich angestiftet hat. Diesmal hat er ihnen sogar die Schreckschusswaffen geliefert, er hat sie in einem Mülltonnenhäuschen im Heim abgelegt und ihnen gemailt, wo sie sie finden. Dann hat er die Ballerei genutzt, um aus dem Hinterhalt mit scharfer Munition dazwischenzuschießen. Und zwar auf dich.«

»Markus Winkler«, sagte Roberta dumpf.

Bär griff nach ihrer freien Hand und streichelte sie sanft. »Es ist alles so verrückt, Roberta.«

Er hatte sich einen Stuhl an ihr Bett gezogen und berichtete ihr nun von seinen Recherchen im Immobilienbüro, der Begegnung mit Kai im Heim in Büngsbach, seiner Suche nach Juan Perez und dem überraschenden Auftauchen der Augenzeugin der Mordnacht. Dann erzählte Roberta flüsternd und stockend von ihrem Besuch bei Wilhelmine Butte und deren Katzen, von Ellas Schneewittchen-Erlebnis, den Äpfelchen und den Apfelschnitzen und von Markus' verpatztem Leben als Adoptivkind. Das Sprechen fiel ihr schwer, und sie konnte nur flach atmen, aber solange sie sich nicht bewegte, waren die Schmerzen erträglich. Offensichtlich hatten die Ärzte es gut mit ihr gemeint und ihr ausreichend Schmerzmittel verabreicht.

Als sie geendet hatte, sah Bär sie lange an. »Ich verstehe nur nicht, wieso Markus dich angreift und Ella Winkler unbehelligt lässt. Nach Clemens müsste sie sein nächstes Opfer sein, wenn er sich an den Geschwistern rächen, sie umbringen und beerben will. Du bist zwar eine Mitwisserin und stehst vermutlich auch auf seiner Liste, aber wenn er die Gelegenheit dazu konzipiert hatte, seine Schwester aus dem Weg zu räumen …« Er sprach nicht weiter.

Roberta atmete tief durch und bereute es sogleich, ihre verletzte Seite reagierte mit einem höllischen Brennen.

»Die Jacke«, flüsterte sie angestrengt. »Ich hatte Ellas Barbourjacke an. Es begann zu regnen und …«

»Dann war das Ganze eine Verwechslung? Markus hat dich für Ella gehalten.«

»Er will an das Land der Winklers, an das Areal mit den Streuobstwiesen. Das ist seine Rache. Er nimmt seinen Geschwistern nicht nur das Leben, sondern auch ihr Erbe, das, was sie am meisten lieben. Und zerstört es. Der Verkauf der Wiesen würde alles zunichtemachen, was Ella in jahrelanger Arbeit aufgebaut hat, er hingegen könnte dadurch reich werden. Nicht ausgeschlossen, dass er für seine Pläne auch noch Jacques' Hof in Büngsbach braucht.«

»Ich kann meine Bitte an dich nur wiederholen«, sagte Bär eindringlich. »Wir suchen nicht nur Markus Winkler, wir suchen auch immer noch nach dem Sidra-Händler, der vielleicht bei deinem Freund auf dem Hof war. Kannst du nicht ein Fernseh-Interview geben und die ganze Geschichte öffentlich machen?«

»Aus dem Krankenhaus heraus?« Roberta sah voller Zweifel zu ihrem Infusionsbeutel hoch.

Bärs Blick glitt von dem durchsichtigen Plastiksäckchen am Infusionsständer über den dünnen Plastikschlauch bis zur Nadel, durch die die Flüssigkeit in ihre Venen sickerte. »Eine Moderatorin am Tropf ist bestimmt beeindruckend für das TV-Publikum.« Ein Grinsen huschte über sein Gesicht. Dann wurde er wieder ernst. »Allem Anschein nach hängen die Fälle doch enger zusammen, als wir bisher dachten. Wenn deine Zuschauer uns Hinweise geben können, kommt vielleicht endlich Licht ins Dunkel.«

Roberta schloss für einen Moment die Augen. »Gut, okay«, sagte sie dann. »Ich rufe Mike Niermann an. Kannst du mir meinen Laptop bringen? Wenn ich ein Interview geben soll, muss ich recherchieren. Die Täter haben etwas gerufen, was wie ›Wiewesselju‹ klang. Ich muss herausfinden, was das sollte.«

Bär hob eine Braue. »Das wissen wir schon. Sie haben einen englischen Brauch nachgespielt: *wassailing.* Dabei werden Apfelbäume beschossen, die schlecht gedeihen.«

»Wie bitte?«

»Na ja, das ist jetzt nur die Kurzfassung. Ich stelle dir übrigens eine Wache vor die Tür. Ella Winkler hat meine Handynummer, wenn was ist, kann sie mich sofort erreichen.«

»Gib mir mal meine Handtasche«, bat Roberta.

»Sorry, aber deine Klamotten sind alle in der KTU. Auch deine Handtasche. Das muss alles untersucht werden. Immerhin wurde ein Anschlag auf dich verübt.«

»In meiner Handtasche muss ein Foto sein. Von Markus, als er zwölf Jahre alt war. Vielleicht kriegt man es hin, ihn auf alt zu trimmen.«

»Du meinst eine Alterssimulation, die ihn so zeigt, wie er heute vermutlich aussieht?«

Roberta nickte nur.

»Gute Idee. Ich kümmere mich darum und komme bald wieder. Mit deinem Laptop. Brauchst du sonst noch etwas?«

»Mein Mobiltelefon. Aber das ist in meiner Handtasche.«

»Wenn die mal nicht zu sehr von Blut trieft.«

Er stand nun ganz nah vor ihrem Bett, und Roberta war gespannt, wie er sich von ihr verabschieden würde. Küsschen auf die Stirn wie ein guter Bruder? Oder Küsschen auf die Wange wie ein Franzose? Nein, das wohl eher nicht.

Er zwinkerte ihr zu. »Werd schnell gesund.«

Als Bär das Zimmer verlassen hatte, spürte Roberta, wie eine tiefe Müdigkeit sie ergriff. Sie wollte nur noch schlafen. Sich gesund schlafen. Und mit Bär von vorn anfangen. Doch so einfach war das nicht. Solange der Fall nicht gelöst war, schwebte sie in Gefahr. Und Ella und Bär mit ihr.

Sie beschloss, sich auszuruhen, bis Bär mit ihrem Laptop zurückkommen würde. Schon halb im Wegdämmern, tauchte ein Gedanke in ihrer Erinnerung auf, dem sie bisher keine Aufmerksamkeit geschenkt hatte. Hatte Ella nicht gesagt, wie toll es gewesen wäre, wenn die Umweltgruppe den Hof erstanden hätte? Jacques' Hof! Hatte sie ihn haben wollen, als Grundstein für ein gigantisches Biotop aus ökologischen Streuobstwiesen, von denen sie die Mehrheit besaß und das ihr dann niemand mehr nehmen konnte? Sie hatte sich womöglich in die Vorstellung verbissen, wollte die Idee zwanghaft umsetzen und ging dafür über Leichen.

Roberta wurde mit einem Mal ganz kalt.

Vielleicht steckte doch Ella hinter allem. Sie hatte Clemens in den Tod getrieben und wollte es Markus anhängen. Um herauszufinden, ob Markus überhaupt noch lebte, hatte sie Roberta engagiert. Jetzt war sie, Roberta, die Einzige, die ihr noch im Weg war. Nur dass Bär nun auch Bescheid wusste.

Sie musste ihn anrufen, er war in Gefahr.

***

Schlaf ruhig, mein Kind, und gräm dich nicht. Du machst dir zu viele Gedanken. Willst alles wissen, alles bestimmen und steuern. Doch so funktioniert die Welt nicht. Es ist alles ganz anders.

Die Erde dreht sich seit Jahrmillionen, und Jahrmillionen wird sie sich weiterdrehen, ohne sich um dich zu kümmern. Du bist ein Nichts auf dieser Erde. Du müsstest das eigentlich wissen.

Die Sonne wird unseren Planeten erst auskühlen, später wird sie sich gnadenlos ausdehnen und einfach verglühen. Und es wird dunkel werden im All.

Was macht es schon, wenn es jetzt schon dunkel wird um dich?

***

»Die Brauen mal noch etwas dunkler?«

Bär hatte seinen Stuhl dicht neben die Phantomzeichnerin gezogen, die aus dem LKA zu ihm ins Polizeipräsidium gekommen war. Sie musste das Display ihres mitgebrachten Tablets nur antippen, um immer wieder eine Veränderung des Fotos zu erzeugen, das sie eingescannt hatte, das Foto, das Markus Winkler im Alter von zwölf Jahren zeigte. Das Foto, das er dem … nun, Bär würde schon sagen: Drohbrief beigelegt hatte, den er seinerzeit seinen Adoptiveltern schickte.

Oder war es eher ein Hilferuf gewesen?

Auf der Stirn sah man ganz deutlich die gezackte Narbe, die er sich bei seinem Sprung von einem Apfelbaum zugezogen hatte. Bei einem Selbstmordversuch, wenn man seinem Brief glaubte.

»Solche Alterssimulationen mache ich so gut wie nie.« Die Phantomzeichnerin sah ihn ein wenig unsicher von der Seite an. Ein zartes blondes Wesen, das ihn ein wenig an Katja erinnerte. »Die kommen ganz selten vor.«

Bär nickte nur. Natürlich, die meiste Zeit erstellte sie Phantombilder wie früher die Zeichner. Um Täter zu finden, die jemand gesehen, aber niemand fotografiert hatte. Das waren Diebe, Räuber, Schläger. Manchmal auch Totschläger oder Mörder. Die Betroffenen hatten sie nur kurz zu Gesicht bekommen, in Situationen, in denen sie selbst unter Schock standen. Sie konnten sich oft nicht richtig erinnern, phantasierten Dinge hinzu, die ihr Hirn mit dem Ereignis verband. Wenn man drei Zeugen hatte, hatte man hinterher drei verschiedene Phantombilder.

»Mit so einem Foto ist es aber eigentlich einfacher als mit Zeugenaussagen. Irgendwie verlässlicher.« Es war, als könnte die Phantomzeichnerin seine Gedanken lesen. »Wir altern alle auf dieselbe Weise. Die Schwerkraft zieht unser Gewebe nach unten. Alles fängt an zu hängen. Die Gesichtshaut. Selbst die Nase.«

Ein Schwall ihres Parfums drang zu ihm herüber. Irgendetwas Mollig-Süßes, das ihn an das Rosenfest im Palmengarten erinnerte. Lara hatte ihn mal dorthin geschleppt, kurz nach ihrer Trennung von Amelies Vater, weil sie nicht allein hatte ausgehen wollen.

Die Phantomzeichnerin hatte Markus Winkler nun eine leicht abfallende, länger wirkende Nase verpasst und seine Wangen etwas eingefallen dargestellt. Die Iris hatte sie hochwandern lassen, und auf dem Bildschirm war so langsam, aber sicher das Foto eines Mittvierzigers erschienen.

»Ist er ein lustiger Typ?«, wollte sie wissen. »Dann gehen die Mundwinkel eher nach oben, und es gibt Lachfalten um die Augen herum.«

»Das kann ich schwer sagen.« Bär kratzte sich im Nacken. »Eine Nachbarin hat ihn als extrem freundlich und angepasst beschrieben. Aber er muss auch depressive Phasen gehabt haben. Ist wohl öfter ausgeflippt.« Roberta hatte ihm nur einen Kurzabriss über ihre Recherchen gegeben, aber der war ziemlich beeindruckend gewesen. Knapp und bündig. Als Journalistin hatte sie eben gelernt, das Wesentliche in wenigen Stichworten lebendig zu vermitteln. Er stellte sich vor, wie Markus mit dem Bus des Heims durchgebrannt war und ihn zu Schrott gefahren hatte. Das Wrack hatte er nach dem Unfall einfach irgendwo stehen lassen und war geflüchtet. Ob der Brand im Heim auch auf seine Kappe ging? Der Typ war echt gefährlich. »Er war wohl ein bisschen gestört«, gab Bär der Zeichnerin zu verstehen. »Aber er hatte auch kein leichtes Leben. Sein Vater hat ihn als Kind geschlagen, und seine Mutter hat tatenlos dabei zugesehen und ihn auch noch gehänselt.«

»Hm.« Die Zeichnerin nahm sich einen Moment. Vermutlich versuchte sie, sich die Person hinter dem Foto genauer vorzustellen. »Dann ziehen wir die Mundwinkel mal nach unten. Und vielleicht noch ein paar Zornesfalten zwischen den Brauen?«

Bär sah angespannt zu, wie sich der Mann auf dem Display immer weiter in jemanden verwandelte, den er zu kennen schien. Doch woher? War Markus Winkler schon einmal straffällig geworden? Hatte er ihn womöglich schon einmal festgenommen, verhört?

»Was ist mit den Haaren?«, fragte die Zeichnerin.

»Also dazu kann ich nun wirklich nichts sagen.«

»Und? Sind Sie hier bald fertig?« Becker steckte den Kopf zur Tür herein. Der hatte Bär gerade noch gefehlt.

»So schnell geht das nicht, wir beeilen uns schon.« Er machte eine ungeduldige Handbewegung, als wollte er seinen Chef aus dem Büro scheuchen.

Er dachte kurz an Roberta, die hilflos in der Unfallklinik lag. An Markus Winkler, den er stoppen musste, bevor er Roberta oder Ella Winkler etwas antun konnte.

»Eure schwarz-weißen Bildchen bringen die Polizei ja mittlerweile bei jedem dritten Fall auf die richtige Spur«, schmeichelte Becker der Zeichnerin. »Ich stelle es mir nur nicht so leicht vor, dauernd unterwegs zu sein. Ständig in irgendeinem anderen Polizeibüro das Tablet auspacken und Menschen nachbauen …«

»Chef!«, bat Bär ungeduldig.

»So nennen wir das tatsächlich: Menschen nachbauen.« Die Zeichnerin hatte noch einmal das Originalfoto zur Hand genommen und betrachtete es eingehend. »Er hatte als Junge schönes dichtes Haar. Kann also sein, dass er das immer noch hat.«

Becker schien nun endlich zu begreifen, dass seine Unterhaltung nicht gefragt war, und er schloss leise die Tür hinter sich.

»Und wenn nicht? Wenn er keine Haare mehr hat?«

»Kein Problem, ich zeige ihn Ihnen auch gern mit Glatze.« Ein paar Fingertipps auf dem Tablet, und der Mann hatte keine Haare mehr.

Bär spürte, wie eine heiße Woge in ihm aufstieg und sein Blutdruck hochkochte. Seine Hände krampften sich um die Stuhllehne.

»Nächster Versuch: Ich mache ihn mal ein bisschen besoffen.« Noch ein Wischer über das Display. Dem Mann fielen die Augen halb zu, sein Blick wurde glasig.

Durch Bärs Nerven schoss ein Impuls wie ein Stromschlag, und er sprang vom Stuhl auf. »Das gibt es doch nicht!«

Fassungslos starrte er auf das Tablet. Der Mann auf dem Display war der Obdachlose, den seine Kollegen und er seinerzeit im rheinhessischen Weinberg ausgesetzt hatten.

Der Penner ohne Papiere.

»Moment mal, ich bin gleich wieder da.« Er ließ die Zeichnerin allein zurück, hastete an seinen Schreibtisch und rief den Fall von damals im Computer auf. Es war ein Foto dabei, man hatte es benutzt, um nach Augenzeugen zu suchen. Ein Merkmal stach Bär ins Auge, an das er sich überhaupt nicht mehr erinnerte. Auf die Stirn des Penners hatte er damals gar nicht geachtet, die ganze Situation war einfach zu schockierend für ihn gewesen. Aber es gab keinen Zweifel, die gezackte Narbe quer über der Stirn war dieselbe Narbe wie die auf dem Foto des zwölfjährigen Markus.

Aber ... wenn dieser Penner Markus Winkler gewesen war, dann war Markus Winkler längst tot. Erfroren im Weinberg.

***

Roberta wurde unruhig. Bär hatte ihren Laptop, ihr Mobiltelefon und ihre Handtasche von einem Polizeibeamten vorbeibringen lassen, und sie hatte ihm auf den AB gesprochen, aber er rief nicht zurück. Ihr blieb nur, sich zu gedulden. Ihm weiter hinterherzutelefonieren, machte keinen Sinn, er war bestimmt beschäftigt. Außerdem konnte sie mit der Braunüle ihr Mobiltelefon kaum bedienen.

Eine Schwester war so nett gewesen, ihren Laptop auf ihr Bett zu stellen und aufzuklappen, so konnte sie wenigstens ein paar Webseiten durchscrollen, um zu recherchieren. Die Handtasche hatte sie gleich in ihren Nachttischschrank verbannt. Zwar hatte sie jemand oberflächlich gereinigt, aber ihr weiches Leder war noch durchtränkt von ihrem inzwischen bräunlich angelaufenen Blut. Immerhin hatte die Tasche ihr Leben gerettet, womit sonst hätte sie sich einen provisorischen Druckverband anlegen sollen?

Angespannt schaute sie auf die Zeitangabe ihres Mobiltelefons. Es war gleich elf. Durch das gekippte Fenster drang der typische Geruch der Krankenhausküche herein. Roberta schmeckte im Geiste bereits Dampfkartoffeln und Béchamelsoße, das Mittagessen, das sie nachher serviert bekommen würde. Jeden Moment erwartete sie das Kamera-Team, das Mike Niermann vorbeischicken wollte. Aber um ihr Interview geben zu können, brauchte sie auch Bär. Die Details für die Fahndung nach Markus Winkler hatte er.

»Roberta!«

Endlich ging die Tür auf, und Bär stürmte herein. Hinter ihm her kam Amelie ins Zimmer gehüpft.

Noch ehe Roberta sich darüber wundern konnte, stand Bär auch schon an ihrem Bett. »Es ging nicht anders, Lara musste zum Arzt, ein Termin, auf den sie wochenlang gewartet hat«, raunte er ihr mit einer Kopfbewegung in Amelies Richtung zu. »Ich hätte deshalb heute eigentlich freigehabt und arbeite nur dir zuliebe.« Er grinste schief.

Für einen Moment widmete er seine Aufmerksamkeit wieder Amelie. »Nimm dein Buch und setz dich dort ans Fenster«, beschied der dem kleinen Mädchen. Dann setzte er sich zu Roberta auf die Bettkante. »Markus Winkler ist tot.« Er sprach eindringlich, aber sehr leise, um Amelie nicht zu ängstigen, und Roberta hatte das Gefühl, dass sein Flüstern die Nachricht umso bedrohlicher klingen ließ.

»Was denn, wieso?«

»Wir haben eine Alterssimulation angefertigt, um ihn damit zu suchen. Aber als wir fertig waren ...« Bär zog einen Computer-Ausdruck aus seiner Jacke und reichte ihn ihr. »Das hier ist der erfrorene Penner aus Mainz, von dem ich dir erzählt habe.«

Roberta setzte sich unbedacht im Bett auf und tastete sogleich mit schmerzverzerrtem Gesicht nach ihrer Wunde. Jede Bewegung war für sie eine Qual. Dann betrachtete sie die Narbe auf der Stirn des Mannes auf dem Foto.

»Und was bedeutet das nun?« Sie fröstelte und zog unwillkürlich die Bettdecke ein wenig höher.

»Das heißt, dass wir nicht mehr wissen, mit wem wir es zu tun haben«, raunte Bär ihr zu. »Unser Verdächtiger ist nicht Markus Winkler. Der ist lange tot.«

»Wer ist es denn dann?« Amelies kleine Stimme drang vom Fenster her zu ihnen.

»Du hältst dich da raus«, befahl Bär streng.

Roberta schluckte. »Und wen suchen wir nun?«

»Wenn ich das wüsste! Zunächst mal den Spanier, den Mann, der mit Sidra handelt und Jacques' Häuschen kaufen wollte. Die junge Frau aus dem Supermarkt will ihn in der Mordnacht im Hof gesehen haben, das ist doch eine reelle Spur. Womöglich wollte auch er an das ganze Areal herankommen, an den Hof und die Wiesen.«

»Was ist Sidra?« Das war wieder Amelie.

»Das erkläre ich dir, wenn du groß bist«, gab Bär knapp zurück.

»Und Ella? Habt ihr Ella überprüft?« Roberta wollte nicht, dass Ella schuldig war, dazu mochte sie sie inzwischen zu sehr. Dennoch berichtete sie flüsternd von Ellas Bemerkung über den Kauf des Hofes durch die Umweltgruppe.

»Außerdem besitzt sie Gewehre, das wollte ich dir schon die ganze Zeit sagen.«

»Was?« Bär schoss von ihrem Bett hoch.

»Ja, habt ihr Ellas Haus denn nicht durchsucht?«

»Aber wieso denn?« Bär strich sich mit einer schnellen Bewegung die Haare aus dem erhitzten Gesicht. »Die Jungen haben sich nur in ihrem Garten aufgehalten, ins Haus hat niemand einzudringen versucht. Außerdem stand Ella Winkler für uns auf der Seite der Opfer, wir sind davon ausgegangen, dass sie es war, die angegriffen werden sollte. Und dass wir sie beschützen müssen. Deshalb habe ich ihr ja auch meine Handynummer gegeben.«

»Nur dass du nicht an dein Handy rangehst«, gab Roberta vorwurfsvoll zurück.

»Herrje, ich war dermaßen mit dieser Simulation beschäftigt. Mein Handy war auf Vibration gestellt und steckte in der Jeansjacke, die über dem Stuhl hing. Tut mir leid.« Er sah sie mit einem zerknirschten Gesichtsausdruck an, aber der Moment dauerte nur kurz. Bär war niemand, der sich lange über gemachte Fehler grämte. Er schaute stets nach vorn und schien bereits darüber nachzudenken, wie er sich auf die neue Situation einstellen musste. »Ich werde Ella Winklers Haus durchsuchen und ihre Waffen in die Ballistik schaffen lassen.« Er griff zu seinem Handy.

Während er mit seinen Kollegen redete, lief er nervös im Zimmer auf und ab. Roberta hörte kaum, was er sagte. Sie fürchtete den Schmerz bei jeder Bewegung, und die Bilder der vergangenen Nacht verfolgten sie wie ein Alptraum.

»Alles klar, das hätten wir.« Kaum war sein Telefonat beendet, saß Bär wieder an ihrem Bett.

»Gut. Und was erzähle ich im Interview? Nach wem fahnden wir nun?«

Er zog die Stirn in Falten, kaute auf seiner Unterlippe herum. »Wann wird die Sendung ausgestrahlt?«

»Um neunzehn Uhr. Danach werden die Top-News zur vollen Stunde in Kurzform wiederholt.«

»Am besten bittest du um sachdienliche Hinweise auf den Sidra-Importeur. Ich könnte die Verkäuferin aus dem Supermarkt auf ein Phantombild einbestellen. Denkst du, das kann man dann vor der Sendung noch in dein Interview reinschneiden?«

»Bestimmt. Das dürfte kein Problem sein.«

Draußen auf dem Gang näherten sich polternd Schritte. Die Tür flog auf.

»Frau Hennig?«

Drei Männer und eine Frau betraten das Krankenzimmer so entschlossen, als sei es ihr Büro. Ein Stativ wurde hereingerollt, eine Kamera daraufmontiert. Die Frau öffnete einen Koffer und hantierte darin herum. Dann stürzte sie auf Roberta zu und begann auch schon, sie zu schminken.

»Was machen wir mit den Haaren?«, fragte sie besorgt. »Die sehen ja scheußlich aus.«

»Zusammenbinden?«, schlug Roberta vor.

»Gute Idee.«

»Wo kriegen wir Strom her? Funktioniert die Steckdose hier unten?«, wollte der Lichttechniker wissen. Er setzte Robertas Krankenzimmer binnen Minuten unter Flutlicht, während die

Maskenbildnerin auf Robertas Vorschlag einging und ihr das Haar zum Pferdeschwanz frisierte.

»Wir brauchen eine Probe. Können Sie mal was sagen?«, bat der Tontechniker.

»Eins, zwei, drei, vier …«, zählte Roberta.

»Danke.«

»Ich denke, wir legen einfach los«, sagte der Kameramann. »Wenn Sie sich verhaspeln, lasse ich die Kamera weiterlaufen und sie fangen von vorn an. Ohne Unterbrechung. Wir können das später schneiden.«

Bär hatte sich auf den Stuhl am Fenster gesetzt, den zuvor seine Nichte belegt hatte. Amelie hatte er auf seinen Schoß genommen. Er umfing sie mit beiden Armen, als müsste er sie beschützen. Vielleicht hatte er aber auch nur Angst, dass sie ihm wieder einmal davonrannte.

»Okay«, sagte der Kameramann. »Wir können.«

»England vor hundert Jahren«, begann Roberta. »Es ist die zwölfte Nacht des Jahres nach dem vorgregorianischen Kalender, heute entspricht das dem 17. Januar. In Devonshire versammelt sich ein Bauer mit seiner Familie und den engsten Freunden im Obstgarten. Alle sind bis an die Zähne bewaffnet, mit Stöcken, Lanzen und Gewehren. Die Bauersfrau trägt eine Schüssel mit Cider bei sich, dem englischen Apfelwein. Darin schwimmt ein Toastbrot.«

Roberta machte eine Pause, ihre Seite schmerzte, und sie suchte eine bequemere Lage. Dabei waren die Recherchen am Laptop schon beschwerlich genug gewesen. Jedes Mal wenn sie versucht hatte, sich aufzusetzen, hatte der Verband in die Seite gedrückt, und die Wunde hatte dumpf gepocht.

»Der Bauer, seine Familie und seine Freunde suchen nun den besten Apfelbaum in ihrem Garten aus«, fuhr sie fort. »Sie tränken den Apfelbaum mit dem Cider. Dann beginnen sie leise zu singen: ›*Old appletree, we wassail thee.*‹ Lieber Apfelbaum, bleib bei guter Gesundheit.«

Wieder machte Roberta eine Pause und atmete tief durch, um ihre schmerzende Seite zu entlasten. Das Bild, das sie heraufbeschworen hatte, sah sie nun selbst deutlich vor sich. Eine

Bauersfamilie, die einem Apfelbaum zusprach und ihm einen Drink spendierte. Wie nah die Menschen der Natur und ihren Geschöpfen doch einst gewesen waren. Und wie beseelt sie Pflanzen und Tiere erlebt hatten.

»Die kleine Gruppe zieht sodann zu dem Apfelbaum, der am schlechtesten trägt. Und sie schlagen und beschießen ihn. Zur Strafe und damit er sich bessert. Ein kleines Mädchen wird von einem Mann hochgehoben, damit sie das mit Cider getränkte Toastbrot in eine Astgabel legen kann. Die leckere Gabe ist für die Rotkehlchen gedacht. Seit jeher gelten diese Vögel als Vermittler zwischen Pomona, der Göttin der Apfelbäume, und den Bäumen selbst.«

Roberta atmete flacher, die Anstrengung war beinahe unerträglich für sie. Aber nun wollte sie es hinter sich bringen, sie hatte bereits zu viel in die Vorbereitung dieses Interviews investiert.

»Diesen alten Brauch gab es lange in England. Heute wissen wir, dass er sogar wirkte. Das Schlagen des Baums setzte die Schädlinge und Insekten im Holz und in der Rinde frei, und die Rotkehlchen fraßen sie dann.«

Sie blickte einen Moment lang ernst in die Kamera, um sich noch einmal eine kurze Pause zu verschaffen.

»Ein paar Jugendliche haben den Brauch gestern Abend im Garten einer Naturschützerin nachgespielt. Angeregt hat sie dazu der anonyme Verfasser einer E-Mail. Ich befand mich zur fraglichen Zeit rein zufällig in dem Garten. Und in dem Durcheinander traf mich ein Schuss. Ich wurde verletzt und liege nun hier im Unfallkrankenhaus.«

Sie wusste, dass der Kameramann nun das Bild aufzog und sie in aller Schönheit in ihrem Krankenzimmer präsentierte.

»Im Zusammenhang mit dieser Tat sucht die Polizei einen Mann, der in Büngsbach einen Hof erwerben wollte. Er nannte sich Juan Perez und verkaufte eine Zeit lang Sidra, die spanische Variante des Apfelweins.«

Sie warf einen Blick zu Bär hinüber, und der nickte ihr aufmunternd zu. Eigentlich hätte nun die Fahndung nach Markus Winkler erfolgen sollen, dazu hatten sie den ganzen Aufwand mit dem Interview schließlich betrieben. Aber Bär war sich sicher, dass Markus Winkler im Weinberg erfroren war.

Und Ella? Falls sie hinter all dem steckte, würde die Polizei sie leicht festnehmen können. Bei ihrer Liebe zu ihren Streuobstwiesen bestand in ihrem Fall wohl kaum Fluchtgefahr. Also war es tatsächlich das Sinnvollste, nach dem Spanier zu fahnden. Womöglich war er Jacques' Mörder, und nicht nur Cathérine würde sich ein wenig besser fühlen, wenn sie ihn schnappten.

»Die Polizei bittet um Ihre Mithilfe. Sollte sich jemand aus Frankfurt oder der Wetterau an Juan Perez oder an Menschen erinnern, die Kontakt mit Juan Perez halten könnten, so wird er gebeten, sich an die Polizei zu wenden.«

An dieser Stelle musste Niermann heute Abend nur noch das Phantombild des Sidra-Verkäufers einblenden lassen. Wenn es denn bis dahin eines gab.

Roberta verabschiedete das Team und die Maskenbildnerin. Bär blieb noch einen Moment bei ihr. Er sah müde aus, wirkte unzufrieden und besorgt.

»Ich fahre jetzt auf der Stelle nach Büngsbach raus und bitte die Verkäuferin aus dem Supermarkt, mit mir ins Polizeipräsidium zu kommen, um ein Phantombild von Perez zu erstellen. Vielleicht schnappen wir durch deine Sendung wenigstens den.«

Roberta nickte stumm. Den Mörder ihres Jugendfreunds zu finden, lag ihr näher am Herzen als das gesamte Komplott um den Wiesengrund.

»Kann ich Amelie solange bei dir lassen?« Er warf einen raschen Blick auf seine Uhr. »Lara müsste beim Arzt eigentlich jeden Moment fertig sein. Wenn ich ihr eine SMS schicke, um ihr zu sagen, wo sie die Kleine abholen soll, muss sie nicht warten, bis wir aus Büngsbach zurück sind.« Er sah sie bittend an.

»Schon gut«, gab Roberta nach. »Steht meine Wache noch vor der Tür?«

»Sicher.«

»Erzählst du mir was?« Amelie saß auf ihrem Stuhl am Fenster und wippte gelangweilt mit den Beinen.

»Ja gern, was denn?« Roberta stopfte sich mit der freien Hand ihr Kopfkissen in den Rücken, um ein wenig höher zu liegen und sie besser anschauen zu können.

»Weiß nicht. Was Schönes.«

Roberta unterdrückte ein Seufzen. Sie hatte das Gefühl, dass es ihr nicht gelingen würde, sich jetzt etwas Schönes auszudenken. Andererseits wollte sie die Kleine nicht enttäuschen. Sie riss sich zusammen. »Weißt du, dass hier auf dem Dach ein Hubschrauberlandeplatz ist?«, begann sie.

»Das nicht. Nichts mit Hubschraubern. Und auch nichts mit Autos. Was mit Tieren.«

»Hm.« Zeit gewinnen, dachte Roberta, ich muss nur durchhalten und Zeit gewinnen. Dann geht alles vorbei. Die Müdigkeit, der Schmerz. Diese Hilflosigkeit, hier tatenlos im Bett liegen zu müssen. Und das Babysitten.

»Ich will eine Katze, aber Mama lässt mich nicht.«

»Dann hat sie bestimmt ihre Gründe. Sie muss viel arbeiten und hat keine Zeit, sich um ein Tier zu kümmern.«

»Ja, aber ich kann mich doch kümmern.«

»Du kommst bald in die Schule, und dann hast du auch keine Zeit mehr.« Das war ihr jetzt so rausgerutscht. Roberta biss sich erschrocken auf die Lippen. Die Schule durfte man Kindern nicht miesmachen, die meisten gingen eh ungern hin.

»Hattest du Tiere als Kind?«

»Ja, drei kleine Küken.« Die Klassenkameraden hatten sie deswegen bis aufs Blut getriezt und gemobbt. Golden Retriever waren angesagt gewesen und Islandpferde. Hühnchen aß man zu Mittag.

»Was war mit ihnen?«

»Nichts, wieso? Sie waren niedlich.«

Sie waren rasch herangewachsen, ein Hahn und zwei Hennen.

»Hatten sie Namen?«

»Den Hahn habe ich Bürgermeister genannt.« Er hatte sich einfach wie einer benommen, so stolz und wichtigtuerisch, wie er über den Hof gestakst war und nach seinen beiden Hennen gesehen hatte.

»Huch.« Amelie kicherte. »Bürgermeister. Aber schon toll, irgendwie.«

»Ja.«

Eines Tages hatte Roberta vergebens im Hof nach ihrem Bürgermeister gesucht. Dafür hatte es in der Küche nach Hühnersuppe mit Majoran geduftet. Ihre Mutter hatte am Tisch gestanden und das Gerippe abgesucht. »Einlage für die Suppe. Oder willst du lieber Eierstich?«

Sie war ins Bad gerannt und hatte sich die Seele aus dem Leib gekotzt.

»Hast du was zum Spielen dabei?«

Roberta überlegte. »Guck mal in meine Handtasche. Oder nein, warte, ich sehe selbst nach.« Womöglich klebte noch zu viel Blut an der Tasche. Ihr Blut.

Bald wirst du in deinem eigenen Blut liegen. Das hatte der anonyme Anrufer im Radio gesagt.

Ihr schwindelte, womöglich fehlte ihr das Mittagessen. Die Krankenschwester hatte nicht gewagt, es ihr hereinzubringen. Als sie das Kamerateam gesehen hatte, war sie mit dem Tablett wieder davongeschwebt.

Mühsam fischte Roberta mit der freien Hand ihre Tasche aus dem Nachttischschrank und öffnete sie.

»Iiiih, die stinkt aber.« Amelie war an ihr Bett getreten und hielt sich die Nase zu. Ein Geruch nach Eisen und Desinfektionsmittel verbreitete sich. Aber darauf kam es nun auch nicht mehr an.

»Halb so wild.« Roberta griff beherzt in die Tasche. »Schau einmal, das sind Früchte vom Speierling, einem großen Baum.« Sie hatte die kleinen harten Früchte die ganze Zeit mit sich herumgetragen. Mit Wehmut dachte sie an den Spaziergang durch die Streuobstwiesen, den sie mit Ella gemacht hatte. Da hatte sich alles noch so gut angefühlt. Sie konnte kaum glauben, dass das erst eine Woche her sein sollte.

Amelie nahm die Früchte neugierig in die Hand, und Roberta atmete innerlich auf. Sie hatte schon befürchtet, dass die Kleine sie langweilig finden würde, doch sie schienen ihr zu gefallen.

»Winzige Äpfel und Birnen!«, rief sie freudig. »Da kann man ja Kaufladen mit spielen.«

Und das machst du jetzt am besten auch, dachte Roberta müde. Da hinten auf der Fensterbank. Still und leise.

Aber Amelie war noch ein Kind. Ihre Mutter hatte keine Zeit für sie, und ihr Onkel schleppte sie an Orte, an denen sie nichts verloren hatte. Arme Kleine.

»Wenn die Früchte reif sind, werden sie zuckersüß«, flüsterte sie matt. Ihre Kräfte ließen nach, die Wunde pochte, und sie musste schlafen. »Ihre Haut sieht dann ganz braun und schmutzig aus, deshalb nennt man sie auch Drecksäcke.«

»Drecksäcke, Drecksäcke!« Der Name gefiel Amelie noch besser als die Früchte. »Darf ich die?«

»Nur zu, du kannst sie alle behalten.«

Die Zeit verstrich. Die Krankenschwester kam und hängte Roberta einen neuen Tropf an, Amelie spielte selbstvergessen mit ihren Speierlingfrüchten und zählte sie durch.

»Zweiunnzwanzisch, dreiunndreißisch, vierunnverzisch, fünfunnffuffzig …«

Himmel, wer hatte dem Kind das Zählen beigebracht? Doch nicht etwa Bär?

Roberta war gerade ein wenig weggedöst, als endlich die Tür aufsprang. Sie blinzelte, sah verschwommen eine Gestalt. Bär?

»Chrissi?«, rief Amelie. Ihr Kopf flog herum, die Zöpfe sausten durch die Luft.

Im nächsten Moment gefror Roberta das Blut in den Adern. Der Mann, der ihr Zimmer betreten hatte, war nicht Bär. Um seinen Kopf herum trug er etwas Dunkles, Schwarzes. Es dauerte einen Moment, bis sie wusste, was es war, ihr Hirn schien sich zu weigern, es anzunehmen.

Ihr Besucher trug eine Sturmmaske.

Amelie musste es nun auch gesehen haben, aus ihrer Kehle drang ein schriller Schrei. Roberta begann leise zu wimmern. Lass das, befahl sie sich selbst. Du machst dem Kind Angst. Aber sie konnte das Wimmern nicht abstellen.

Die Maske kam näher, trat an ihr Bett.

Roberta erwartete, dass die Person etwas sagen würde. Zu verstehen gab, was sie wollte. Oder vorhatte. Doch wer immer da vor ihr stand, schwieg. Roberta sah nur wieder diese seelenlosen Augen, die auf sie gerichtet waren. Diese ekligen Lippen, die aus dem Loch für den Mund hervorquollen. Doch diesmal sahen sie weniger obszön aus, machten keine beleidigenden, machohaften Gesten. Und auch die Augen wirkten heller, schmaler. Oder bildete sie sich das nur ein?

Das macht die Angst, sagte sie sich. Du kannst nicht mehr klar denken, geschweige denn urteilen.

Sie versuchte, das Zittern zu unterdrücken, das durch ihren Körper lief. Sah nach dem Kind. Amelie verharrte noch immer auf dem Stuhl am Fenster. Ihre Augen waren schreckensweit aufgerissen, aber sie blieb erstaunlich gefasst. Sie war zäh, diese Kleine. Oder verstand sie einfach noch nicht, was hier vor sich ging? War ihre Unschuld ein Schutzschild, kam ihre Ruhe daher?

Roberta schielte nach der Alarmanlage, mit der sie die Schwester rufen konnte. Der Klingelknopf baumelte an einer langen Schnur über ihrem Bett, nur einen Handgriff von ihr entfernt. Doch die Maske hatte ihren Blick gesehen. Mit einer raschen Bewegung wurde die Schur aus dem Schalter gerissen.

Robertas Lider flatterten, als sie ihren Eindringling genauer ansah. Weder gaben ihr männlich breite Schultern noch weiblich ausladende Hüften einen Anhaltspunkt auf das Geschlecht. Die mittelgroßen Füße steckten in unscheinbaren Turnschuhen, Jeans und Outdoor-Jacke fielen in die Kategorie Unisex. Es konnte eine kräftige Frau sein. Oder ein mittelgroßer Mann. Der Sidra-Verkäufer.

»Ella?«, sagte Roberta. »Sind Sie das?«

Sie war sich fast sicher, dass die Person zusammenzuckte.

Mit einer herrischen Geste hielt der Eindringling ihr nun einen Zettel hin, den er aus seiner Jackentasche gezogen hatte. Bestimmt enthielt er eine Nachricht.

Roberta fühlte das feste Papier zwischen den Fingern ihrer freien Hand. Sie musste Amelie im Auge behalten. Amelie war noch ein Kind, ihr durfte nichts geschehen. Ihrem Körper nicht und auch nicht ihrer Seele. Blitzschnell überflog sie die Zeilen.

Du mischst dich in alles ein, nur weil du glaubst, ein Recht dazu zu haben. Das Recht, alles aufzuwühlen und auszuposaunen.
Ein Recht zu richten. Wer bist du schon, kleiner Schreiberling?
Wer hat dir erlaubt, meine Pläne zu stören?
Ich wusste doch, was ich tat, alles war sehr wohlüberlegt.
Gerecht wäre alles ausgegangen, alle Sünden wären gesühnt worden.
Doch du maßest dir an, in meine Räder zu greifen.
Jetzt richte ich dich. Ich werde dich töten. Mit etwas, das du magst.

»Was …« Robertas Hals war ganz trocken, und sie brachte kaum ein Wort heraus. »Was wollen Sie?«

Doch die Maske wies nur mit einer harschen Kopfbewegung auf den Zettel.

Aus den Augenwinkeln sah Roberta eine Bewegung. Amelie war zur Tür gestürzt und versuchte, sie aufzureißen. Tapfer kämpfte sie mit der Klinke, die zu hoch für sie war, und mit der schweren Tür. Die Maske war mit wenigen Schritten bei ihr und riss sie zurück. Amelie taumelte durchs Zimmer, flüchtete sich dann zu Roberta ans Bettende. Der Eindringling klemmte den Stuhl, auf dem die Kleine bis eben gesessen hatte, unter die Klinke. So konnte niemand mehr das Zimmer von außen betreten.

Sie waren gefangen.

Robertas Gedanken rasten. Die Wache vor der Tür war sicherlich längst weggelockt oder überwältigt. Die Maske sprach immer noch kein Wort. Nur ihre Augen waren auf Roberta gerichtet, und ihre Blicke schienen sie durchdringen und festnageln zu wollen. Vorsichtig zog sie etwas aus der Innenseite ihrer Jacke. Eine Einwegspritze.

Auf Robertas Bett segelte ein zweiter Zettel.

Viel Vergnügen mit Viez.

»Was …«, brachte Roberta röchelnd hervor. Sie verstand nicht, was hier vor sich ging. Was die vermummte Person von ihr wollte. Bis die Maske näher an ihren Tropf herantrat. Mit einer raschen, entschlossenen Bewegung stach sie die Nadel der Einwegspritze in Robertas Infusionsbeutel und drückte den Inhalt des Zylinders hinein.

Viez. Sie wollte ihr Blut mit Apfelsaft vermischen!

»Tut das weh? Ist das schlimm?« Amelies Augen waren schreckensweit aufgerissen.

»Nein«, log Roberta. »Das macht gar nichts.«

Sie wusste es besser. Apfelsaft gehörte nicht in ihren Blutkreislauf. Er war viel saurer als ihr Blut und sicherlich auch nicht steril. Sie musste sich die Braunüle herausziehen. Der Zugang lag auf dem Handrücken, dadurch kam sie leicht an ihn heran. Aber man konnte auch sofort sehen, wenn sie ihn manipulierte. Vorsichtig versuchte sie, die Hand mit der Braunüle unter die Bettdecke zu ziehen. Doch ihr Peiniger schien zu ahnen, was sie vorhatte. Kaum hatte Roberta ihre Hand ein wenig bewegt, griff er hart und fest danach, und ehe sich Roberta versah, waren ihre Handgelenke ans Bett gefesselt. Die Länge der Elektrokabel, die der Eindringling dazu mitgebracht hatte, musste er vorher genau berechnet haben.

Es war alles geplant.

Sie hörte Amelie kurz aufschreien, als die Gestalt mit der Maske sie vom Bett hochhob, sah nur noch deren Rücken, als sie die Kleine raustrug. Amelie war nun still. Ob vor Schreck oder weil ihr der Mund zugehalten wurde, wusste sie nicht zu sagen. Die Tür fiel hinter den beiden ins Schloss, und Roberta war in ihrem Elend allein.

Eine Weile versuchte sie, um Hilfe zu schreien, aber ihre Stimme war zu matt. Sie hatte alle Kraft aufgebraucht bei ihren Recherchen, dem Interview und in den letzten Minuten mit der Maske.

Amelie. Sie musste Amelie retten.

Schwer atmend starrte sie den Infusionsbeutel an. Sie konnte genau sehen, wie die gelbe Flüssigkeit in Schlieren in der Nährlösung waberte, die tropfenweise in ihre Blutbahn eindrang.

War das tatsächlich Apfelsaft?

Oder war es ein Betäubungsmittel? Eine Droge? Wie lange würde sie noch bei wachem Verstand sein?

Sie versuchte, mit dem Mund an die Braunüle auf ihrer Hand zu kommen, doch die Maske hatte sie so stramm am Bettgestell festgebunden, dass es ihr nicht gelang.

Konnte sie mit den Zähnen das Rädchen zudrehen, das den Zulauf regelte? Sie unternahm ein paar Versuche, reckte sich in Richtung des Zulaufreglers, doch er lag zu hoch, und sie reichte nicht heran.

Und wenn es ein Gift war? Wie viel Zeit blieb ihr dann noch zum Leben?

Noch einmal nahm sie alle Kräfte zusammen, um zu schreien.

Lag ihr Zimmer so abseits, am Ende eines langen Flurs, dass niemand sie hören konnte?

Ihr Rufen geriet nur zu einem heiseren Krächzen, dann erstarb es ganz. Tränen rannen ihr über die Wangen.

»Amelie«, flüsterte sie.

Sie begann, die Hand mit der Braunüle an der Fessel zu reiben. Sie so unter dem Elektrokabel zu bewegen, dass die Nadel aus der Vene gezogen wurde. Die Klebestreifen wollten sich nicht lösen, qualvoll zerrten sie an ihrer Haut. Die Nadel verrutschte immer wieder, stach in ihre Vene und in ihr Fleisch. Höllische Schmerzen zuckten durch ihre Hand und ihren Körper. Und gleichzeitig war da ein Gefühl des Triumphs. Die Nadel schien sich zu bewegen. Die Hand wurde nass von Infusionsflüssigkeit und Blut.

Kleine Amelie, halt durch.

***

Die schwere Glastür mit dem diagonalen Griff im Stil der sechziger Jahre fiel so krachend in den Rahmen, wie er das vom letzten Mal in Erinnerung hatte. Die Blassblonde bediente gerade eine alte Dame und half ihr, die eingekauften Lebensmittel in eine Plastiktüte zu packen. Er schaute rasch in den Laden, ob noch weitere Kunden da waren und ihr Gespräch mithören konnten, doch da war niemand.

Er wartete, bis die alte Dame auf die Straße gegangen war, dann trat er zu der Verkäuferin an die Kasse.

»Hallo, guten Tag.«

»Na, wieder mal in Büngsbach Kaugummi kaufen?« Ein verschmitztes Lächeln umspielte ihre Lippen, als sie zu ihm aufsah.

»Nein, heute nicht.« Es entstand eine Pause, und er überlegte, wie er das Gespräch beginnen sollte. »Ich muss Sie bitten, mit mir nach Frankfurt zu kommen«, sagte er dann ganz direkt. »Ich möchte gern, dass Sie mir helfen, ein Phantombild von Juan Perez anzufertigen. Dem Sidra-Verkäufer, der hier mal gewohnt hat und den Sie in der Mordnacht im Hof von Jacques Toussaints gesehen haben.«

Sie sagte nichts. Sah nur auf ihre Hände. Eine dünne Haarsträhne fiel ihr über die Augen, und sie blies sie aus dem Gesicht.

»Was ist, wollen Sie mir nicht helfen?«

»Ich kann hier nicht weg, die Kunden …«

»Es dauert bestimmt nicht lange.« Er lächelte aufmunternd. »Ich hab auch ein Zivilfahrzeug dabei. Niemand wird etwas bemerken.«

Sie sah ihn müde an. »Hier reicht es, wenn man zu einem fremden Mann ins Auto einsteigt.« In ihrer Miene las er eine Mischung aus Ironie und Resignation.

»Also gut, wenn Sie jetzt nicht freiwillig mitkommen, muss ich Sie später bei Gericht als Zeugin vorladen lassen. Ganz wie Sie wollen, noch können Sie es sich aussuchen.« Er hob entschuldigend die Hände. »Wir brauchen das Phantombild dringend. Es soll heute Abend in einer Nachrichtensendung gezeigt werden.«

»Sie fahnden nach Juan?«

Bär nickte. »Ja, allerdings.«

Sie legte die Hände einen Moment lang auf ihr Gesicht, dann gab sie der Wand ihrer Kassenzelle einen Tritt. Eine Geste der Wut. Oder der Verzweiflung. Bär wartete ab.

»Verdammt. Ich hab gewusst, dass alles schiefgeht.«

»Dass was schiefgeht?«, fragte er ruhig.

Sie sah ihn offen an, und in ihren Augen standen Tränen. »Ich war mit Juan zusammen. Eine Zeit lang. Es waren schreckliche Monate. Nicht wegen Juan, der ist ja so süß. Aber wegen der Leute hier. Ein einziges Spießrutenlaufen, sage ich Ihnen. Die Menschen im Dorf mochten Juan nicht, sie fanden ihn und seinen Sidra komisch. Und als ich mit ihm zusammen war, wurde ich mit ihm über einen Kamm geschoren. Viel schlimmer noch: Ich war die, die sich mit dem Kanacken abgab.«

»Verstehe.«

Sie schüttelte den Kopf. »Oh nein. Sie verstehen gar nichts, denke ich mal. Juan hatte in den Sidra investiert. Er hatte schon einige Fässer hier gelagert, wollte sie abfüllen und verkaufen. Aber niemand wollte etwas davon haben. Es war furchtbar. Juan hatte kein Geld mehr, nur noch Schulden. Und dann kam dieses Angebot.«

»Was für ein Angebot?«

»Torsten Schröder, ein Bauunternehmer aus Frankfurt, hat ihm viel Geld geboten, damit er den Hof kauft.« Sie machte eine Kopfbewegung in die Richtung, in der der umkämpfte Hof lag.

»Torsten Schröder?« Bär sah ihn wieder hinter seinem Schreibtisch sitzen. »Wie viel wollen Sie denn anlegen?«, hörte er ihn unterkühlt fragen.

»Ja. Er sollte für ihn den Strohmann spielen. Der Deal war, dass Schröder ihm das Geld für den Hof auslegte, eine Provision zahlte und Juan ihm den Hof später wieder überschreiben sollte.«

»Damit Schröder dort seine Apartments bauen konnte.«

»Ganz genau.« Sie nickte heftig. »Aber die Franzosen waren schneller. Vielmehr hatte der ursprüngliche Besitzer einen Narren an den Fröschen gefressen. Keine Ahnung, warum. Vermutlich, weil sie ihm versprochen hatten, alles so zu erhalten, wie es war. Juan hat dann versucht, dem Franzosen den Hof wieder abzujagen. Er hat sich alle Mühe gegeben, ihm seine Pläne auszureden, kaum dass Jacques hier aufgetaucht war, hat ihm erzählt, wie es ihm mit seinem Sidra ergangen war. So würde es ihm auch mit dem Cidre gehen, hat er dem Normannen gesagt. Aber der hatte ja taube Ohren.« Die Stimme der Verkäuferin war jetzt ganz leise. »Juan hat …« Sie brach ab und erhob sich von ihrem Stuhl vor der Kasse. Sichernd schaute sie durch die Glastür nach draußen auf die Straße. Dann drehte sie das Schild, das vor der Tür baumelte, entschlossen auf die andere Seite.

»Offen«, las Bär. Vermutlich stand auf der Rückseite, die nun die Passanten und potenziellen Kunden sehen konnten, »Geschlossen«.

»Was war das für eine Geschichte mit der Sahne?«, ging Bär sie nun etwas gröber an.

Sie sah ihm traurig in die Augen. »Das hat schon alles gestimmt. Mit der Sahne war es genau so, wie ich Ihnen das erzählt habe. Aber Jacques konnte die Sahne nicht mehr in Empfang nehmen. Er lag schon tot neben der Kelter, als ich in den Hof kam.«

»Lassen Sie mich raten: Juan und Jacques hatten sich wegen des Hofs gestritten, Juan wurde handgreiflich, und dann ist der Franzose gegen die Kelter gefallen und unglücklich aufgekommen.«

Verletzung durch stumpfe Gewalt. Nicht immer konnte man so genau unterscheiden, ob jemand eins mit einer Eisenlatte übergezogen bekommen hatte oder gegen eine stählerne Verstrebung gefallen war. Da die Kelter sauber abgewischt worden war, hatte man dort keine verräterischen Spuren mehr gefunden.

»Wessen Idee war es, ihn in die Kelter zu stecken?«

Wieder schaute sie sichernd zur Eingangstür. »Im Fernsehen gab es doch diesen Bericht von der Leiche im Apfelweintank, und die Reporterin sprach von einem Mord. Ich wollte es so aussehen lassen, als wäre es ein weiteres mysteriöses Verbrechen innerhalb der hiesigen Apfelweinszene. Damit Juan genug Vorsprung vor der Polizei hatte und fliehen konnte.«

»So weit ist Ihr Plan ja auch aufgegangen.« Wenn auch mit kleinen Abweichungen. Sein Chef hatte Roberta verdächtigt,

Jacques Toussaints in die Kelter gesteckt zu haben. Aber nun hatte er die kleine Verkäuferin am Wickel. Sie redete sich bereits um Kopf und Kragen. »Warum sind Sie später zu mir ins Polizeipräsidium gekommen und haben mir von Juan erzählt?«

Sie verharrte einen Moment, wie ein Reh, das im Dunkeln von Scheinwerfern geblendet wird. Dann zog sie schniefend die Nase hoch. »Ich dachte, wenn ich Ihnen freiwillig Informationen liefere, hegen Sie keinen Verdacht gegen mich. Welcher Mittäter rennt schon von sich aus zur Polizei?«

»Auch das hat geklappt«, gab Bär unumwunden zu. Sie tat ihm fast leid. »Sie haben sich also mitschuldig gefühlt, weil das Ganze Ihre Idee war«, fasste er zusammen. »Warum sind Sie denn nicht mit Juan Perez geflohen?« Das interessierte ihn ganz einfach persönlich.

Sie lächelte schief. »Ich kann doch meinen Laden nicht allein lassen. Und außerdem … Ich bin doch von hier. Wo soll ich denn schon groß hin?«

Bär schnappte sich ein Päckchen Kaugummi aus dem Gestell neben der Kasse und legte eine Münze auf die Theke.

»Jetzt muss ich Sie leider wirklich bitten, mit mir ins Polizeipräsidium zu kommen«, sagte er ruhig.

Sie würde nicht nur ihren Laden allein lassen müssen. Ihr Dorf würde nun doch noch zusehen, wie sie zu einem Fremden ins Auto stieg.

***

Nun komm schön mit, mein kleines Mädchen, ich bringe dich ins Himmelreich. Du darfst gespannt sein.

Ich werde ausprobieren, wie es ist, dir einen Apfelbissen in den Schlund zu schieben. Und ich werde dich dabei genau studieren. Es ist ein Experiment.

Denn ich will wissen, wie es damals war. Wie es ist, wenn eine Fünfjährige an einer Liebesgabe verendet. Ob deine Wangen sich rot erhitzen? Deine Augen sich weiten? Was für Töne wirst du von dir geben?

Ich will jeden deiner röchelnden Atemzüge miterleben, einschließlich des letzten. Beobachten, wie es mir dabei geht. Vielleicht spüre ich ja etwas.

Hoffen wir nur, dass sieben Zwerge kommen und dich im Sarg durchrütteln, bis dir dein Apfelstück wieder hochkommt, nicht wahr?

Mein kleines Schneewittchen.

***

Bär hastete den Gang entlang, überholte einen Rollstuhlfahrer und riss fast eine Krankenschwester um. Dabei waren die Flure im Unfallkrankenhaus alles andere als eng. Aber Bärs Nerven waren bis zum Reißen gespannt, und seine Aufmerksamkeit litt allmählich darunter. Roberta musste seine neu gewonnenen Erkenntnisse unbedingt noch in der Sendung unterbringen. Ob das Kamerateam noch einmal herkommen konnte?

Vor Robertas Krankenzimmer schlitterte er die letzten Meter über den frisch geputzten Boden, dann riss er die Tür auf.

»Roberta?«

Er konnte ihr rotbraunes Haar auf dem Kopfkissen ausmachen, der Rest von ihr steckte unter der Decke.

»Roberta!« Er trat näher an ihr Bett heran.

Sie versuchte, ihn anzusehen, aber sie konnte ihren Blick nicht still halten. Ihre Augen rutschten ihr ständig weg, und ihre Lider flatterten.

»Herrje, was hat man dir gegeben?« Bär inspizierte den Verlauf des Infusionsschlauchs, doch dessen Ende baumelte am Ständer.

»Sie wissen nicht, wie sie mir helfen können«, brachte Roberta mühsam hervor. »Sie haben mir erst mal was zur Beruhigung gegeben.« Sie flüsterte so leise, dass er sie kaum verstehen konnte.

»Wieso, was ist denn los?« Er beugte sich zu ihr übers Bett und brachte sein Ohr näher an ihren Mund.

»Ella … die Maske … sie hat mir was in den Infusionsbeutel gespritzt. Sie wissen nicht, was es war. Sie untersuchen noch mein Blut.«

»Ella Winkler war hier?«

»Ja, sie war maskiert, aber von der Statur her passte es.«

Bär suchte besorgt Robertas flackernden Blick. »Und du bist sicher, dass das keine Halluzination war?«

Roberta griff nach seiner Hand. »Ich weiß zu viel über sie. Mit ihrem Gewehr hat sie knapp daneben gezielt. Das konnte sie so nicht stehen lassen. Deshalb kam sie mit einer Giftspritze hierher.«

Bär schnellte in die Höhe und sah sich im Zimmer um. »Aber da war Amelie schon weg, oder? Lara hat Amelie doch rechtzeitig abgeholt?«

An Robertas bekümmerter Miene erkannte er, dass es nicht so gewesen war. »Ella hat sie … mitgenommen.«

»Nein!« Heiße Wut übermannte ihn, und für einen Moment brachte er kein weiteres Wort heraus. Er schluckte hart. »Warum hast du mich nicht sofort angerufen?«

»Das Krankenhaus hat die Polizei informiert, und ich … ich …«

Er begriff, dass er sie unnötig quälte. Dass sie nichts hatte tun können, weil sie selbst angegriffen und verletzt war. Und dass sie ihm nicht mehr viel sagen konnte, weil sie halb hinüber war.

Er machte zwei, drei verzweifelte Schritte zum Fenster hin, dann drei zurück. Riss sein Mobiltelefon aus der Tasche.

Fluchend wählte er Beckers Nummer.

»Mensch, Bär, was ist da los?« Sein Chef war bereits informiert worden. In kurzen Sätzen umriss Bär die momentane Situation. Währenddessen behielt er Roberta im Blick. Sie versuchte mit aller Kraft aufzustehen, fiel aber immer wieder in die Kissen zurück. Mit einer energischen Handbewegung gab er ihr ein Zeichnen, nur ja liegen zu bleiben.

»Ich kann nur hoffen, dass die Ärzte das hier im Griff haben. Ich muss meine Nichte finden«, erklärte er Becker. Er trat ans Fenster und starrte hinaus auf die kahlen Wiesen und Felder. Eine hauchdünne Schneedecke lag wie Puderzucker über der Landschaft.

Und irgendwo da draußen war Amelie.

»Da sind wir dran. Wir stellen gerade eine Soko zusammen. Ihre Schwester hat uns ein Foto überlassen.«

»Meine Schwester?« Dann hatte man Lara benachrichtigt.

»Bleiben Sie bei Frau Hennig und passen Sie auf sie auf. Vielleicht kommt der Täter zurück, wenn er mit der Kleinen fertig ist.«

»Wenn er mit ihr fertig ist? Eine tolle Vorstellung«, meinte Bär zynisch.

Er beendete das Gespräch.

Als er sich zu Roberta umwandte, sah er, dass sie ihm im Krankenhausnachthemd entgegengewankt kam. Am Fußende des Bettes blieb sie stehen und hielt sich am Gestänge fest.

»Roberta, nein. Bitte lass das. Leg dich wieder hin, ja?«

»Ich helfe dir, Amelie zu suchen.«

»Welchen Teil von Nein verstehst du nicht? Mit einer Schlafwandlerin werde ich kaum auf Kidnapperjagd gehen.«

Schwankend stand sie da, den Kopf leicht gesenkt. Ihr Gesicht glänzte feucht, ein paar Tränen tropften von ihrem Kinn herab, und er kam sich abgrundtief schlecht vor. Sie wollte ihm helfen, wollte Amelie retten. Und er blaffte sie an, anstatt sie zu trösten und ihr gut zuzureden. Weil er im Trösten so verdammt schlecht war. Weil ihm selbst schlecht war. Weil Amelie in der Gewalt einer gefährlichen Person war. Und weil niemand wusste, welches Teufelszeug sie in Robertas Körper gepumpt hatte.

Er hätte laut schreien mögen.

Aus einem Impuls heraus ging er auf sie zu und riss sie in seine Arme. »Hör zu. Du legst dich jetzt ins Bett und tust, was die Ärzte dir sagen. Ich suche Amelie. Und ich bin bald wieder hier.«

Er spürte eine Bewegung an seiner Schulter, die er als ein Nicken interpretierte. Für einen Moment barg er sein Gesicht in ihrem Haar und wünschte sich, ewig so stehen bleiben zu können.

»Nicht gewaschen«, flüsterte sie.

Frauen. Beinahe hätte er gelacht.

Noch einmal drückte er sie fest an sich, doch als er sie loslassen wollte, krallte sie ihre Finger in seine Schulter, dass es schmerzte.

»Da, da!« Ihr ausgestreckter Arm deutete auf ein kleines grünes Etwas, das vor der Tür lag. Ein grünes Klümpchen, das entfernt an eine winzige Birne erinnerte. »Ein Drecksack«, flüsterte Roberta.

»Wie bitte?«

»Guck, ob draußen noch mehr liegen, schnell.«

»Roberta, bitte.« Er musste los. Er wollte Amelie finden. Und nun sollte er vertrocknete Früchte suchen? Widerwillig und nur, um sie zu beruhigen, schleppte er sie zur Tür und schaute mit ihr hinaus.

»Da ist nichts.«

Roberta klammerte sich noch fester an ihn. Schob ihn in den Flur. »Da!«

Sie zeigte auf eine Stelle vor der Fensterfront. Und tatsächlich, da lag wieder so ein Ding.

»Was ist das überhaupt?«

»Früchte vom Speierlingbaum. Man nennt sie Drecksäcke, Amelie hat sie gezählt, bevor …«

»Was?« Über Bär schwappte eine Welle der Übelkeit hinweg. Im Geiste hörte er Amelies kleine Stimme »Vierunnverzisch, fünfunnfuffzig« sagen. »Und du meinst, sie spielt nun Hänsel und Gretel mit uns und hat diese Dinger absichtlich ausgelegt?«

»Davon bin ich überzeugt.« Roberta wurde langsam schwer in seinen Armen.

»Schaffst du es allein zurück ins Zimmer? Oder halt, nein …« Ein Pfleger kam den Gang entlang, und Bär sprach ihn um Hilfe an. »Bringen Sie Frau Hennig in ihr Zimmer und passen Sie gut auf sie auf.«

Ein paar Meter weiter konnte er bereits die nächste kleine Trockenfrucht am Boden liegen sehen.

***

Könntest du wie ich sein? Oder wäre ich besser du?

Du warst so eine Memme. Liefst allem davon und warst damit zufrieden, ein Leben unter Clochards zu fristen, halb ertrunken in Selbstmitleid, anstatt dich zu wehren. Deine Wut war in Selbsthass umgeschlagen, deine Sehnsucht im Dunkeln zerronnen. Du wolltest nichts mehr von der Welt, hattest keinerlei Ansprüche mehr, und ich begann, dich dafür zu verachten.

Wie gingst du damit um? Wie sah es in deiner Seele aus?

Ich beschloss, deinen Gefühlen auf die Spur zu kommen und begann, dich zu studieren. Tat so, als fühlte auch ich.

Ewige Mimikry.

***

Bär hastete vorwärts, den Blick auf den Boden vor der Fensterfront geheftet. Und tatsächlich, alle zehn Meter lag da so eine kleine grüne Frucht im Krankenhausflur.

Amelie, du Teufelskind!

Er lief rascher, atmete schneller. Er mochte sich gar nicht vorstellen, wie es Lara ging. Sie musste völlig verzweifelt sein. Die Kollegen waren bei ihr gewesen und hatten um ein Foto von Amelie gebeten. Dass Lara ihn bisher nicht einmal angerufen hatte, zeugte von ihrer Wut und Verachtung. Er war es nicht einmal mehr wert, dass sie mit ihm sprach.

Und Roberta? Was hatte Ella Winkler ihr in die Venen geflößt? Hoffentlich nichts, was bleibende Schäden hinterließ.

Er hatte nun den Ausgang erreicht, war allen Früchten gefolgt und stand draußen im Kalten.

Hatte Amelie überhaupt eine Jacke an?

Vor der Pforte hörte die Spur auf. Amelie waren die Drecksäcke ausgegangen, so hatte Roberta sie doch genannt. Er bückte sich und barg die letzte kleine Frucht in seiner Hand. Sie hatte die Form eines Äpfelchens.

Besucher passierten die Pforte. Ein Mann mit Gehstützen wollte das Krankenhaus verlassen und warf ihm einen vernichtenden Blick zu. Bestimmt hatte er erwartet, dass man ihm die Tür aufhielt, aber in Bärs Kopf tobten zu viele Gedanken, um auf andere zu achten.

Er sah sich um.

Vor ihm lag der Parkplatz. Wenn Ella Winkler mit dem Wagen gekommen war, hatte sie Amelie womöglich auch im Wagen mitgenommen. Einiges sprach dafür. Hier in der Gegend gab es nicht viele Möglichkeiten, ein Kind zu verstecken. Eine Schnellstraße, einen Blumengroßmarkt. Ein paar Privathäuser.

Natürlich war auch das Krankenhaus eine Option. Es war verhältnismäßig groß. Wenn er ein Kind entführen wollte, würde er sich hier mit ihm verstecken. Und abwarten, bis die Polizei ganz woanders suchte.

Aber Ella war nicht mit Amelie im Krankenhaus geblieben. Dagegen sprach, dass Amelies letzte Frucht hier draußen lag.

Hunde, kam es ihm in den Sinn. Hatte Becker schon daran gedacht, Personenspürhunde einzusetzen?

Er rief ihn an.

»Mensch, Bär, wir tun alles, was in unserer Macht steht. Nun behalten Sie die Nerven. Sie sind doch noch bei Frau Hennig?«

Für den Bruchteil einer Sekunde war ihm danach, einfach Ja zu sagen. Eine Lüge würde ihm jetzt viel Zeit einsparen, den Ärger würde er erst später kriegen. Aber dann entschied er sich anders.

»Nein, ich stehe vor dem Krankenhaus. Meine Nichte hat eine Spur aus kleinen Früchten ausgelegt, und die endet hier draußen. Sie kann nicht mehr im Krankenhaus sein.«

»Und wer ist bei Frau Hennig?«

»Ein Pfleger.«

»Den Sie persönlich kennen?«

»Nein, wieso?«

»Der Täter könnte sich als Pfleger tarnen.«

»Was?« Bär lief es eiskalt über den Rücken. Hilflos lachte er auf. »Ich dachte, wir haben es mit einer Täterin zu tun. Mit Ella Winkler, der Schwester des Toten im Tank.«

Er konnte hören, wie Becker heftig ausatmete. »Ella Winkler ist sauber. Sie hat auf keinen Fall auf Roberta Hennig geschossen. Ihre Gewehre wurden länger nicht benutzt. Keine Schmauchspuren an den Händen.«

»Was?« Der Parkplatz schien vor Bärs Augen zu verschwimmen.

»Der Schuss wurde aus einem alten Jagdgewehr abgegeben.

Der Schütze hatte es auf das Nachbargrundstück geworfen, wir haben es dort vor einer guten Stunde aus den Büschen geklaubt. Vermutlich wollte er die Tat den Jungs in die Schuhe schieben. Gehen Sie jetzt zu Frau Hennig zurück. Ich melde mich wieder.«

»Alles klar, Chef.«

Als er seinen Wagen startete, wusste Bär selbst noch nicht, wo es hingehen sollte. Er saß für einen Moment wie betäubt im Fahrersitz, starrte durch die Windschutzscheibe und lauschte dem Geräusch des Motors.

Verdammt, denk nach, schalt er sich selbst. Wenn Ella Winkler sauber war, warum sollte sie dann Amelie mitnehmen? Ihr Entführer musste jemand anderes sein. Nur wer?

Herrgott, gib sie mir heil zurück, flehte er in Gedanken. Mach, dass ich sie finde.

Ihm fiel wieder ein, wie er sie in dem großen Tank entdeckt hatte. Wie verschreckt sie sich im Dunkel auf dem Boden zusammengekauert und an ihn geklammert hatte, als er sie erreichte. Der Nikolaus habe sie in den Tank geschickt, hatte sie ihm erzählt. Und er hatte es für ein Märchen gehalten. Von Stiefeln hatte sie gesprochen, von einer roten Zipfelmütze.

Hatte sie vielleicht doch die Wahrheit gesagt? Eine von kindlicher Sicht geprägte und zur Unkenntlichkeit verzerrte Wahrheit?

Ein Arbeiter mit einer Pudelmütze. Gummistiefel trugen sie fast alle in der Kelterei. Pudelmützen jedoch …

Er legte den Gang ein und fuhr los. Passierte die Parkplatzschranke. Wenig später befand er sich auf der Schnellstraße in Richtung Rödelheim.

»Auflassen, lassen Sie auf!«

Die Mitarbeiterin vom Empfang wollte gerade Feierabend machen und war im Begriff, die Tür abzuschließen. Er hielt ihr seinen Ausweis hin.

»Es kommt noch Verstärkung. Schließen Sie sich in einem Büro ein, aber lassen Sie diese Tür auf.«

Er hatte die Kollegen auf der Fahrt hierher angerufen und ihnen Bescheid gegeben. Becker würde kochen vor Wut, weil er sich seinen Anordnungen widersetzt hatte. Lara würde ihn aber ohnehin steinigen, weil er Amelie in Gefahr gebracht hatte. Ob ihm Roberta verzeihen würde, dass er sie allein gelassen hatte, nicht wissend, welches Gift in ihren Venen und Adern pochte, blieb abzuwarten.

Es war eine Höllenpartie, und er hatte keine Ahnung, wie er je wieder da rauskam. Aber nun ging es um Amelie.

Den Weg in den Keller fand er wie in Trance. Er vermied jedes Geräusch, atmete instinktiv flacher, um sich nicht einmal durch ein Luftholen zu verraten. Er tastete nach seiner Waffe, ließ sie aber noch stecken. Er durfte Amelie nicht noch mehr gefährden.

Eine Hand an der Waffe, pirschte er durch die Gänge, dankbar, dass er Turnschuhe trug. Nur zentimeterweise kam er voran. Schließlich ging er hinter einem der riesigen Tanks in Deckung. Mit der freien Hand stützte er sich an dem Monster ab, spürte den kühlen Stahl.

Hörte er irgendwo Amelies kleine Stimme?

Unweit von ihm schien ein Hahn undicht zu sein. Mit einem leisen Ticken fiel in regelmäßigen Abständen ein Tropfen zu Boden.

Tick, tick, tick.

Angespannt lauschte er ins Halbdunkel der weiten Kellergewölbe.

»Erzähl mir was.«

Da! Das war sie. Er fuhr zusammen, als er ihre Stimme erkannte. Seine Pumpe raste, jagte ihm das Blut bis in die Schläfen.

Er pirschte sich dichter ran.

»Es war einmal ein Junge. Der sprang von einer Brücke in den Fluss. Dann war sein Kopf kaputt.«

Jetzt konnte Bär ihn von hinten sehen. Er trug tatsächlich eine rote Feinstrickmütze. Hatte Stiefel an. Er saß Amelie gegenüber, beide hockten sie auf niedrigen Fässern.

»Und dann?« Das war Amelie.

»Da sein Kopf kaputt war, musste er in einem Heim wohnen. Das mochte der Junge nicht, deshalb lief er weg.«

»Weiter.«

»Er lebte auf den Feldern, schlief im Wald. Aß und trank, was er fand.«

»Der Arme.«

»Bedauern musst du ihn nicht, immerhin war er erfinderisch und schlau. Da war noch ein anderer Junge, der war wirklich arm dran. Sein Vater trank und schlug ihn, und seine Mutter lachte ihn nur aus. Deshalb kam auch er in das Heim. Und auch er lief weg.«

»Und die beiden wurden Freunde?«

»Wie man es nimmt. Eine Weile zogen sie miteinander durch die Gegend, schliefen nebeneinander in Hauseingängen und auf Lüftungsschächten. Erzählten sich Geschichten. Der andere Junge war von reichen Leuten adoptiert worden. Weißt du, was das bedeutet: adoptiert?«

»Nein.«

Bär stellte sich vor, wie Amelie den Kopf schüttelte. Sehen konnte er sie immer noch nicht, er wagte nicht, zu weit aus seiner Deckung herauszukommen.

Sollte er sein Mobiltelefon einschalten, um die Unterhaltung aufzunehmen? Becker anwählen, damit er mithörte? Aber wie leise konnte er das bewerkstelligen? Womöglich entstand dabei ein verräterisches Geräusch.

Er wagte es nicht.

»Adoptieren ist, wenn man jemand Fremdes zum eigenen Kind macht.«

»Ach so.«

Bär bewunderte Amelie wegen ihrer Furchtlosigkeit. Aber noch war er ja nett zu ihr. Gab den freundlichen Onkel. Es war das Vorspiel. Die Verlockung.

»Der adoptierte Junge hatte in seiner neuen Familie auch eine kleine Schwester, sie sah dir ähnlich. Und sie war so alt wie du jetzt. Die hat er mit Apfelstücken gefüttert. Das machen wir beide nachher auch.«

»Hihi, Apfelstücke!« Amelie kicherte.

»Danach wollten sie ihn nicht mehr zum Sohn haben, und sie schickten ihn in das Heim zurück. Aber sie hatten einen Fehler gemacht. Nach dem Gesetz war er immer noch ihr Kind, und all ihr Geld gehörte ihm.«

»Versteh ich nicht«, sagte Amelie fest.

Bär zuckte betroffen zusammen. Was für ein mutiger kleiner Schatz sie doch war.

»Du musst auch noch nicht alles verstehen.« Er klang nun fast warmherzig. »Der Junge, der ins Wasser gesprungen war, der mit den Kopfschmerzen, der entschloss sich, in die Haut des Adoptivjungen zu schlüpfen. Damit er dessen Geld haben konnte. Er nahm dem anderen seine Papiere ab, als er betrunken war und schlief.«

»Erzähl was anderes«, protestierte Amelie. »Deine Geschichte ist nicht schön.« Nun hörte Bär doch Angst aus ihrer Stimme heraus.

Wo blieb die Verstärkung? War die Tür oben noch auf?

»Habe ich versprochen, eine schöne Geschichte zu erzählen? Ich kann mich nicht erinnern.« Jetzt klang Otts Stimme scharf. »Du musst dir schon noch das Ende anhören. Was denkst du, wie alles ausging?«

»Wie?«, flüsterte Amelie. Sie schien zu spüren, dass es besser für sie war, wenn sie auf ihn einging und ihm keinen Widerstand entgegensetzte.

»Eine dumme Frau, eine Reporterin, kam dem Kopfschmerzjungen dazwischen. Sie machte all seine Pläne zunichte und zog auch noch einen Polizisten mit rein. Und weißt du, wen?« Es entstand eine quälende Pause. Bärs Nerven vibrierten, weil er nicht sehen konnte, was er währenddessen tat. »Deinen Onkel.«

»Chrissi?« Sie schrie seinen Namen laut heraus, und Bärs Eingeweide krampften sich zusammen. Sein Bedürfnis, Amelie zu retten, wurde übermächtig, und er kannte kein Halten mehr. Er schoss aus seinem Versteck hervor und fiel von hinten über ihren Peiniger her, warf ihn zu Boden. Dann zog er seine Waffe. Noch bevor er sie entsichern konnte, hörte er die anderen kommen.

»Bär? Wo stecken Sie?«

»Hier, hierher.«

Sie waren zu fünft. Ein Kollege hielt Martin Ott seine Waffe an die Schläfe, ein anderer riss ihm die Arme auf den Rücken und legte ihm Handschellen an.

Bär rappelte sich hoch und taumelte auf Amelie zu. Mit weit aufgerissenem Mund starrte sie ihn an, unfähig, auch nur ein Wort zu sagen. Durch ihren Körper rann ein Zittern wie bei einem frisch gefangenen Aal.

»Mensch, Bär!« Jetzt erst sah er, dass auch Becker mit dabei war. »Das gibt aber noch Ärger.«

»Schon klar, Chef.« Den würde er auf sich nehmen. Hauptsache, dieser Alptraum war vorbei. In diesem Moment wollte er nur den Schrecken abschütteln.

Ein tiefer Atemzug noch, dann nahm er Amelie auf seine Arme und trug sie aus dem Keller ans Tageslicht.

ZWEIUNDZWANZIG

»Ich freue mich jetzt schon darauf, wenn Sie wieder hier sind.« Becker fuhr sich mit der flachen Hand über den kahlen Schädel. »Machen Sie einfach was Nützliches aus Ihrer Suspendierung. Verbessern Sie Ihre Sprachkenntnisse, buchen Sie einen Paddelkurs. Von mir aus ruhen Sie sich auch einfach nur aus. Wird Ihnen guttun nach der ganzen Strapaze. Drei Monate sind schnell vorbei.«

Bär nickte. Er saß Becker in seinem Büro gegenüber und wurde fast wehmütig bei dem Gedanken, den alten Besserwisser nun so lange nicht zu sehen. Selbst der Blick aus dem Bürofenster in den nackten Hof würde ihm fehlen.

Seine Suspendierung hatte ihn nicht überrascht. Er hatte sich Beckers Anweisungen widersetzt. Hatte Ott allein und eigenmächtig verfolgt, statt bei Roberta im Krankenzimmer zu bleiben. Nicht auszudenken, wenn der Täter tatsächlich noch einmal zurückgekehrt wäre.

»Wie hat Ott eigentlich die Wache vor Robertas Tür weggelockt?«

»Er hat dem Kollegen einen schönen Gruß von Ihnen bestellt und ihm gesagt, seine Wache sei beendet. Ihren Namen kannte er ja.«

»Und der Kollege ist so ohne Weiteres nach Hause gegangen?«

»Ja, das war natürlich kacke.« Becker schürzte die Lippen unter seinem grauen Schnäuzer. »Aber Ott muss ziemlich glaubhaft gewesen sein. Frau Hennigs Namen hat er auch erwähnt und dadurch den Eindruck erweckt, es habe alles seine Ordnung.«

Bär seufzte leise.

Roberta hatte er noch nicht wieder gesehen, seit er sie in ihrem Krankenzimmer allein zurückgelassen hatte. Sie war sehr rasch in die Uniklinik Marburg verlegt worden, um ihren Stoffwechsel zu checken. Bär hatte keine Ahnung, wie sie nun auf ihn zu sprechen war. Sein Verhalten ihr gegenüber war unverzeihlich gewesen. Er hatte seine Nichte zu ihr ins Krankenzimmer verfrachtet und sie mitsamt dem Kind einem Mörder ausgeliefert. Und nachdem Amelie entführt worden war, hatte er sie ein zweites Mal sich selbst überlassen.

Dagegen stand, dass er Amelie unversehrt aus Otts Fängen befreien konnte, dass er die verletzte Roberta aus Ellas Garten gerettet und den Tod ihres Freundes aufgeklärt hatte. Vielleicht zählte das ja auch ein wenig in ihren Augen.

»Wieso hat Ott eigentlich diese Messweingeschichte inszeniert, wenn er doch eigentlich *wassailing* spielen wollte?«, fiel ihm ein.

Becker wiegte den Kopf. Er hatte Ott gestern den ganzen Tag vernommen, so richtig klug schien er aber noch nicht aus ihm geworden zu sein. »Womöglich war das Messwein-Intermezzo so eine Art Nagelprobe, ob die Jungs aus dem Heim tatsächlich tun würden, was er wollte.«

»Und die Jungs waren beim zweiten Mal nicht skeptisch? Wo er ihnen doch beim ersten Mal kein Geld geschickt hatte?«

Becker drehte einen Bleistift auf seinem Schreibtisch im Kreis. »Diesmal hatte er ja bereits im Voraus geliefert. Die Schreckschusspistolen. Ganz nette Dinger übrigens. Demnächst kriegt die Abteilung so was von mir zu Weihnachten.«

»Chef?«

»Ach was, das ist natürlich ein Scherz.« Becker verzog den Mund zu einem breiten Grinsen. »Solche Waffen sind als Weihnachtsgratifikation für die Mannschaft viel zu teuer.«

»Und wenn jemand die Waffen vorher entdeckt und aus dem Mülltonnenhäuschen genommen hätte?«

»Hätte, hätte, Fahrradkette.« Becker hob gleichmütig die Schultern. »Dieser Ott kannte sich im Heim gut aus, und er scheint mir eh ein Mann für einfache Lösungen zu sein. Wissen Sie, wie er es geschafft hat, dass Clemens Winkler in den Tank stieg? Na? Winkler hat ihn nach der Uhrzeit gefragt, er hat gar nicht auf sein Handy geschaut.«

»Ott hat ihm einfach nur die falsche Zeit gesagt?«

»Ja. Clemens Winkler war von seiner Grippe angeschlagen,

er sprach von Fieber und Kopfschmerzen. Er wollte nur noch rasch einen Blick in den Tank werfen, und dann ab ins Bett. Und Ott … Nun, er hatte ihn sicher nicht zum ersten Mal nach der Uhrzeit gefragt. Er hat Ott vertraut. Er mochte ihn.«

»Was für eine Scheiße.«

»Die forensische Psychologin, die das Gutachten erstellen wird, meint, Ott habe einen hohen Psychopathiewert. Bei dem Sturz in die Nidda als Jugendlicher wurde der Frontallappen seines Gehirns verletzt. Da liegt der Bereich für zwischenmenschliche Bindung und Empathie, das ist gleichzeitig auch der für Planung. Ott verliert schnell den Überblick. Ursprünglich wollte er Markus Winklers Identität annehmen, um ihn zu beerben. Aber je mehr Personen in seine Inszenierung traten, desto wirrer wurden seine Aktionen. Offensichtlich fühlt er auch gar nichts, wenn es um andere geht. Da ist kein Mitgefühl, nichts. Deswegen kann er so kalt sein.«

»Puh, und ich dachte die ganze Zeit, der andere sei verrückt.«

»Markus Winkler? Der hatte mit Sicherheit auch seine Probleme. Ein Vater, der ihn schlug und nicht ernst nahm, eine Mutter, die ihn auslachte. Das Wechselbad der Gefühle durch das Intermezzo in der Adoptionsfamilie hat ihm wohl den Rest gegeben. Seine Empfindungen verkümmerten, übrig blieb nur Wut. Sie ist unser stärkstes Gefühl. Unsere Vorfahren brauchten den Aggressionstrieb zum Jagen und Kämpfen.«

»Zum Überleben also, interessant.« Bär fragte sich, wie er drei Monate ohne Beckers Lektionen auskommen sollte.

»Bei psychopathischen Tätern kann man davon ausgehen, dass sie als Kind schlecht behandelt und erniedrigt wurden«, fuhr Becker fort. »Der Umkehrschluss funktioniert allerdings nicht. Nicht alle Menschen, die als Kind malträtiert und der Lächerlichkeit preisgegeben werden, werden notgedrungen zu Psychopathen und Gewalttätern. Und bei einigen richtet sich die Aggression auch nach innen, gegen die eigene Person. Schon als Jugendliche verletzen sie sich, reißen sich Haare aus, ritzen sich. Markus Winkler war möglicherweise dieser Gruppe zuzuordnen. Er ging in die Defensive, lief weg, zog sich zurück. Lebte lieber von Abfällen und Almosen, statt sich seinen

Problemen zu stellen. Und am Ende ließ er sich die Papiere stehlen und erfror im Weinberg.«

»Oh ja.« Bär verzichtete darauf, auf die Rolle der Polizei in dieser Sache hinzuweisen, die Markus Winkler einst in die rheinhessischen Weinberge verschleppt hatte. Und auf seine eigene stille Mittäterschaft. Seine Jugendsünde.

Ganz langsam erhob er sich von seinem Stuhl.

»So weit, so gut, Chef. Dann bin ich mal weg.«

Epilog

»Wir haben zwei Sorten im Ausschank. Unser ›Winzerglück‹ und einen Schoppen mit Mispel.« Die Wirtin hatte eine freundliche, zurückhaltende Art, was Roberta als sehr angenehm empfand.

»Selbst gekeltert?«, fragte Ella rasch.

»Natürlich.« Nun kam auch der bärtige Wirt an ihren Tisch. »Wir haben das Keltern in den siebziger Jahren angefangen, damals lebten wir in einer Wohngemeinschaft, und unser Eigenbedarf war einfach zu groß, um unser ›Stöffche‹ zu kaufen. So mussten wir halt ran und es selbst herstellen.«

Bär lachte.

»Ich nehme den mit Mispel«, entschied Roberta. Sie war gespannt, wie sich diese kleinen Früchte, die wie der Speierling zur Klärung und Konservierung in den Apfelwein kamen, auf den Geschmack des Schoppens auswirkten.

»Im Saarland heißen sie ›Hundsärsch‹«, wusste Becker. »Im Mittelalter waren Mispeln ein weit verbreitetes Obst in Europa.«

»Meine Oma hat noch Gelee draus gemacht«, erzählte Ella.

»Haben Sie das Rezept noch? Wäre doch toll, das mal auszuprobieren.« Roberta zwinkerte Ella zu. Bär saß direkt neben ihr, doch es fiel ihr leichter, mit Ella zu reden als mit ihm. Auf das Wiedersehen hatte sie sich gefreut, doch nun machte seine Nähe sie unruhig und verlegen.

Zu viel war bislang ungesagt geblieben.

Sie lehnte sich auf ihren Stuhl zurück und schaute in die Rosskastanie über ihr. Wie Kerzen erhoben sich die weißen Blütenstände zwischen den Blättern in die Luft.

»Die Apfelblüte haben Sie verpasst«, sagte Ella mit tadelndem Unterton. Sie war wohl ihrem Blick gefolgt. »Sie sollten mich doch besuchen. Die Wiesen in Rendel waren ein Traum.«

Roberta nickte entschuldigend. »Ich hatte zu viel mit mir selbst zu tun. Es hat gedauert, bis ich wieder fit war.«

In der Klinik in Marburg hatte man sie einmal komplett auf

den Kopf gestellt, um sicherzugehen, dass nichts übersehen wurde. Dann hatte es Komplikationen mit ihrer Schusswunde gegeben, die Kugel hatte den schrägen Bauchmuskel angerissen, und als endlich alles operiert und verheilt war, hatte sie in einer Reha ihre Bewegungsfreiheit wiedererlangen müssen. Es war eine lange, fade Zeit gewesen, und sie war froh, nun endlich wieder arbeiten zu können.

»Warum schreiben Sie nicht etwas über Apfelwein?« Das war wieder Becker. Neuerdings machte er des Öfteren Radtouren, hatte er erzählt, auf denen er dann in die eine oder andere Apfelweinkneipe einfiel, das Treffen war seine Idee gewesen. Diese Straußwirtschaft in Bad Vilbel gefiel ihm wohl besonders gut.

»Mal sehen«, wich Roberta aus.

Die Erfahrungen mit der News Show waren nicht spurlos an ihr vorübergegangen. Zum Journalismus hatte sie einen gewissen Abstand gewonnen. Sie fand, dass eine Veränderung ihr guttun würde. Vielleicht konnte sie mit ihrem Leben ja auch noch etwas ganz anderes anfangen.

»Wer hatte den mit Mispel?« Die Wirtin kam mit den Getränken an den Tisch.

»Ich«, meldete sich Roberta. »Findet man überhaupt noch Mispeln in der Gegend?«

»Ach, da muss man heute schon etwas suchen. Doch wir kennen die Stellen, wo sie noch wachsen.« Die Wirtin lachte. »Früher standen die ja überall, aber in den sechziger Jahren gab es eine Prämie fürs Ausreißen.«

»Bei den Obstbäumen entlang von Straßen auch«, pflichtete ihr Ella bei, »dort durften auf einmal keine mehr stehen. Die junge Bundesrepublik hat in ihren Anfängen jedem Geld gezahlt, der sie umgehauen hat.«

»Prost!«, meinte Becker und hob sein Glas. »Besser Apfelwein im Maul als in den Venen.«

Roberta hob eine Augenbraue.

»Apfelsaft ist leicht sauer«, erläuterte Becker sachlich, »der pH-Wert von Blut liegt bei 7,36 bis 7,44, der von Apfelsaft bei 3,4. Gerät eine größere Menge Apfelsaft ins Blut, kann es lebensgefährliche Komplikationen geben.«

»In meinem Blut war nie Apfelwein«, beschwichtigte ihn Roberta. »Ott hat mir Benzodiazepin verabreicht.« Ein gelbliches Pulver, das er in Wasser aufgelöst hatte, um es in den Infusionsbeutel spritzen zu können. »Die volle Dosis hätte mich locker ins Jenseits befördert. Das Zeug kursiert unter Fixern als Ersatzdroge, ansonsten wird es als Sedativum und Hypnotikum eingesetzt.«

»Deswegen warst du wie hypnotisiert von mir.« Bär lachte laut heraus. Er sah sie nun offen an, und es gelang ihr, seinen Blick und sein Lachen gelöst zu erwidern.

Eine Weile gaben sie sich der trägen Juniwärme hin, nippten an ihren Gläsern und hingen ihren Gedanken nach.

Ella verabschiedete sich bald, sie wollte noch auf ihre Wiesen. Die ersten Kirschen waren reif. Und Becker gab vor, im Büro zu tun zu haben. Roberta und Bär sahen ihm zu, wie er sich auf sein Fahrrad schwang, dann schlenderten sie die paar Schritte zur Nidda hinüber.

»Himmel, was ist das denn für eine riesige Brücke?« Quer über den schmalen Fluss schwang sich ein modernes Glasgebäude mit einer Fußgängerpassage. »Hat man so was früher nicht in Florenz gebaut? Brücken mit Geschäften drauf?«

»Das ist eine Bibliothek«, wusste Bär. »Früher hatten sie ihre Bibliothek unter einem öffentlichen Schwimmbad, jetzt haben sie eine über dem Fluss gebaut. Sie bleiben dem Wasser treu, sind aber aufgetaucht.«

»Lass uns mal hingehen.«

Auf der Brücke standen sie nebeneinander und schauten aufs Wasser. Beide schwiegen, als wüssten sie nicht so recht, wo sie anfangen sollten.

»Wie geht es Amelie?«, fragte Roberta schließlich.

»Amelie geht es gut«, erzählte Bär fast gleichzeitig.

»Fein.«

»Sie kommt diesen Sommer in die Schule. Und sie freut sich drauf.«

»Das ist schön. Ist deine Schwester noch sauer auf dich?«

»Lara? Und wie! Immer noch.« Bär ließ seine Hand über die Reling des Geländers wandern. »Und du?«

»Geht so.«

»Vielleicht sollten wir mal unter vier Augen reden. Womöglich kriegen wir noch mal miteinander zu tun. Bei irgend so einem Fall, in dem ich ermittle und du berichten musst.«

Roberta lächelte. »Stimmt. Wäre echt blöd, wenn ich dann immer noch schlecht auf dich zu sprechen wäre.«

Bär nickte nur.

Dann beugte er sich über die Brücke und spuckte ins Wasser.

Roberta stellte sich vor, wie seine Spucke nun die Nidda hinunterschwamm. Am Eschersheimer Wehr vorbei und bei Höchst in den Main. Bis runter nach Wiesbaden und dort in den Rhein.

Und alles, alles war Apfelweinland.

Danksagung

Wenn Einheimische den Ort Büngsbach wiederzuerkennen glauben, haben sie recht. Und auch wieder nicht. Denn Büngsbach ist einerseits ein Phantasieort, andererseits habe ich ihn den Wetterauer Dörfern nachempfunden.

Frei erfunden sind auch alle Personen und Handlungen in meinem Roman.

Die Historie und die Herstellung des Apfelweins habe ich dargestellt, so gut es eben ging. Apfelweintrinker sind bodenständige, freundliche Menschen, und so öffneten mir Hersteller, Verkäufer, Gaststätten und Straußwirtschaften Tür und Tor, gaben mir Einblicke in ihre Produktion, erklärten mir ihre Erzeugnisse und teilten ihre Erinnerungen mit mir.

Mein aufrichtiger Dank gilt – in chronologischer Reihenfolge meiner Recherche – der Kelterei Possmann in Rödelheim, der Kelterei Klause in Dortelweil, dem Restaurant Homburger Hof in Eckenheim, dem Apfelweinkontor in Frankfurt-Sachsenhausen sowie der Straußwirtschaft Hasengasse in Bad Vilbel.

Ein großes Dankeschön geht an Ulrike Loos vom BUND Karben, die mich an einer Apfelweinverkostung teilnehmen ließ und mich über Streuobstwiesen führte. Dem Verein IG Streuobst e.V. Karben und der Diplom-Biologin Monika Peukert verdanke ich spannende Lektionen über den Speierlingbaum.

Sehr freundlich und hilfreich versorgten mich Mitarbeiter des Polizeipräsidiums Frankfurt, insbesondere der Kantine und des K11, sowie die Pressestelle des Hessischen Landeskriminalamtes mit sachdienlichen Hinweisen.

Über psychopathische Abweichungen lernte ich viel von der wunderbaren forensischen Psychologin Lydia Benecke, deren Bücher und Vorträge ich nur empfehlen kann.

Mein besonderer Dank gilt dem Rechtsmediziner Prof. Dr. Hansjürgen Bratzke, der mich nicht zum ersten Mal bei Fragen zu seinem Fachgebiet beriet. Von ihm durfte ich auch lernen, dass Rechtsmediziner, die im Krimi so gern als Freaks im Reich der Toten dargestellt werden, warmherzige, dem Leben zugewandte Menschen sein können.

Sollte ich bei meinen Recherchen etwas falsch aufgefasst und wiedergegeben haben, geht das natürlich auf meine Kappe.

Last but not least bin ich froh, Marit Obsen wieder als Lektorin an meiner Seite gehabt zu haben. Ohne sie wäre ich aufgeschmissen gewesen. Danke, Marit!

Dem Team des Emons Verlags, allen voran Dr. Christel Steinmetz, danke ich für das entgegengebrachte Vertrauen.